Ossi Heindl

Max Esterl und das die Mumienkammer

Max Esterls fünfter Fall

Ein Böhmerwaldkrimi

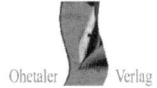
Ohetaler Verlag

Impressum

Max Esterl und die Mumienkammer

Max Esterls fünfter Fall - ein Böhmerwaldkrimi

Autor
Ossi Heindl

Layout
Hans Schopf

Umschlaggestaltung und Druck
EUROVERLAG GmbH

Herausgeber
Ohetaler Verlag
Finkenweg 13 • 94481 Grafenau
www.ohetaler-verlag.de
info@ohetaler-verlag.de
Tel. 08552 4200
in Zusammenarbeit mit
Verein „Karl Klostermannverein – Dichter des Böhmerwaldes e. V.“
Rosenauerstrasse 5 • 94481 Grafenau

ISBN 978-3-95511-078-9

Inhaltsverzeichnis

Prolog

Offiziersanwärter Werner Krüger hatte den Finger am Abzug. Jetzt ganz ruhig bleiben, ganz ruhig. Krüger sah, wie die amerikanischen Panzer aus dem Wald auf der Anhöhe gegenüber langsam herauskamen, einer, ein zweiter, ein dritter, er sah, wie sie stoppten, wie ihre Kanonen sich auf das Dorf richteten, auf das Dorf, das sie seit vorgestern besetzt hielten, irgendwo im tiefsten Böhmerwald.

Jetzt kam es drauf an. Krüger starrte hinüber, über das Tal, durch das sich ein Bach schlängelte, ein Bach, der jetzt das Wasser der Schneeschmelze mit sich trug, ein Bach, der durch Wiesen dahineilte, die gerade wieder grün zu werden begannen. Er hatte keinen Blick für die Wiesen, keinen Blick für den Bach, er starrte hinüber auf die Panzer, deren Kanonen direkt auf ihn zeigten.

Sie würden die Panzer aufhalten. Das war ihr Auftrag und diesen würden sie ausführen. Sie würden ihre Pflicht erfüllen, ihre Pflicht für Führer und Vaterland.

Die Panzer standen unbeweglich am Waldrand, nichts rührte sich, die Zeit schien angehalten.

Hatten die Amis etwa Lunte gerochen, hatten sie entdeckt, was sein Trupp, was er und seine Kameraden vom Unteroffizierslehrgang, sich für eine geniale Kriegslist ausgedacht hatten?

Das Städtchen Regen hatten sie mit ihrer Einheit nicht halten können gegen die Übermacht des Gegners. Rückzug. In Zwiesel, ein paar Kilometer weiter, hatte ihnen dieser Ritterkreuzträger und Oberst einen Verteidigungsauftrag gegeben, bevor er selber weg musste. Dort hatten sie alles schon hergerichtet: MGs, Panzerfäuste, alles war bereit.

Und dann hatte sich der SS-Leutnant, der Hansen, verdünnisiert, ausgerechnet der stramme Jochen Hansen, der Parade-SSler. Und es hatte geheißen „Abzug Richtung Eisenstein". Wer hatte diese Parole damals überhaupt verbreitet mit dem Rückzug aus Zwiesel? Werner Krüger wusste es nicht. Er war enttäuscht gewesen, wollte kämpfen, fieberte nach seinem ersten Einsatz, doch dann waren sie abgezogen aus Zwiesel, ohne einen einzigen Schuss abzugeben.

Aber heute, da gab es keine Ausflüchte mehr, heute war die Stunde da. Sie hatten Glück gehabt: Zwei amerikanische Fahrzeuge erbeutet, die jetzt weithin sichtbar auf dem Platz vor der Kirche standen und dem Amerikaner ein Bild des Friedens vorgaukeln sollten. Dazu weiße Fahnen, die friedliche Absichten signalisieren sollten. Genial.

Sie sollten nur runterkommen, ins Tal, zum Bach, die Amis! Dann würde man ihnen schon den gebührenden Empfang bereiten. Aber erst einmal hieß es Geduld haben und warten.

Endlich schienen die Amis die Sache mit den weißen Fahnen geschluckt zu haben. Die Panzer bewegten sich, ohne einen Schuss abzugeben, nach unten, ins Tal.

Offiziersanwärter Werner Krüger hatte den Finger am Abzug. Jetzt ganz ruhig bleiben ...

Kapitel 1: Die sechste Halbe Bier ...

Heute war Max Esterl dran, das merkte er, heute musste er bluten.

Die Messer waren gewetzt, alle am Tisch warteten auf einen weiteren Fehler des Ex-Kommissars.

Der versuchte ein letztes Mal aufzutrumpfen, das Schicksal zu wenden und das Glück auf seine Seite zu zwingen. „Eichel sticht! Kruminale!", rief der Pensionist in die Runde und bemühte sich, seiner Stimme einen sicheren, einen forschen Klang zu geben. Nicht anmerken lassen, dass das Solo keineswegs besonders gut war. Die anderen täuschen, überrumpeln, das war die Taktik, mit der Max seine Schafkopffreunde, im Moment aber waren sie natürlich seine bittersten Feinde, bezwingen wollte.

Seit einer Stunde hatte der Max kein Spiel mehr gewonnen, das Geld in seinem Kartenschüsserl war dahingeschmolzen, zwei Mal schon hatte er „ins Böhm fahren", also noch einmal frisches Geld zuschießen müssen und es war wie verhext: Kaum ein Trumpf verirrte sich in das Blatt vom Max. Falls er endlich ein aussichtsreiches Spiel bekam, dann hatte sein Partner keinen Trumpf.

Wenn er welche gehabt hätte, hätte sich Max Esterl die Haare ausgerissen. So aber hatte er hin und wieder leise gestöhnt, geflucht und gezahlt, während das Grinsen seiner Freunde immer breiter geworden war.

Auch dieses Solo-Spiel lief nicht so, wie der Solist sich das vorgestellt hatte. Alles, wirklich alles hatte sich gegen ihn verschworen und ausgerechnet sein Freund, der Apotheker, dem er noch am Vormittag dreihundert Euro für ein blutdrucksenkendes Mittel ins Geschäft getragen hatte, ausgerechnet der Pillendreher sorgte mit seinem Kontra dafür, dass Maxens Blutdruck in vermutlich ungesunde Höhen stieg. Zwei Trumpfstiche machte dieser, dann kam noch die Grassau dazu, die der vierte Mann geschlachtet hatte. Das Malheur war fertig. Kruminale!

In den vom Bier schon leicht geröteten Gesichtern von Esterls Schafkopfpartnern zeichnete sich Schadenfreude ab, reine, egoistische Schadenfreude, als einer von ihnen, der Heiner, die Augen gezählt und „der Arsch hat zwei Hälften" verkündet hatte. Max wusste, was das bedeutete: Jede der Parteien hatte jeweils 60 „Augen" und damit hatte er als Spieler verloren. Nachzählen war zwecklos: Der Heiner als ehemaliger Finanzbeamter hatte sich noch niemals verzählt.

Nach einem weiteren anklagenden „Kruminale" nahm Esterl einen tiefen Schluck von dem sonst ausgezeichneten Bier der Zwieseler Brauerei. Diesmal, so kam es dem Ex- Kommissar vor, hatte das Bier einen leichten Bitterton. Drei Euro kassierten die Raubritter von ihm, drei Euro. Max Esterl war schon wieder auf dem Weg „ins Böhm", er langte tief in seinen Geldbeutel und zog einen Zehner heraus. „Der letzte, dann ist Schluss, glaubst as. Einen armen Pensionisten so abkassieren, Kruminale!"

Das Mitleid der Schafkopffreunde hielt sich in Grenzen. Wichtige Fragen standen im Raum. Probleme, die sofort gelöst werden mussten.

„Bestellen wir noch eine Halbe oder gehen wir heim?"

Max drängte natürlich darauf, weiter zu spielen. Wie sonst sollte er wenigstens einiges von dem Geld, das er geopfert, ja seinen Freunden in ihre gierigen Rachen geschmissen hatte, wieder zurückgewinnen?

Also noch eine Runde. Der Kellner zog die Augenbrauen hoch, sagte aber nichts, als die Freunde, mittlerweile waren sie die letzten Gäste, ihre Bestellung aufgaben. Fünf Minuten später servierte der Ober sechs frisch gezapfte Halbe „Fahnenschwinger" vom Pfefferbräu. Die Glaskrüge mit der goldgelben Flüssigkeit waren leicht angelaufen von der Kühle ihres Inhalts, die Schaumkronen zitterten jeweils ein wenig, als der Kellner die Gläser vor seine Gäste hinstellte. So, genau so gehörte ein Bier serviert. Max begann augenblicklich seine schweren Verluste zu vergessen.

„Warum sechs Halbe? Wir sind ja nur zu fünft." Selbst fünf Spieler waren, wie der Kenner des Schafkopfspiels weiß, einer zu viel. Aber erstens waren die Schafkopfer eben genau fünf Freunde: keiner sollte zu kurz kommen. Und zweitens waren die Freunde schon in dem Alter, wo man das Bieseln nicht mehr allzu lange unterdrücken konnte. Vier spielten, einer spülte.

„Warum die sechste Halbe?"

„Der Chef kommt gleich", erklärte der Kellner. „Er hat gesagt, er möchte euch was zeigen."

Der Chef des Gasthauses „Zum Posthalter" war ein alter Freund der fünf Spieler. Normalerweise war der um diese Zeit schon im Bett. Was würde er wohl von ihnen wollen?

Kaum war die nächste Runde gespielt, da kam auch schon der Hausbesitzer, sein Name war ebenfalls Max, nahm erst Platz und dann einen tiefen Schluck von seiner Halbe, während ihn die Schafkopfer erwartungsvoll anschauten.

„Wisst ihr, dass ich von meinem Lokal aus einen Zugang zu den Unterirdischen Gängen habe?" Der Posthaltermax war kein Freund von umständlichen Formulierungen.

„Wollt ihr sie sehen?"

„Jetzt sofort?" Die Schafkopffreunde schauten auf ihre Uhren.

„Dauert nicht lange. Lasst euer Bier stehen, in einer Viertelstunde sind wir wieder da, dann trinken wir aus und ihr seid noch vor Mitternacht daheim bei euren Gattinnen." So lange Reden waren die Freunde gar nicht gewohnt vom Posthaltermax. Sie taten wie ihnen geheißen und folgten dem Wirt in den Untergrund. Max Esterl war gespannt darauf, was sie erwartete und vor allem darauf, warum der Posthaltermax ihnen eigentlich die unterirdischen Gewölbe zeigen wollte.

Je weiter sie die steile und enge Treppe hinuntergingen und je mehr sie den Modergeruch wahrnahmen, der hier unten herrschte, desto deutlicher stiegen im Ex-Kommissar wieder die Erinnerungen hoch, Erinnerungen an seine Jugendzeit.

Oft waren sie als junge Burschen, Max war, nach der Polizeischule, gerade an die Inspektion Zwiesel versetzt worden, drei Häuser weiter oben auf der gleichen Stadtplatzseite im Restaurant „Zum Nepomuk" gesessen. Ein Tscheche hatte das Lokal eröffnet und mit seiner vorzüglichen balkan-böhmischen Küche immer ein volles Haus gehabt. Der Tscheche verstand sein Geschäft.

Sykora, Lukaš Sykora war sein Name, daran konnte sich Max noch erinnern, Lukas Meise auf Deutsch, ein lustiger Name, deshalb hatte Max ihn sich auch gemerkt. Der Lukas war in den siebziger Jahren aufgetaucht, man munkelte, er sei 68, wie so viele, nach dem Einmarsch der Russen in die damalige Tschechoslowakei aus Pilsen geflüchtet, Genaueres aber wusste niemand.

Eines Abends, anfangs der siebziger Jahre musste es gewesen sein, Max und seine Freunde hatten gut gegessen und nicht wenig getrunken, hatte einer von ihnen, Hubert, ein manchmal etwas durchgeknallter Postbote, die Idee:

„Dem Sykora hab ich gerade die Schlüssel vom Brett geklaut, kommt, Burschen, ich zeig euch was, das habt ihr euer Lebtag noch nicht gesehen."

Die Freunde wunderten sich, was der Hubert wohl vorhatte, aber sie schlossen sich ihm an und hasteten die Stiege hinunter, dem Hubert hinterher. Drei Stockwerke tiefer öffnete Hubert die schwere Tür, die den Weg in den Keller freigab und schaltete die Beleuchtung

ein, die einen ziegelgemauerten, etwa zwei Meter brei-
ten und ebenso hohen Gang spärlich erhellte.

Max hatte, wie jeder Zwieseler, schon etwas von den
„Unterirdischen Gängen" gehört, die den Zwieseler
Stadtplatz seit vielen Jahrhunderten nach geheimnis-
vollen Mustern durchzogen.

Schon in Heimatkunde hatte ihr Lehrer Großkopf
den Buben der Knabenschule einen kurzen Blick in den
Gang gewährt, der von der Schule aus zum Stadtplatz
verlief und später, beim Bau einer Turnhalle, zubeto-
niert worden war. Max erinnerte sich noch deutlich an
den Schauder, den das alte Mauerwerk, die Finsternis
und der Geruch nach Moder und Fäulnis bei ihm, dem
kleinen Maxl damals hervorgerufen hatte. Und auch an
die Bilder erinnerte sich Max noch, die der Lehrer in
seinem Kleinbubenhirn entstehen hatte lassen.

Fluchtwege, so hatte ihr Lehrer das geschildert, waren
die Gänge gewesen, die die Bürger vor Gefahren schüt-
zen sollten. Anschaulich hatte Großkopf den Buben
vor Augen geführt, dass ein grenznaher Flecken wie
Zwiesel immer und immer wieder in Gefahr gewesen
war, dass kaum einmal ein Vierteljahrhundert verging,
in dem das Leben der Grenzbewohner nicht bedroht
gewesen wäre.

Vor den Hussiten hatten sie sich hier versteckt, vor
den Schweden, den Panduren, aber auch vor den Öster-
reichern und sogar den Bayern. Grenzlandschicksal.

Eines hatte ihnen, den jungen Leuten damals, kaum
ein Dutzend Jahre nach dem großen Krieg, allerdings
keiner gesagt. Was war damals, zum bitteren Ende des

Krieges, hier los gewesen? Wer hatte sich hier versteckt, hatte hier Zuflucht gesucht?

Zu frisch waren wohl die Eindrücke noch gewesen, zu viele der Mitschuldigen hatten damals noch gelebt, niemand wollte das Thema anpacken, alles wurde totgeschwiegen. Aber viele Jahre später, als die wichtigsten Personen schon nicht mehr am Leben waren, hatte man doch noch einmal recherchiert, wenn auch nur oberflächlich. Das Ergebnis dieser Recherche war dann auch ziemlich dünn gewesen. Die offizielle Version hatte so gelautet:

„Am Ende des Zweiten Weltkriegs waren die Gänge wohl ein letztes Mal genutzt worden, aber da war es dann ganz schnell gegangen. Die Zwieseler hatten es durch ihr Verhandlungsgeschick geschafft: Die in der Stadt anwesenden und zu allem entschlossenen SS-Haufen unter dem Befehl eines gewissen Oberst Bingemer, eines Ritterkreuzträgers, zogen Richtung Falkenstein und Böhmen ab und Zwiesel konnte sich kampflos den US-Truppen ergeben."

Als Max älter geworden war, hatte er sich oft gefragt, wie die Unterhändler das wohl geschafft hatten:

Einen Obersten und Ritterkreuzträger davon zu überzeugen, dass er sich zurückziehen müsse.

Aus Rücksicht auf die Bevölkerung.

Als ob irgendeiner damals Rücksicht auf die Bevölkerung genommen hätte. Die Zwieseler und ihr Städtchen waren den „Verteidigern", diesem letzten verzweifelten Haufen wohl sicher völlig wurst gewesen, sie hatten zwei Tage vorher mit der Verteidigung der Nachbarstadt Regen bewiesen, zu was sie noch imstande waren: Fünfzig Tote hatte diese sinn- und rücksichtslose Aktion gekostet, aber die US-Truppen waren kurzfristig aufgehalten worden. Warum hatte man dies nicht auch in Zwiesel, dem letzten größeren Ort vor der Grenze zum Protektorat Böhmen mit seinem wichtigen Knotenbahnhof versucht?

Diese Frage hatte Max Esterl immer wieder beschäftigt. Wie gern hätte er gewusst, wie die Verhandlungen abgelaufen waren. Wie hatten es die Zwieseler geschafft, den Kriegshelden und Ritterkreuzträger von der kampflosen Übergabe ihres Städtchens zu überzeugen?

Die Verhandlungen zwischen dem Wehrmachts-Oberst und den Vertretern Zwiesels und der umliegenden Gemeinden hatten sogar in dem Haus stattgefunden, in dem sie heute Nacht Karten gespielt hatten. Die Gedanken an das Kartenspiel und die Worte des Posthaltermax rissen Esterl wieder in die Gegenwart zurück:

„Na, was sagt Ihr zu dem Plan?"

Welchen Plan gab es? Wovon hatte der Wirt gesprochen, wie lange war er so in Gedanken versunken gewesen? Unwillkürlich schüttelte Max Esterl den Kopf.

„Glaubst nicht, dass das was werden könnte mit dem Kellerlokal hier herunten?" Der Posthaltermax hatte das Kopfschütteln wohl falsch interpretiert. Aber jetzt wusste Max wenigstens ungefähr, wovon die ganze Zeit die Rede gewesen war.

„Naa, naa, das könnt schon was werden, das hat schon was." Die anderen pflichteten ihm bei und gingen sofort ins Detail: Gute Lüftung, flotte Bedienung, auch hier herunten und, da waren sich alle einig: Toiletten mussten unbedingt hier runter.

Kapitel 2: Das Projekt ...

„Und? Wie war es gestern? Hast verloren, weil du heute gar so einsilbig bist?" Eva, die Gattin vom Max musterte ihren Mann gründlich, während sie sich, ohne hinzuschauen, den Butter auf ihr Frühstücksbrot strich.

„Ja, verloren hab ich wie noch selten zuvor, fast fuchzehn Euro werden es gewesen sein, die mir die Banditen abgenommen haben, aber deswegen sinnier ich nicht, die sind schon abgeschrieben." Max Esterl nahm einen kleinen Schluck von dem vorzüglichen Kaffee aus der kleinen Zwieseler Rösterei, ohne den er sich ein Frühstück daheim nicht mehr vorstellen konnte und fuhr fort: „Das, was wir gestern beim Posthaltermax gehört haben, das will mir nicht aus dem Kopf."

Max erzählte seiner Eva, der Lehrerin am Zwieseler Gymnasium, die heute erst ab der zweiten Stunde Unterricht und deshalb Zeit für ein kleines Schwätzchen hatte, was für ein Projekt sein Freund da unten, in der Souterrainabteilung des Stadtplatzes vorhatte. Er erzählte seiner Frau, die Geschichte und Deutsch unterrichtete, auch von seinen Jugenderlebnissen dort unten und davon, dass die Gänge wohl das letzte Mal im Zweiten Weltkrieg als Zuflucht gedient hatten.

„Ja Max, das ist ja hochinteressant", war die überraschende Antwort von Eva. Auf sein fragendes Stirnrunzeln hin erklärte die Lehrerin ihrem Max, dass sie vorhatte, mit ihrer Oberstufenklasse ab Oktober ein Projekt zu starten im Rahmen eines sogenannten P-Seminars, ein Projekt, das sich genau mit dem Ende des Zweiten Weltkriegs im Zwieseler Winkel befassen werde. Jetzt, da die letzten Zeitzeugen langsam wegstürben sei es an der Zeit, zu sammeln und zu dokumentieren, was noch da sei.

„Das mit den „Unterirdischen Gängen", Max, das hab ich gar nicht so recht im Blick gehabt, aber das ist natürlich ein wichtiges eigenes Kapitel." Evas Stimme klang ganz aufgekratzt.

„Du musst mir alles erzählen, was du weißt. Und dann musst du mir Leute nennen, Zeitzeugen, du kennst doch jeden hier in Zwiesel. Wer könnte da noch was wissen?" Eva war so aufgeregt, dass sie sich an einem Mohnhörnchen verschluckte, einen Hustenanfall bekam und rot anlief.

Max schlug, als er das sah, seiner Frau kräftig auf den Rücken, so kräftig, dass dieser wiederum der Rest des Mohnhörnchens aus der Hand in die Kaffeetasse fiel. „Spinnst du!", röchelte Eva, „du schlägst ja zu wie ein Verrückter, du bringst mich ja um!"

„Nichts kann man recht machen, Kruminale. Meine lebensrettenden Sofortmaßnahmen werden gleich ins Gegenteil verkehrt und als Mordversuch hingestellt.

Wenn ich nichts mache, heißts dann unterlassene Hilfeleistung."

„Mehr Gefühl bräuchtest du, Max Esterl, mehr Gefühl", krächzte Eva, die aus München stammte. „Aber du bist halt auch so ein Bayerwaldbüffel, so ein roher, ungehobelter."

Dass er als „Bayerwaldbüffel" tituliert wurde, machte Max nichts aus, das war er gewohnt seit seiner Schulzeit. Immer hatten ihre Lehrer sie mit solchen Namen bedacht und oft hatte Max später mit seiner Frau darüber geredet. Eva hatte jedes Mal versichert, dass ihr, nach über zwanzig Jahren Unterricht in München, die Zwieseler Schüler wie die Engerl und die Zustände an der Schule wie im Paradies vorkämen.

Während Eva sich von ihrem Erstickungsanfall erholte, dachte Max darüber nach, wer noch übrig geblieben war aus jener Zeit, der Kriegszeit. Viele würden da nicht in Frage kommen: Am Stadtplatz oder in seiner näheren Umgebung mussten sie gelebt haben und sie mussten geistig noch einigermaßen fit sein. Sein Vater, so erinnerte sich Max, hatte einiges gewusst, das meiste aber auch nur vom Hörensagen. Der Vater war in dieser Zeit im Krieg, später dann im Lazarett gewesen, die allerletzten Kriegstage in Zwiesel hatte er allerdings miterlebt: Mit zerschossenen Beinen war er in Eisenstein im Lazarett gelegen und mit einem Leiterwagerl hatte ihn seine Frau, Maxens Mutter, nach Zwiesel gezogen. So war der Vater der Kriegsgefangenschaft entgangen, hatte er seinem Sohn Max immer wieder erzählt. Warum hatte er damals nicht noch besser aufgepasst?

Der Vater hatte nicht viel über den Krieg geredet, dazu waren seine Erinnerungen wohl zu grauenhaft gewesen. Aber über die letzten Tage, da hatte Max einiges erfahren, auch durch seine Mutter. Max erinnerte sich jetzt auch wieder ganz deutlich an den notdürftig verputzten Fleck im Plafond der elterlichen Küche. Der Fleck, so hatte seine Oma gern und häufig erzählt, stammte von einem Stein, der bei der Bombardierung der Bahnlinie fast einen halben Kilometer durch die Luft geschleudert worden war, das Hausdach durchschlagen hatte und zwei Stockwerke tiefer im Keller gelandet war. So vieles kam in Max Esterl wieder hoch, so viele Erinnerungen blitzten auf, Details, die irgendwo ganz hinten in seinem Hirn gespeichert waren.

Hatte seine Großmutter nicht erzählt von einem Zwieseler Pfarrer, der den Nazis ziemlich renitent und unverblümt Widerstand geleistet hatte? Der, als die NS-Ortsgruppenleitung verlangt hatte, dass er die Birken entfernen lasse, die auf dem Turm seiner Kirche St. Nikolaus wuchsen und den Nazis ein Dorn im Auge waren, geantwortet hatte, er habe die Birken nicht hinaufgetan, also werde er diese auch nicht „heruntertun". So konnte sich die uralte Prophezeiung des Waldpropheten „Mühlhiasl" bewahrheiten, der vorausgesagt hatte, dass das Weltaufräumen bald da sei. „Wenn am Zwiesler Kirchaturm de Baam wochsnd, dann iss soweit".

Hatte sie nicht erzählt von jenem tapferen und aufrechten Zeitungsmann, der bei einem Aufmarsch der SA von einem „Faschingszug" gesprochen hatte, hingehängt wurde und dann vor dem Mob der Nazis flüchten musste?

All die Geschichten kamen Max wieder zu Bewusstsein, all das, was die Zwieseler nach dem Krieg verdrängt hatten, was sie vergessen wollten. Während seiner eigenen Gymnasialzeit waren diese Themen tabu gewesen, niemand redete darüber. Die einen unter den Lehrern deshalb nicht, weil sie selber noch traumatisiert und kriegsversehrt an Leib und Seele waren, sich mit hölzernen Beinen oder Armen oder zerschossenen Lungen durchs Schulleben schlagen mussten, die anderen nicht, weil sie selber alte Nazis gewesen waren und an einer Aufarbeitung ihrer Schuld kein Interesse hatten.

„Ich helf dir da, unbedingt", überraschte Max Esterl seine Frau, die höchstens mit einem „klingt ja interessant" gerechnet hatte. „Vielleicht ist die Zeit jetzt wirklich reif."

Bis spät in die Nacht saßen die beiden beisammen, Max hatte inzwischen eine Flasche Grünen Veltliner von seinen Freunden Melitta und Ludwig Gruber aus Mittelberg im Kamptal aufgemacht und dazu ein schönes Stück Gselchtes, „Bayerwaldchips", wie Max sie nannte, fein geschnitten.

Und Max erzählte: Vom Zwieseler Pfarrer, Seidlmeier hatte er geheißen, dessen Predigten den Nazis so verhasst waren, dass sie mitschrieben, um ihm endlich einen Strick drehen zu können. Als der Stadtpfarrer den Stenographen bemerkt hatte, gab er laut und deutlich von der Kanzel herab dem Mesner den Auftrag, das Licht einzuschalten, damit dieser Herr, ein Lehrer war es gewesen, auch besser mitstenographieren konnte. Der Pfarrer hatte Glück. An ihn trauten sich die Braunen nicht heran. Dafür wurde sein Kaplan wegen lächerlicher Anschuldigungen verhaftet.

Max erzählte von der Frau aus dem Armenhaus in der Angerstraße, die den marschierenden SA-Braunhemden ein Nachthaferl vom ersten Stock auf die Köpfe geleert hatte und die natürlich nicht so glimpflich davon gekommen war. Max erzählte und erzählte und wunderte sich über sich selber und über das, was er noch alles wusste.

Eine zweite Flasche Wein, diesmal ein Lemberger vom Weingut Leiss im württembergischen Gellmersbach wurde aufgemacht und erst als Eva „stopp Max, das kann ich gar nicht alles auf einmal packen" rief, erst da hörte dieser auf, erschöpft, aber auch irgendwie erleichtert.

„Mach was draus, Eva. Ich werde dich unterstützen, wo ich kann. Und jetzt Prost." Max lächelte seine Eva an. „Das ist auch so eine Art Detektivarbeit."

„Ja, und harmloser als deine letzten Ermittlungen."

Eva prostete Max zu. „Auf gute Zusammenarbeit."

„Auf gute Zusammenarbeit." Max stand auf und merkte, dass er etwas unsicher auf den Beinen war. Er vertrug nichts mehr.

Als Max am nächsten Morgen um sechs Uhr aufwachte, erinnerte ihn ein ganz leichter Hauch von Kopfweh an die gestrige Geschichtsstunde. Heute Abend würde er nichts trinken außer Wasser, zwei Tage hintereinander zu viel Alkohol, das tat dem Pensionisten nicht mehr gut.

Max bereitete das Frühstück vor, weckte Eva, die auf dem Weg zum Bad schon den Duft des frisch gebrühten Kaffees aus der Zwieseler Rösterei in sich hineinzog. „Da lohnt sich wenigstens das Aufstehen", kommentierte die Lehrerin, „woher kommt der Kaffee heute?"

„Mexiko ist momentan der Favorit", war die Antwort vom Max, dem es Spaß machte, alle Sorten, die der Röster auf Lager hatte, durchzuprobieren, im Traum alle die exotischen Länder zu besuchen, die im Angebot waren, und so wenigstens einen Hauch von Fernweh zu spüren. „Sulawesi", wie das schon klang, „Costa Rica", „Äthiopien".

„Bleibt es dabei?", riss seine Frau, die inzwischen selber mit dem Frühstück fast fertig war, den Ex-Kommissar aus seinen Gedanken. „Du machst dich möglichst bald auf die Suche nach Zeitzeugen, zu denen ich meine Schüler dann schicken kann. Die sollen Interviews mit ihnen machen und schließlich das Ganze verarbeiten. In der ersten Oktoberwoche wollen wir anfangen, nach dem „Tag der Deutschen Einheit", das passt ganz genau."

Normalerweise hätte Max so einen Auftrag etwas brummig und widerwillig angenommen. Eva sollte nicht glauben, dass er sich einfach herumkommandieren ließ. Aber in diesem Fall reagierte er mit einer für die frühe Morgenstunde ganz beachtlichen Begeisterung. „Gleich klemm ich mich hinters Telefonbuch und arbeite die Liste ab, die ich schon seit heute Nacht im Kopf habe. Und dann geh ich zum Pfarrer und frag, ob ich die Aufzeichnungen vom Pfarrer Seidlmeier aus dieser Zeit ausleihen darf, die sollen noch existieren, hab ich irgendwo gelesen, die sind bestimmt interessant.“

„Also Tschüüüss und einen schönen Tag“, flötete Eva ihrem Max zu, bevor sie aus der Küche verschwand.

„Servus“, brummte der Ex-Kommissar. Ein „Tschüss“ wäre ihm nie im Leben über die Lippen gekommen. Das war nicht seine Sprache.

Ob der Pfarrer schon auf war? Das Telefonbuch konnte noch warten, entschied Max.

Der Zwieseler Stadtpfarrer machte sich gerade auf den Weg zum Kommunionunterricht an der Grundschule, als Max ihn traf.

Die Aufzeichnungen des Pfarrers Seidlmeier aus der Nazizeit könne Max natürlich haben.

„Hamma an neuen Kriminalfall“, fragte der Pfarrer ironisch, „für den du 70 Jahre zurück recherchieren musst?“

„Mord verjährt nicht“, gab der Ex-Kommissar etwas geheimnisvoll zurück.

„Na, dann viel Glück beim Ermitteln.“

„Danke, Glück kann man immer brauchen." Max Esterl wusste zu dem Zeitpunkt noch nicht, wie sehr und wie bald sich dieser Satz bewahrheiten würde.

Kapitel 3: Ein grausiger Fund

Max brachte Eva den verstaubten, in Leder gefassten Band mit den Aufzeichnungen. Ehrfürchtig fuhr die Lehrerin mit der Hand über den leicht angefransten braunen Buchdeckel. Als sie den Folianten vorsichtig aufschlug, seufzte Eva hörbar: „Ich hab mirs gedacht."

Max schaute fragend.

„Ich hab mirs gedacht", wiederholte Eva. „Der Pfarrer hat natürlich auch so eine Sütterlinklaue, dass kein Mensch, der nach 1930 geboren wurde, das lesen kann. Da werd ich mich schwer tun, das wird noch eine elende Buchstabiererei."

Zu ihrem Erstaunen antwortete Evas Mann, dass er diese alte deutsche Schrift recht gut beherrsche, er habe sie schließlich zweimal lernen müssen: Erst an der Volksschule und gleich das Jahr darauf in der ersten Klasse des Gymnasiums.

„In dir schlummern Talente, von denen ich keine Ahnung hatte." Eva tat so, als würde sie Max unendlich anhimmeln. „Zu meiner Zeit stand diese Schrift schon nicht mehr auf dem Lehrplan. Ich bin ja stolz darauf, einen so umfassend gebildeten Menschen zum Ehegatten zu haben."

„Ich helf dir schon beim Entziffern, brauchst gar nicht so viel Honig bieseln", machte Max der Lobhudelei ein Ende. „Heute Abend fang ich an, oder besser morgen", verbesserte sich Max, dem gerade eingefallen war, dass er heute noch ins Pfefferbräustüberl wollte, um sich eine Fußball-Championsleague-Übertragung anzuschauen. Das hatte natürlich Vorrang. Auf einen Tag mehr oder weniger kam es schließlich bei einem über 70 Jahre alten Buch nicht an.

***

Auch Max Esterl behandelte den Folianten ganz vorsichtig, als er sich am nächsten Morgen, kaum dass Eva aus dem Haus war, an die Arbeit machte. Die Einträge vor 1933 überschlug Max, richtig interessant für Eva würde es etwa ab der Machtübernahme durch die Nazis werden. Erst wollte Max sich einen Überblick verschaffen, und dann die für Eva wichtigsten Stellen heraussuchen, entziffern und in den PC tippen. Doch kaum hatte er zu lesen begonnen, da nahm ihn das Geschriebene schon so gefangen, dass er alles um sich herum vergaß.

So einfach, wie Max es sich vorgestellt hatte, war das Entziffern der Priesterschrift nicht, der Pfarrer hatte einige Zeichen verwendet, die Max weder beim Lehrer Großkopf in der Knabenschule noch beim Professor Lehner am Gymnasium gelernt hatte. Aber es ging vorwärts, manchmal flott, dann wieder, wenn der Pfarrer Seidlmeier in Eile gewesen war, stockend.

„1933", las Max. „Ende Januar übernahm Hitler das Reichskanzleramt. Die Nationalsozialisten jubeln."

Einige Zeilen weiter entzifferte Max: „Am ersten Mai wurde das neu eingeführte „Fest der Arbeit" gefeiert. Kirchenzug, Tam=Täm, Beflaggung, Triumpfbögen! Zum erstenmal durften die Nationalsozialisten mit Uniform in die Kirche! Welche Freude!! Da sah man auf einmal manchen, den man das ganze Jahr nicht in der Kirche erblickt!"

Schon beim Lesen dieser ersten Sätze spürte der Ex-Kommissar, dass sich der Stadtpfarrer damit weit aus dem Fenster lehnte. „Kruminale! Der traut sich was", dachte Max, während er leise durch seine Zähne pfiff. Tatsächlich dauerte es nicht mehr lange, bis der Pfarrer nicht nur auf dem Papier, sondern auch in der direkten Auseinandersetzung seinen Mut beweisen musste:

„Nach der Mission", so las Esterl, „begann auch hier allmählich eine Zeit der Aufregung.

Schon im März waren kommunistische Führer in Zwiesel verhaftet worden; darunter der größte Hetzapostel M.S., ein gewisser Sch. und andere." Diese Verhaftungen hatten den Kommunistenfresser Seidlmeier noch nicht so sehr berührt, aber bald merkte er, dass es nicht nur den Roten an den Kragen ging.

„Hernach setzte schon der Kampf gegen die kathol. Vereine ein. Am Fronleichnamstag marschierten die kath. Vereine bei der Prozession noch mit in besonderer Stärke, auch am Fronleichnamssonntag (18. Juni). Die Nazi ärgerten sich darüber naturgemäß; dieselben beteiligten sich in geschlossener Formation mit Uniform n i c h t. In der Nacht vom 18. Juni auf 19. Juni (ca. 10 h nachts) besetzten jugendliche Nazi das Lehrlingsheim."

Max hätte gern weitergelesen, das „Lehrlingsheim" hatte er selbst noch gekannt, dort hatte er einen Teil seiner Jugend verbracht, einen sehr wichtigen Teil, wie er jetzt, im Nachhinein fand, dort hatten sie Gruppenstunden gehabt, Theater gespielt, von dort aus hatten sie Unternehmungen geplant, Zeltlager, die man heute als Abenteuer- und Erlebnispädagogik verkaufen würde und dort hatten sie einen Geistlichen erlebt, der sie geprägt hatte in seiner Offenheit und Aufgeschlossenheit. Auch von den „Kämpfen um das Lehrlingsheim" während der Nazizeit hatte ihnen dieser Geistliche erzählt, aber als Jugendliche hatten sie die Erzählungen nicht so wichtig genommen. Heute wollte Max Esterl genauer wissen, was damals los war.

Aber das Klingeln des Telefons störte Max in seinen Gedanken.

„Max Esterl, Grüß Gott".

„Ja, hier auch Max. Der Posthaltermax. Max, magst schnell vorbeischauen, hast Zeit? Wir haben da was gefunden", der Posthaltermax druckste irgendwie rum, „hast Zeit, bevor ich die Polizei ruf, sollst du dirs anschauen und vielleicht, vielleicht auch sagen, was wir tun sollen, das ist vielleicht eine Katastrophe, das wird uns beim Bau zurückhauen, vielleicht um Wochen. Komm bitte gleich!"

Kruminale! Wenn der Posthaltermax, der sonst eher zu den Maulfaulen gehörte, so viele Worte am Telefon machte, dann musste schon einiges passiert sein. Max legte ein „Einmerkerl" in die Chronik und tat sie vorsichtig in eine Ablage an seinem Schreibtisch.

Er setzte den Fahrradhelm auf. Für kurze Strecken benutzte Max neuerdings ein E-Bike, das er sich vor einigen Wochen gekauft hatte. Jetzt machte ihm das Radfahren wieder Freude, sein kaputtes Knie bereitete keine Probleme mehr, im Gegenteil, Max hatte das Gefühl, dass das Radfahren seinen Gelenken gut tat. Den Berg von seinem Haus zum Stadtplatz hinunter pfitschte der Ex-Kommissar mit Höchstgeschwindigkeit.

Der Posthaltermax erwartete den „Kriminalermax" schon an der Eingangstür seines Gasthofs.

„Geh mit", lautete seine knappe Anweisung und er führte den Ex-Kriminaler den gleichen Weg nach unten, den die Schafkopffreunde vor wenigen Wochen gegangen waren. Die Treppen waren mit einem grauen Vlies ausgelegt, Gesteinsbrocken, Ziegelreste und Mörtelbatzen wiesen darauf hin, dass dort unten seit einigen Tagen gearbeitet wurde. Die beiden kamen in den ersten der unterirdischen Gänge. Hier waren schon die Maurer am Werk gewesen, es roch nach frischem Mörtel, die Wände waren offensichtlich behandelt worden.

„Das wird einer der Gasträume, hierhin kommt die Theke, dort die Tische, alles natürlich indirekt beleuchtet ..."

Max verstand immer noch nicht, was er hier sollte und warum es sein Freund so eilig gehabt und so geheimnisvoll getan hatte. Der Posthaltermax hatte seine Irritation offenbar bemerkt.

„Aber deswegen hab ich dich nicht hergebeten. Gehen wir in den nächsten Raum." Die beiden mussten sich etwas bücken um durch einen gemauerten Rundbogen in einen rechteckigen, ziemlich großen Raum zu gelangen, der zum größten Teil in den Fels gehauen war, eineinhalb Seiten waren aber gemauert. Auch dieser Raum war durch Arbeitsstrahler gut ausgeleuchtet.

„Ich hab die Arbeiter heimgeschickt und ihnen aufgetragen, den Mund zu halten. Bis morgen, länger wird es sicher nicht dauern, dann weiß es die ganze Stadt."

„Die ganze Stadt weiß es, nur ich nicht", klagte Max, der immer noch keine Ahnung hatte, um welches Geheimnis es hier ging und was er hier sollte.

Ohne ein weiteres Wort zu verlieren, ging der Posthaltermax auf ein Loch in der Ziegelwand zu. Der Mauerschutt am Boden war das Zeichen dafür, dass die Bauarbeiter die Mauer offenbar gerade durchbrochen hatten. Der Freund hatte eine lichtstarke Stablampe dabei, die Esterl gar nicht bemerkt hatte. Diese gab er Max mit den Worten: „Schau selber, mach dir ein Bild, ich möchte, dass du es siehst, bevor ich die Polizei benachrichtige. Auf ein paar Stunden hin oder her kommt es da auch nicht mehr an."

Vorsichtig stieg Max durch die Maueröffnung und dirigierte den starken Strahl der Lampe in den benachbarten Raum, der nicht besonders groß zu sein schien, eher wie eine niedrige Kammer aussah.

„Gej, da schaust, da grausts dir", kommentierte währenddessen der Gasthausbesitzer, und er hatte Recht.

Was Max hier sah, ließ selbst ihn, der von Berufs wegen einiges gewohnt war, erschauern.

Auf einem Stuhl saß, mit dem Gesicht direkt zu ihm, eine Leiche, eine mumifizierte Leiche. Sie war überzogen von einem Gespinst, einer Art weiß-grauem Gewebe. Max trat näher, richtete den Lampenstrahl voll auf die Mumie und schaute genauer hin.

Zähne grinsten in einem Lächeln der Ewigkeit, Augenhöhlen starrten Max entgegen, Staub, Staub, Staub. Dann ein zweiter, ein noch genauerer Blick: der Mann trug Uniform und war mit einem Strick an den Stuhl gefesselt, deshalb seine aufrechte Haltung, nur der Kopf war leicht vorgeneigt. Als er sich noch näher zu der Mumie hinbewegen wollte, stieß Max mit dem Fuß an etwas Rundes, das unter den Stuhl rollte. Max bückte sich nach dem Gegenstand und holte ihn unter dem Stuhl hervor. Er hatte einen Stahlhelm in der Hand. Max stellte den Helm wieder auf den Boden, dorthin, wo man in der Staubschicht deutlich den runden Abdruck des Helms erkennen konnte.

„Ich brauch Handschuhe."

„Hab ich dabei, hab mirs schon gedacht."

Nachdem er die Handschuhe übergestreift hatte, hob Max den Helm wieder vom Boden auf und leuchtete ihn an. Er war so verstaubt, dass man kein Detail erkennen konnte. Vorsichtig wischte Max Esterl mit seinem behandschuhten Zeigefinger über die Seiten des Helms. Ein Emblem war dort angebracht. Max wischte nochmals, der Posthaltermax leuchtete mit der Stablampe, jetzt konnte man ein Symbol erkennen.

Als er realisierte, was er da in der Hand hielt, fiel dem Ex-Kommissar das Ding fast aus seinen nunmehr leicht zitternden Fingern.

„Ein SSler sitzt hier vor uns. Das ist ein Hammer!"

Der Posthaltermax schaute nochmals genauer hin. „Tatsächlich, die Runen. Das ist aber nicht gut für mich. Jetzt wird der Raum von der Polizei abgesperrt, die Ermittlungen werden durchgeführt, Spuren gesucht, kennt man ja alles von den Fernsehkrimis, wie lang kann das dauern? Soll ich das überhaupt melden? Einfach wieder zumauern wär das Beste. Den machen wir auch nicht mehr lebendig."

Da war sie wieder, diese Einstellung, die die Zwieseler auch vor 70 Jahren schon gehabt hatten, als der Krieg vorbei war. Einfach mauern, zumauern. Schwamm drüber, niemanden zur Verantwortung ziehen. Nach kurzer Zeit schon, so hatte ihm seine Großmutter einmal erzählt, hatten die alten Nazis in der kleinen Stadt ihr Mäntelchen gewechselt und gaben wieder den Ton mit an.

„Das kannst du nicht machen, da dringt garantiert was durch. Deine Maurer sitzen jetzt bestimmt schon daheim und erzählen ihren Frauen die Gruselstory von der Leichenkammer und morgen steht es im Dschungelboten, aber nicht nur im Lokalteil, glaub mirs. Nimms als kostenlose Werbung, lass dir was einfallen."

Fast wären Max die Worte entschlüpft, sein Freund solle den Fund doch ausstopfen lassen und in eine Vitrine geben und den Raum das „Nazistüberl" nennen, aber er merkte sofort, dass das nicht die Art von

Humor war, die sein Freund jetzt brauchen konnte und er biss sich auf die Zunge.

„Melden musst du den Fund, da kommst du nicht daran vorbei, aber lass uns noch einige Fotos machen, auf die halbe Stunde kommt es auch nicht mehr zusammen und, Max, den SS-Helm, den nehm ich mit, der ist hier im Staub gelegen, den hat kein Schwein gesehen, den brauchen sie auch gar nicht für die Ermittlungen. Der landet in der Asservatenkammer oder bei einem Militariasammler, wenn es blöd läuft."

Der Posthaltermax machte sich wortlos auf den Weg nach oben, um seinen Fotoapparat zu holen, den „Guten", das Handy war ihm für so eine Dokumentation zu schwach. Währenddessen schaute sich Max die Mumie noch einmal genauer an. Als Fesseln hatten Stricke gedient, fast Kälberstricken ähnlich, soviel konnte Max erkennen, obwohl der ganze Leichnam von einer Schicht weißgraubraunem Moder überzogen war.

Was mochte sich hier wohl abgespielt haben? Diesem Geheimnis würde er gerne auf die Spur kommen. Und was würde Eva dazu sagen? Der Posthaltermax musste ihm seine Fotos sofort per Mail schicken, sonst würde Eva die Geschichte gar nicht glauben!

So, halb in Gedanken versunken, ließ Max Esterl den Strahl seiner Stablampe durch den Rest des Raumes gleiten. An einer gemauerten Wand entlang ließ er den Strahl spazieren, in eine dunkle Nische hinein. Halt!

Max kam es so vor, als schauten aus dieser Nische zwei Beine hervor. Das konnte nicht wahr sein! Noch ein SSler? Max hatte, wegen der Spuren, den Raum zwar bisher noch nicht richtig betreten, jetzt aber siegte seine Neugier. Vorsichtig folgte er dem Licht der Lampe. Als er zur Nische kam, hielt der Ex-Kommissar die Luft an. Er schaute direkt in die leblose Fratze einer zweiten Mumie, einer, das sah Max sofort, die aus einer späteren Epoche stammen musste: Schlaghosenjeans waren zu seiner Jugend modern gewesen, und aus der grauen, spinnwebenartigen Moderschicht, die die Mumie umgab, schienen die schwarzen Enden von Kabelbindern herauszuspitzen. „Wann hatte es die ersten dieser genialen Plastikteilchen gegeben?", überlegte Max Esterl.

„Was suchst du denn da hinten?"

Der Posthaltermax war mit seinem Fotoapparat zurückgekommen.

„Geh her und schau selber."

Als der Freund der zweiten Mumie direkt in ihr grausiges graues Gesicht schaute, ließ er vor Schreck fast den teuren Apparat fallen.

„Oh leck! No a Leich!? Das geht uns grad noch ab!"

Nachdem der zweite Max nach den Anweisungen von Max I. beide Mumien ausführlich abgelichtet hatte, war es an der Zeit, die Polizei zu benachrichtigen. Esterl bat den Freund, ihn bei der Polizei herauszuhalten und seine Anwesenheit zu verschweigen.

„Sonst gibt's wieder ein Gfetz, weil ich, der ehemalige Kriminaler, meine Nase hier reingesteckt habe. Die Fußabdrücke von uns werden sie ja finden, unsere tüchtigen Techniker und Spurensicherer. Sag einfach, da ist einer der Arbeiter auch noch näher rangegangen. Die Abdrücke, die neueren Datums sind, werden die Kollegen gar nicht sehr interessieren. Die müssen weiter zurückblättern in den Geschichtsbüchern, dann können sie vielleicht einen der Fälle noch lösen."

Nichts hätte sich Max jetzt mehr gewünscht, als noch aktiver Kriminalbeamter zu sein und mit der Klärung dieser höchst interessanten Tötungsdelikte beauftragt zu werden. Zum ersten Mal seit seiner Pensionierung vor drei Jahren bedauerte er sein Ausscheiden.

„Schade", entfuhr es Max Esterl.

„Was hast gsagt? Natürlich ist das ein Schaden", antwortete der Posthaltermax. „So eine Zeitverzögerung, das wirft alle meine Pläne um. Bis zum Spätherbst wollte ich starten. Wildwochen sollte es geben, ein Hirsch liegt schon in der Gefriertruhe, an Weihnachten brauch ich den nimmer, da brauch ich Gänse oder Enten."

Max Esterl musste wieder an das denken, was er vor einigen Minuten sich nicht auszusprechen getraut hatte.

„Sieh das einmal anders. Du glaubst nicht, was diese Entdeckung für eine Werbung für dein Lokal bedeuten kann. Es ist zwar makaber, aber heb dir diese Fotos gut auf. Die Zwieseler werden sich gruseln vor dem, was einige ihrer Vorfahren getan haben. Vielleicht kriegt man es raus, was hier passiert ist, vielleicht auch nicht. So oder so aber wird das hier für viele Leute eine besondere Attraktion werden. Bis jetzt hat man in Zwiesel sowieso über alles geschwiegen, was damals passiert ist.

Jetzt wird es rauskommen: Die geheimnisvolle dunkle Seite des adretten, netten Städtchens mit dem harmlosen Titel „Luftkurort". Einen Schaden für dein Lokal sehe ich da nicht. Und jetzt verzupf ich mich und du rufst an. Und vergiss nicht, Max: Ich weiß von nichts."

Kapitel 4: Der Stahlhelm muss weg!

Selten hatte Max Esterl so ungeduldig auf seine Frau Eva gewartet wie heute. Obwohl er genau wusste, dass Eva nicht vor ein Uhr von der Schule heimkommen würde, hatte er das Gulasch, das von gestern noch übrig war, schon um kurz nach zwölf aufzuwärmen begonnen. Jetzt saß er am Küchentisch und schaute alle Augenblicke durchs Fenster auf die Straße. Als Eva dann endlich, um fünf nach eins, heimkam, hatte ihr Mann natürlich fast das ganze Gulasch verputzt. Vorwurfsvoll sah er sie an: „Wo bleibst denn? Ausgerechnet wenn man dich braucht, wird es später bei dir."

Eva, die den Grund für das ungewohnt aggressive Verhalten ihres Mannes nicht kannte, wollte schon losschimpfen. Dass es ja schließlich sie sei, die noch arbeite und durch ihre Steuern seine Pension mit finanziere, dass sie noch aufgehalten worden sei durch einen Problemschüler, dass Max ihr sogar das Gulasch weggeputzt habe.

Max jedoch kam ihr zuvor:

„Eva, sag nichts, hör zu: Was ich heute Vormittag erlebt habe, das kannst du dir überhaupt nicht vorstellen. Ich bin da in einen Fall hineingezogen worden ..."

Als Max sah, dass Eva das Gesicht verzog, beeilte er sich, hinzuzufügen: „... in einen Fall, der vermutlich genau das Projekt betrifft, das du dir mit deiner Schulklasse vorgenommen hast. Lass mich erzählen."

Max erzählte also, während seine Frau den Rest der Mahlzeit verzehrte. Immer wieder blieb ihr ein Bissen im Mund stecken, schließlich legte Eva ihr Besteck zur Seite.

„Ein mumifizierter SS-Mann in den Unterirdischen Gängen? Max, das ist eine Sensation, da muss ich sofort mit meinen Schülern darüber sprechen."

„Nichts wirst du", war die Antwort von Max. Seine Gattin schaute so verblüfft, dass Max gleich die Erklärung für seine abweisende Antwort hinterherschickte. „Ich hab doch nur dem Posthaltermax geholfen, eigentlich soll die Polizei gar nicht wissen, dass ich dort war, ich kann mich doch da nicht einmischen, was denken die von mir?"

Auf der Stirn von Eva waren zwei Zornesfalten erschienen, die ihr Mann sehr wohl kannte.

„Max Esterl!! Du hast dich immer eingemischt. Immer! Denk an das „Rote Herz". Denk an den Fall mit den „Schilderspaxern" oder die Instrumentendiebstähle beim „drumherum" in Regen. Immer hast du dich eingemischt, sogar gegen den Willen deines Freundes, des Polizeichefs. Und jetzt, wo es einen Fall gibt, der auch mich interessiert, jetzt sagst du, dass du dich nicht einmischen kannst. Das kann doch nicht wahr sein!"

Mit eingezogenem Kopf ließ der Ex-Kommissar die Suada seiner Frau über sich ergehen. Das musste sie schon einsehen, dass der Fall diesmal anders lag. Diesmal betraf ihn die Geschichte nicht persönlich, er würde sich nicht zum Deppen machen und bei den Ex-Kollegen klugscheißern.

„Du kannst ja trotzdem nachforschen, was diesen Fall betrifft, Eva. Einiges darüber wird bestimmt bald in der Zeitung stehen. Ich helf dir, Zeitzeugen zu finden, ich kenn doch noch viele von den Alten, aber bei der Polizeiarbeit halte ich mich diesmal raus."

Nach einer längeren Pause, während der Eva Esterl ihren Mann kopfschüttelnd ansah, brummte Max eine Spur versöhnlicher: „Etwas aber möchte ich dir zeigen, Eva." Und Max holte, in der Hoffnung, bei seiner Frau wenigstens wieder einige Punkte zu sammeln, die große Plastikrogel hervor, die ihm der Posthaltermax gegeben hatte, und in der er sein „Beutestück", den SS-Helm, heimtransportiert hatte.

Die Reaktion von Eva war ganz anders, als Max es sich vorgestellt hatte.

„Der bleibt mir nicht im Haus. Max, was hast du dir denn dabei gedacht? Gehörst du auch zu den Militariasammlern, die so was wie eine Devotionalie aufbewahren und einen Hausaltar drumrum errichten? Das kann doch nicht wahr sein, das bist doch nicht du! Außerdem ist das eine Unterschlagung von Beweismaterial, das müsstest DU doch wissen."

Eigentlich wollte Max Esterl sagen, er habe eine Dummheit gemacht, habe nicht nachgedacht und wie ein kleiner Bub gehandelt, der ein Beutestück heimbrachte, um zu beweisen, welche Abenteuer er bestanden hatte. Zumindest den Kopf senken und schuldbewusst tun wollte er.

Aber er hatte nicht mit sich selber gerechnet:

„Da nimmt man seiner Frau, der Historikerin, etwas mit, wofür andere sich die Finger abschlecken würden, und das ist dann der Dank dafür."

Zum Glück schnappte Eva nach Luft und war sprachlos. Vielleicht gab es doch noch die Chance, einzulenken.

„Entschuldigung. Ich bin ein Idiot." Kruminale! Da war er diesmal weit über das Ziel hinausgeschossen. So blöd konnte nur er sein. Was sollte er nun mit dem Trumm anfangen? Zurückbringen? In den Unterirdischen Gängen wuselten jetzt gerade X Polizisten herum.

Max ging mit dem Stahlhelm in die Holzschupfe und hängte ihn zu den Gartengeräten. Vielleicht ließ sich aus dem Helm noch etwas Vernünftiges basteln. Max erinnerte sich daran, dass Stahlhelme in seiner Kinderzeit oft als Mörtelschöpfer, ja sogar als Odelschöpfer verwendet wurden. In was für eine sonderbare Zeit er doch hineingeboren worden war. Und damals war ihm, dem kleinen Maxl, gar nichts sonderbar vorgekommen. Nicht die Einarmigen, Einbeinigen, Einäugigen, die Kriegsversehrten, und auch nicht die Odelschöpfer, die seltsamen.

Kapitel 5: Esterl ermittelt wieder

Am nächsten Tag konnte Max Esterl es kaum erwarten, bis er die Heimatzeitung, den Bayerwald-Boten, in den Händen hatte. Zweimal hatte er, als es noch stockfinster war, im Schlafanzug vor die Tür geschaut. Nichts.

Dann war er kurz nochmals eingenaferzt und erst Evas Wecker klingelte ihn aus dem Bett.

„Machst du heute das Frühstück, Eva, ich muss lesen?", rief Max durch die einen Spalt breit geöffnete Klotür, die er zuzog, nachdem er Evas „Ja" vernommen hatte.

Sofort machte sich Max über den Lokalteil her.

Die Lokalredakteure, der Redaktionsleiter und seine junge Kollegin hatten fast zwei Zeitungsseiten mit Texten, Interviews und Fotos über den Mumienfund vollgepflastert.

„Geheimnisvolle Mumienkammer in den Unterirdischen Gängen entdeckt". Die Schlagzeile klang reißerisch, entsprach aber genau den Tatsachen. Max las weiter, in der Hoffnung, schon etwas über die Ermittlungen zu erfahren. Er war gespannt, ob die Ermittler die Zeitverzögerung, die durch seine Einbeziehung als „Berater" entstanden war, gemerkt hatten, er fand aber nichts.

Max kehrte an den Frühstückstisch zurück, den seine Frau schon gedeckt hatte und schenkte sich achtlos eine Tasse Kaffee ein.

„Die Polizei geht davon aus", las er laut weiter, „dass sich die beiden Toten schon seit vielen Jahren in dieser Kammer befinden. Mehr will die Kripo nicht sagen, bevor die Spurensicherung nicht zu Ergebnissen gekommen ist."

Die Fotos waren nichtssagend, alte Bilder von den Gängen, eine Aufnahme des Zugangs beim Posthalter mit dem Untertitel „Was verbirgt sich hinter dieser Tür?". Der „Entdecker dieses grausigen Fundes", der Posthaltermax, in Jeans und Hosenträgern deutete mit seinem großen Schlüsselbund auf die alte Holztüre. Man hatte den Reportern offenbar nicht erlaubt, am „Tatort" zu fotografieren. Das würde sich in den nächsten Tagen noch ändern, dachte Max, wenn die Sensationsreporter anrücken würden.

Bei genauerem Hinsehen entdeckte Max Esterl noch ein Bild auf der zweiten Seite. Nur ein schwarzer Fleck war darauf zu sehen. Als er die Unterschrift sah, musste Max laut lachen. „Polizei tappt im Dunkeln", stand da. Kruminale! So viel Humor hatte er den Lokalreportern gar nicht zugetraut.

Eva Esterl hatte Max beobachtet, wie er immer wieder einen Artikel oder ein Bild kommentierte. Sie hatte heute schon ab der ersten Stunde Unterricht und würde die Zeitung, an der sie, außer diesem aktuellen Beitrag sowieso nicht sehr viel interessierte, erst heute Nachmittag lesen.

„Heb es mir auf, das Dschungelblatt, und Tschüüüss." Eva wusste, womit sie ihren Max schon frühmorgens ein wenig ärgern konnte.

Der Max jedoch hatte diesmal gar nicht hingehört, so sehr war er im Sinnieren. Wie würde es weitergehen? Würde die Polizei überhaupt Interesse haben, diese Fälle weiter zu verfolgen? Wer würde gegebenenfalls die Ermittlungen leiten?

Wenn Max geahnt hätte, wer ihn schon zwei Stunden später anrief, dann hätte er sich seine Spekulationen sparen können.

Der erste Anrufer aber war sein Freund, der Posthaltermax.

„Hier ist Max Esterl.“

„Ja, ebenfalls Max. Max, ich muss dir unbedingt erzählen, wie es mit der Polizei weiterging, aber ich hab grad nicht viel Zeit, ganz kurz.“

„Keine Zeit, jetzt um halb neun Uhr früh?“

„Ja, die Journalisten rennen mir die Bude ein, so ausgebucht war unser Hotel noch nie. Und die saufen, die Journalisten, Schampus schon zum Frühstück. Die Mumien sind ein Bombengeschäft, obwohl sie die noch gar nicht gesehen haben, alles noch versiegelt, da unten, keiner kann rein, nicht mal ich. Aber heut Nachmittag um drei ist Pressekonferenz, bei uns im Konferenzzimmer, das wird ein Auftritt, drei Fernsehanstalten. Und der, der ... jetzt fällt mir sein Name nicht ein, der, dein Freund, der Polizeihäuptling von Regen, der ist auch da und bereitet alles vor, der leitet scheint´s die Ermittlungen. Kommst du auch? Dann erfährst du mehr. Ich würde dafür sorgen, dass man dich reinlässt.“

Max Esterl war, zum Schluss dieser schon wieder ungewöhnlich langen Rede des Posthaltermax, das Telefon fast aus der Hand gefallen. W e r leitete die Ermittlungen? Sein alter Klassenkamerad Ludwig Rindl, der Polizeichef von Regen?

Der Posthaltermax auf alle Fälle wunderte sich, als ein ganz spontanes und überaus kräftiges „ich komm auf keinen Fall" aus seinem Telefonhörer drang.

„Ich hätt dich halt gern dabei gehabt", versuchte der Freund den Ex-Kommissar doch noch zu überzeugen.

„Der Rindl und ich sind, äh, nicht mehr direkt Freunde. Über den habe ich mich in unserem letzten Fall so aufregen müssen, dass ich am liebsten nichts mehr mit ihm zu tun haben möchte, aber auch gar nichts, Kruminale. Also mit mir kannst du nicht rechnen, Max, ich bleib daheim oder geh Schwammersuchen, die sollen ja jetzt wieder wachsen."

„Besonders die Stockschwammerl", bestätigte der Posthaltermax. Schwammer waren ein Thema, über das ein Bayerwäldler, ein Waidler, jederzeit und stundenlang diskutieren konnte.

„Also, Max, sei mir nicht bös und habedieehre."

„Feit nix, Max, Grüße an die Gattin, ebenfalls habedieehre, i muaß ejtz Schampus servieren, Schampus für die Journaille."

Kaum hatte Max den Hörer aufgelegt, da klingelte das Telefon schon wieder.

Ungnädig ob der erneuten Störung riss Max Esterl den Hörer aus der Halterung und sagte ziemlich barsch „Max Esterl, was gibt's?"

„Hast die Zeitung schon gelesen? Da staunst du, welchen Fall ich da jetzt auf dem Tisch habe."

Auch wenn sich sein Gegenüber nicht vorgestellt hatte, wusste Max, wen er vor sich hatte. Diese satte, selbstzufriedene Stimme kannte er schon seit ihrer gemeinsamen Volksschulzeit.

„Sag bloß, dir haben sie den Fall übertragen, Ludwig Rindl." Max wollte erst noch hinzufügen, dass dann das Interesse der Polizei an der Lösung der Fälle nicht allzu groß sein könne. Zum Glück verbiss er sich diese Bemerkung, denn das, was der Ludwig ihm anschließend mitteilte, war für den Ex-Kommissar dann doch ganz interessant.

Ihm, dem Polizeichef von Regen sei der Fall von oberster Stelle übertragen worden, weil er der einzige Beamte sei, der nicht nur über die nötige Erfahrung, sondern auch über die entsprechenden Orts- und Personenkenntnisse verfüge und als der älteste, der weitaus älteste Beamte noch die Zeiten erlebt habe, in denen zumindest der zweite Mord geschehen sei. Die Stimme vom Rindl klang so selbstverliebt, dass Max zwar ein „interessant" in den Hörer sprach, dann aber mit seinen Lippen ein lautloses „Arschloch, dienstgeil wie früher" formte.

„Ja, Max", der Polizeichef kam jetzt offenbar zu seinem eigentlichen Anliegen, denn ohne Not, da war sich Max Esterl sicher, hätte er seinen alten Schulkameraden heute nicht angerufen.

„Also, Max ...", druckste der Rindl herum, „äh Max, äh es geht um, um ... deine Mithilfe bei den Mumienfällen."

Max fiel die Kinnlade herunter. Rindl bat ihn um seine Mithilfe?!

„Mein letzter und gleichzeitig mein größter Fall", erklärte Rindl großspurig, „und du darfst teilhaben".

Es kostete Max Esterl einige Mühe, sich zurückzuhalten, aber nun hatte er selber Witterung aufgenommen. Und er wäre nicht Max Esterl gewesen, wenn es ihn nicht erneut gepackt hätte, das Jagdfieber, das endlich, endlich wieder erwacht war.

„Ich d a r f teilhaben?", Max versuchte, seine Stimme gleichgültig klingen zu lassen. „Teilhaben, was bedeutet das? Und warum soll ich, Ludwig?"

Der Tonfall des Schulkameraden wurde anders, weicher, bittender: „Also Max, der Polizeipräsident und ich, wir haben gedacht, dass ich mich die letzten drei Monate meiner Dienstzeit mit diesem Fall beschäftige, nur mit diesem Fall. Ausschließlich. Als Konsequenz daraus kann ich als Polizeichef in Regen vorzeitig aufhören, weißt, das hat mir sowieso nie so recht gefallen. Zu viel Büroarbeit, zu viel Computer."

Also Überforderung, dachte Esterl bei sich, während Rindl fortfuhr: „Nur damals, bei der Sache mit dem „drumherum", damals war es schön, das war ein Erfolg!"

Max, der wusste, dass die Aufklärung der Instrumentendiebstähle beim „drumherum" höchstens zu zehn Prozent das Verdienst von Rindl war, stöhnte laut.

„Gell, das meinst du auch. Ja, der Präsident hat mich freigestellt für die Ermittlungen bei den Mumienmorden und er hat eine Kommission zu ihrer Aufklärung gegründet. Leider kann er mir nicht das Personal zur Verfügung stellen, das für so eine große Sache nötig wäre. Du weißt ja, Personalnot, überall zwickt´s. Aber du bist genehmigt. Wenns keiner von den Aktiven sein kann, weil wir die alle brauchen, dann nimm ihn, hat der Präsident gesagt. Er bekommt einen befristeten Vertrag auf Geringfügigkeitsbasis und ihr zwei bildet die Sonderkommission. Wie früher wird es sein Max, wie früher."

Als der Ludwig das Zögern seines Schulkameraden bemerkte, beschwor er ihn geradezu. Das klang jetzt ganz anders als vorher: „Max, lass mich nicht hängen. Das ist die letzte Chance für mich. Und für dich doch auch. Aus Freundschaft zu dir hab ich sofort an dich gedacht. Wir bekommen ein eigenes Büro ..."

„... und eine eigene Sekretärin", ergänzte Max mehr aus Spaß.

„Ja", nahm Rindl die Bemerkung auf, „ich glaube, der Präsident hat so eine Andeutung gemacht. Sie haben da eine in der Direktion, eine ganz junge, eine die unbedingt hier herein in den Bayerwald möchte. Die kennt sich mit dem Computer aus und hält die Stellung und wir zwei ermitteln. Zwei Monate haben wir Zeit! Bis Weihnachten erst werden Ergebnisse erwartet. Ich hab noch bis Ende Dezember, den Januar feier ich ab und dann geht's in die Pension. Max ... Max? Bist noch dran? Du könntest schon heut Nachmittag kommen.

Um drei ist Pressekonferenz beim Gasthof Posthalter. Hast Zeit?"

Max brummte etwas Unverständliches ins Telefon. Der Rindl sollte ruhig noch ein wenig zappeln. Außerdem warnte Max eine innere Stimme zur Vorsicht. Eine vernünftige Zusammenarbeit mit dem Rindl? Schwer vorstellbar. Schon in der Volksschule hatte ihre Zusammenarbeit darin bestanden, dass das Ludwigerl vom Maxl abgeschrieben und dadurch gute Noten kassiert hatte. Der Rindl brauchte ihn, weil er genau wusste, dass Max Kontakte hatte zu Leuten in Zwiesel, an die er selber nie herankam. Beliebt war der Ludwig nämlich nicht. Zu stur war er gewesen, während seiner Dienstzeit, ein i-Dipferlscheißer!

„Ich muss mir das noch überlegen. Und mit Eva drüber reden, die muss schon einverstanden sein. Und noch etwas, Ludwig ..."

„Ja?"

„Ich bin dein gleichberechtigter Partner, nicht dein Untergebener, anders geht nix."

„Klar, Max, gleichberechtigt. Red mit Eva, sag ihr die besten Grüße von mir und wie sehr ich sie schätze...", Ludwig druckste wieder herum, bis er zu seinem Schlusssatz kam: „... und, Max, lass mich nicht hängen.". Das Wort „bitte", das der Rindl noch drangehängt hatte, bevor er aufgehängt hatte, war so leise gewesen, dass Max es fast nicht gehört hätte. Kruminale! Max musste grinsen. So hatte er den Klassenkameraden noch nicht erlebt.

Jetzt war das Eisen heiß, jetzt musste es geschmiedet werden. Dass Max selber auf den Fall heiß war, hätte er dem Ludwig gegenüber natürlich nie zugegeben.

Kapitel 6: „Angebrannt." Die Neue

Mit seinem abgewetzten Trachtenjanker bildete Max Esterl einen krassen Gegensatz zu den drei Uniformierten, die mit ihm auf dem improvisierten Podium im Posthalter-Konferenzraum saßen. Der überaus freundliche Polizeipräsident und Ludwig Rindl, beide in sternchenblinkender Uniform, hatten ihn genötigt, neben ihnen Platz zu nehmen. Auf der anderen Seite des Podiums war ein Stuhl frei geblieben. „Die Assistentin kommt erst noch", hatte Max durch den Präsidenten erfahren.

Während Max in den brechend vollen Konferenzraum schaute, dachte er nochmals an die letzten Stunden zurück.

Eva war natürlich nicht begeistert gewesen, als ihr Max, kaum dass sie von der Schule heimgekommen war, seine Absichten eröffnet hatte.

Max aber hatte die richtige Taktik gewählt und Eva die Sache schmackhaft gemacht:

„Drei Monate nur, dann ist Schluss, definitiv. Und du, du würdest doch ebenfalls profitieren von den Ermittlungen, wir würden genau die Zeitspanne untersuchen, mit der du dich mit deinen Schülern auch gerade beschäftigst. Gefährlich? Was soll schon gefährlich daran sein, wenn ich Akten wälze oder Befragungen mit Menschen durchführe, die neunzig Jahre alt sind?"

So hatte Eva schließlich seufzend eingewilligt. „Und der Rindl? Kommst du mit dem klar?", hatte sie mit Zweifeln im Blick gefragt.

„Wenn es sein muss, dann hilfst du mir halt mit einer Offensive", lächelte Max Esterl seine Frau an. Schon öfter hatte Eva es mit ihrem Charme geschafft, den Rindl umzustimmen, wenn er mit Max aneinander geraten war.

So also saß Max auf dem Podium und beobachtete die Presse- und Fernsehleute, die sich in Stellung brachten, sich unterhielten und diskutierten. Es brodelte. Max tat unbeteiligt, noch hatte er, außer durch sein Preview-Erlebnis am Vortag, nicht mehr an Informationen als die Menge vor ihm, er sollte nur vorgestellt werden, das Reden würden der Präsident und vor allem der Chefermittler, der Erste PHK Ludwig Rindl übernehmen.

Die Pressekonferenz verlief so, wie die meisten, die der Ex-Kommissar während seines langen Berufslebens erlebt hatte.

Erst lobte man sich gegenseitig ein wenig („haben wir die Ermittlungen in die Hände der erfahrensten Fahnder gelegt und die Leitung dem überaus bewährten ... übertragen."), dann gab man den Affen ein wenig Zucker („... der eine der Toten, soviel kann man zum jetzigen Zeitpunkt schon sicher sagen, ist ein SS-Mann, die Geschichte ist äußerst mysteriös ...") und schließlich vertröstete man die Pressemeute auf die nahe

Zukunft („weitere Ergebnisse erwarten wir schon in nächster Zeit.") und vor allem auf den morgigen Tag („möchten wir Ihnen, weil bis dahin die Spurensicherung am Tatort abgeschlossen sein wird, morgen einen Lokaltermin in den Unterirdischen Gängen anbieten, bei dem Sie auch Foto- und Filmaufnahmen machen dürfen"). Die Reporter klatschten Beifall.

Die Miene des Posthaltermax hellte sich bei dieser Nachricht auf. Das, was er durch die Verzögerung bei der Baumaßnahme verlor, wurde bei weitem dadurch aufgewogen, dass die Medienleute noch einen oder mehrere Tage länger blieben.

Eine Überraschung allerdings hastete, kurz nach dem Ende der Konferenz, durch die Tür des Konferenzraums herein: Eine junge blonde Frau in Jeans bahnte sich ihren Weg durch die diskutierende Meute, hin zum Podium. Max und Ludwig waren gleichermaßen perplex, als die Frau den Polizeipräsidenten ansteuerte und ihm ein Bussl auf die Wange drückte. Dann kam sie direkt auf die beiden zu.

„Angebrannt", glaubte Max zu hören, während die Blondine dem Ludwig die Hand reichte. „Ich riech aber nichts", antwortete der Leiter der Ermittlungen.

Die Frau lachte laut. „Das sachd jeder, wenn ich mich vorschdell. Dann sach ichs jedzd noch mal, deudlicher: Anke Brandt is mein Name. Anke mit hardem g und Brandt mit weichem d und hardem d. Allmächt! Und ich komm aus ..."

„Franken!" riefen Ludwig und Max wie aus einem Munde. „Wie habd Ihr des jedzd gmergd?"

Das war erfrischend und Max fand auch sofort Gefallen an der jungen Dame, die, wie sich herausstellte, ihre Assistentin war und zudem die Nichte vom Polizeipräsidenten. Darum also das Bussl. Kruminale!

Ludwig Rindl tat zwar sehr jovial, nachdem er gehört hatte, dass die fränkische Anke die Nichte vom Präsidenten war, aber Max sah ihm an, dass er von ihr nicht so begeistert war. Von ihrem Aussehen natürlich schon, Max kannte seinen Schulfreund schon lange genug.

Die Pressekonferenz war gelaufen, die Meute verzog sich, im Raum blieben nur noch vier Personen. Die drei neuernannten „Sonderermittler" und der Präsident.

Der Polizeipräsident klopfte den beiden Alten noch auf die Schultern und sagte augenzwinkernd: „Bringt ihr was bei, der Anke, ich habs ihr schon gesagt, von euch kann sie nur lernen. Sie wollte halt unbedingt ins Rayon von ihrem Onkel", fügte er wie entschuldigend hinzu, „ich hab da überhaupt nichts daran gedreht, dass sie nach Zwiesel versetzt wurde, naja, fast überhaupt nichts und sie möchte halt den Bayerischen Wald kennenlernen."

„Die Gechnd gfälld mer", mischte sich die Nichte ins Gespräch. „Und ich hoff, ihr zeicht mer auch einiches davon."

„Ich halte euch jetzt nicht mehr länger von der Arbeit ab, ich hab auch noch etwas zu tun, Anke, viel Freude mit den beiden alten Grantlhauern." Wieder ein Augenzwinkern, nochmals ein Bussi auf die Wange und der Präsident dampfte ab.

Die drei vom Sonderkommando schauten sich an und Max Esterl meinte: „Zeit für die erste Sitzung. Haben wir überhaupt ein Büro oder gehen wir in den Untergrund?"

„Die Idee ist gar nicht so schlecht", griff Rindl den Gedanken auf. „Kommt, ich zeig euch den Tatort, ihr habt ihn ja noch gar nicht gesehen ... warum grinst du so komisch, Max?"

„Ach nichts, ich hab nur drangedacht, wann ich das letzte Mal hier herunten gewesen bin."

„Das muss schon lang her sein, hat dich damals auch der Sykora runtergeführt?"

„Nein, bei mir war es der Postbote, lang ist´s her", beendete Max das Gespräch. „Gemma!"

Während ihres Abstiegs in die Zwieseler Unterwelt schmunzelte Max in sich hinein. Er würde aufpassen müssen, dass er sich nicht verplauderte. Und den Stahlhelm in seiner Holzschupfe, den konnte er vergessen. Den sollte er wohl am besten im Garten vergraben.

Der Rindl führte sie zur Mumienkammer, als seien die Unterirdischen Gänge sein persönlicher Besitz, so stolz war er. Alles, fand Max, war wie gestern, die Leute von der Spurensicherung, die noch in einem Eck der Kammer tätig waren, hatten offenbar sauber gearbeitet.

„Heute werden wir fertig", antwortete einer der Spurensicherer auf die entsprechende Frage. „Morgen früh werden sie abtransportiert, die Mumien und in die Gerichtsmedizin nach Regensburg gebracht, die freuen sich schon auf den Zwiesi und seinen offenbar tschechischen Kameraden."

Max fand es geschmacklos, dass die Reporter der Zeitung mit den vier Großbuchstaben den Mumien, in Anlehnung an den „Oetzi" die Namen „Zwiesi" und „Post-Zwiesi" gegeben hatten. Hoffentlich würde es ihnen gelingen, den Toten wieder ihre eigenen Namen zurückzugeben.

„Der SSler da", der Spusi-Mann deutete auf Zwiesi, „der ist einfach zu knacken. Die hatten ja ihre Nummer. Das liegt alles noch in den Archiven. Deutsche Ordnung. Aber der andere. Der hat nichts bei sich. Nichts! Nur eine Eintrittskarte von einem Fußballspiel aus dem Jahre 1971."

„Und warum haben Sie vorhin vom tschechischen Kameraden gesprochen?"

Aha, die Neue war aufmerksam.

„Hättens mich aussprechen lassen, dann wüssten Sie es schon."

„Dschuldigung"

„Die Eintrittskarte stammt vom Spiel Škoda Pilsen gegen Bayern München. Europapokal der Pokalsieger am 15. September 1971."

„Das Spiel endete 0:1 nach einem Tor von Wolfgang Sühnholz."

Alle drehten sich nach Max Esterl um, der entschuldigend die Achseln zuckte: „Ich war dort."

„So ald bisd scho?! Muss i jedzd Sie sachn?"

Rindl lachte laut und haute Max auf die Schulter. Auch ihm wurde das Mädel langsam sympathisch.

„Und sonst, irgendwelche anderen Hinweise?" Max hatte die Bemerkung über sein Alter geflissentlich überhört.

„Nichts, keinerlei Hinweise, bis auf die Eintrittskarte wurden offenbar alle persönlichen Sachen entfernt. Wenn wir ihn in Regensburg haben, können wir ihn natürlich anders untersuchen: Schuhe, Unterwäsche, Zähne, all das kann noch wichtige Hinweise geben. Wir sind ja erst am Anfang. Keine Sorge: Der kriegt schon noch einen Namen. Übermorgen wissen wir mehr. Pressieren wird es ja nicht. Ein Tag mehr oder weniger, das ist doch egal."

„Gut, dann gehen wir heim", ordnete der Leiter der Sonderkommission an. Max erinnerte sich daran, dass er immer schon seine Dienstzeiten streng eingehalten hatte. Er war natürlich von der Kripo her ganz anderes gewöhnt.

„Ich hätt da noch eine Frage."

Anke und Max hatten fast gleichzeitig gesprochen.

„Ja?"

„Du zuerst", „nein du", „ach komm doch", „du bist der Dienstältere", „und du bist eine Frau".

„Fangt ja nicht so ein Affentheater an. Der Max soll zuerst fragen, in seinem Alter lässt das Kurzzeitgedächtnis doch schon nach."

Max bockte und sagte nichts. Erst als ihn die Fränkin leicht in die Rippen boxte, knurrte er: „Haben wir überhaupt eine Dienststelle, ein Büro oder sowas oder treffen wir uns hier im Gasthof Posthalter?"

„Gute Frage", antwortete Ludwig gönnerhaft. „Mit dem Posthalter liegst du auch gar nicht so weit daneben. In der Zwieseler Dienststelle hat man uns nur das Besenkammerl anbieten können, völlig unter unserer Würde", Anke und Max tauschten Blicke, Max pfiff leise durch die Zähne, „völlig unter unserer Würde", wiederholte Ludwig. „Angesichts der Leerstände am Zwieseler Stadtplatz hätten wir die tollsten Geschäftsräume haben können, allerdings unrenoviert und trotzdem unverschämt teuer.

Mein Wunsch war: Nah am Tatort und bezahlbar."

Max war langsam ungeduldig geworden: „Na, rück schon raus damit, wo sind wir gelandet?"

„Im Pfarrzentrum, dort, wo früher die Stadtbücherei war."

„Passt", sagte Max Esterl kurz angebunden. Und an Anke gewandt: „Deine Frage?"

„Weiß einer von Euch, wo man hier übernachten kann? Ich brauch noch ein Zimmer oder eine kleine Wohnung, für den Anfang däds auch ein Gasthaus."

„Sicher kein Problem, der Posthalter ist zwar, dank unseres Falls, die nächsten Tage ausgebucht, aber Zwiesel ist Tourismusort, da finden Sie sicher was, gehen Sie zur Touristinfo, hier gleich gegenüber."

„Die wird nicht mehr offen haben", mischte sich Max mit einem Blick auf seine Uhr ein. Der Ex-Kommissar spekulierte kurz. „Weißt was, komm einfach mit mir, wir haben daheim eine kleine Wohnung, meine Stieftochter Anna wohnt dort. Die ist aber zur Zeit auf einem Auslandssemester in Kanada, die kommt erst

Weihnachten wieder heim. Bis dahin haben wir unseren Fall geklärt und du ziehst wieder aus.

So waren die drei auseinandergegangen, Ludwig in die eine, die beiden anderen in die andere Richtung. Erst jetzt kam Max der Gedanke, dass er vielleicht etwas zu spontan gehandelt hatte. Anna nicht gefragt, Eva nicht gefragt, das konnte Strafpunkte geben.

„Ach was, Gastfreundschaft ist heilig", wischte Max diese Gedanken vom Tisch. Das stand schon in der Bibel.

„Stell dein Auto hierhin", wies Max kurze Zeit später die neue Untermieterin an, „da störst du nicht. Und jetzt komm rein, ich zeig dir gleich alles."

„Und deine Frau? Hat die nichts dagegen?"

„Ach die Eva, wirst sehen, die freut sich", antwortete Max. So sicher war er da allerdings nicht.

Eva war schon daheim. Das Licht in ihrem Arbeitszimmer brannte.

Max führte Anke in die Küche und ließ sie ihren Rucksack und ihren kleinen Rollkoffer, mehr hatte sie nicht, erst einmal abstellen.

„Ich komm gleich", sagte er leichthin. Irgendwie hatte er nun doch ein schlechtes Gewissen. Er versuchte, den inneren Gewissenswurm zu beruhigen: „Ach was, wenn die Anke in Ordnung war, würde die Eva sich bald an sie gewöhnen, und wenn sie fad war, dann musste sie halt ausziehen und sich was suchen." Dass er vorhin zu Anke etwas Anderes gesagt hatte, daran dachte Max schon nicht mehr. „Wird schon gut gehen."

So hatte Max es Zeit seines Lebens gehalten. Und es war gut gegangen. Ziemlich gut sogar. Naja, nicht immer.

Zum Beispiel heute nicht.

„Einen Gast bringst du mit?" Die drei Falten auf Evas Stirn waren ziemlich tief. „Bis Weihnachten? Und das, ohne mich oder Anna zu fragen? Ich frage mich, ich frage mich schon, ob du noch alle Tassen im Schrank hast! Das ist wieder einmal typisch Max Esterl. Du machst einfach etwas aus, ohne nachzudenken, ohne Rücksicht auf andere."

„Was ist denn schon dabei, Eva", wagte Max schüchtern einzuwenden. Jetzt war Demut gefragt. „Die Kollegin ist, wie es scheint, pflegeleicht und sympathisch, und es wäre ja nur bis Weihnachten."

„Nur bis Weihnachten", lachte Eva bitter, „weißt du wie lange noch hin ist, bis Weihnachten?"

„Weihnachten kommt immer schneller, als man denkt", wollte Max schon erwidern, aber er wusste, dass er sich damit alles verscherzt hätte. Er kam auch gar nicht dazu, irgendetwas zu sagen, denn Eva hatte kaum Luft geholt und machte weiter.

„Das Schlimmste ist, dass ich wieder einmal gar keine Wahl habe, dass du mich einfach vor Tatsachen stellst. Und wenn ich nein sage, bin ich die Böse."

„Du hast ja Recht, das war, wie schon öfters, voreilig von mir, aber ich hab´s schließlich gut gemeint. Sei froh, dass du so einen sozial eingestellten Mann hast, der sich stets in den Dienst der Allgemeinheit stellt. Ich mach so was auch nie wieder, das soll mir eine Lehre sein. Ab jetzt mach ich immer nur das, was du willst, Eva."

Max sah Eva mit seinem Hundeblick an, bis diese fast lachen musste. Sie schüttelte den Kopf.

„Nicht einmal Staub gewischt ist in der Wohnung."

Mit diesem Satz wusste Max, dass die Sache gewonnen war.

Kapitel 7: Auf ins Altenheim!

Am nächsten Tag hieß es zuerst, sich in den Räumen im Pfarrzentrum einzurichten, die von der ehemaligen Zwieseler Stadtbibliothek übrig geblieben waren. Dort war in den letzten zwei Jahren auch ein „Asylantencafe" untergebracht gewesen, das aber zum Schluss überhaupt nicht mehr frequentiert worden war. Wegen seiner Nähe zum Tatort und seiner zentralen Lage war das Büro ein Idealfall.

Stühle und Tische waren da, auch ein Kaffeeautomat, die Heizung funktionierte, was besonders der Anke ein Anliegen war, die Toilette war sauber, W-lan war vorhanden, die entsprechende Ausstattung würde in den nächsten Tagen eintreffen und installiert werden. Perfekt. Max fühlte sich von Anfang an wohl in diesen Räumen, die genau dort lagen, wo früher das in der Nazizeit so heiß umkämpfte „Lehrlingsheim" gestanden hatte.

In ihrer ersten Dienstbesprechung wollten die drei ihre nächsten Schritte durchgehen, ihre Aufgaben verteilen und die Dienstzeiten festlegen.

„Beim Zwiesi Zwei können wir noch gar nichts ermitteln. Erst brauchen wir die Erkenntnisse der Regensburger, dann kriegen wir vielleicht seine Identität heraus und dann geht es erst weiter. Einverstanden?" Ludwig Rindl schien sich an sein Versprechen zu halten und die Untersuchungen kollegial zu leiten.

„Im Prinzip ja", erwiderte Max, „aber ich glaube, es ist nicht falsch, wenn wir herauskriegen, wo der Tscheche, der damalige Wirt des Nepomuk, der Sykora, sich aufhält, der hatte doch einen Schlüssel, der kann uns da vielleicht weiterhelfen."

„Obs den noch gibt?", sinnierte Ludwig. „Der ist doch plötzlich weg gewesen, obwohl die Wirtschaft damals ganz gut lief."

„Der ist wieder rüber gegangen, hat man gemunkelt. Da gab es doch einmal eine Amnestie bei den Tschechen, alle die nach 1968, nach dem Einmarsch der Russen, geflüchtet sind, konnten wieder zurück. Und der Sykora, so hieß es, hatte so Sehnsucht nach seiner Geliebten, die drüben geblieben war, dass er zurück ging."

„Da kümmerst zunächst du dich drum, Max." Das Wort „bitte", das Ludwig noch dranhängte war zwar kaum hörbar, aber immerhin. „Du hast doch so gute Verbindungen nach Pilsen, zum ..., zum ...", „Holub Pepíček", ergänzte Max Esterl. „Kein Problem, den Pepi muss ich sowieso wieder einmal anrufen." Als Max die fragenden Blicke ihrer Assistentin sah, erklärte er: „Oberst Josef Holub von der Kripo Pilsen ist ein alter Freund von mir. Wir haben schon oft und auch ganz schön erfolgreich zusammengearbeitet, gell, Ludwig."

„Ja, er hat mir, äh uns vor allem bei unserem vorletzten Fall, dem mit den „Schilderspaxern" schwer geholfen."

„Er wird sich bestimmt freuen, dich kennenzulernen." Max und Ludwig schauten sich, bedeutungsvoll grinsend, an. Der Pepi war ein Super-Kriminalist und ein prima Freund, aber was Frauen anbelangte, denen erlag er stets hoffnungslos, quasi mit Haut und Haaren.

„Also du übernimmst den Tschechen, wenn er denn einer ist, ich kümmer mich um den SSler, seine Identität dürfte bald endgültig feststehen, das geht leicht."

„Darf ich was frachen?", kam es von der fränkischen Assistentin.

„Klar", antworteten Ludwig und Max fast zugleich.

„Warum seid ihr bei dem SS-Mann so sicher mit der Idendidäd? Dieser Fall ist doch viel älter als der mit Zwiesi Zwei."

„Ja, das weiß halt die heutige Jugend nicht mehr." Die Stimme von Rindl klang sehr belehrend.

„Alle SSler hatten eine Tätowierung mit einer Nummer. Wenn wir die haben, dann wissen wir auch, wer da unten lag."

„Suber, dann kann ich im Inderned recherchieren, was damals los war und wie die Zusammenhänge sein könnten."

„Du kannst meine Frau, die Eva, dabei zu Rate ziehen, die beschäftigt sich genau mit diesem Thema. Die kann dir fürs Erste helfen."

„Suber. Du Max, ich möchte euch, dich und dei Fraa, sowieso mal einlad, weil ihr so nett seid und mir die Wohnung überlassen habt. Möchtet ihr nicht heut Abend mit mir in ein Restaurant zum Essen gehen, ich lad euch ein. Und dann können wir über das alles quatschen."

Ludwig glaubte, sich einmischen zu müssen: „Das zählt aber nicht zur Dienstzeit."

„I-Dipferlscheißer", brummte Max in seinen graumelierten Bart. „Ich habs ja gesagt."

Am Abend saßen Max und Eva an einem kleinen Tisch in der „Marktstube" am Anger, ihnen gegenüber hatte Anke Brandt Platz genommen. Die drei studierten die Speisekarte, die eine schöne Auswahl größtenteils herbstlicher Gerichte bot. Max sagte an diesem Restaurant besonders zu, dass man von jedem Hauptgericht auch eine kleinere Portion bestellen konnte. Seit er in der Pension war hatte er es sich angewöhnt, am Abend nicht mehr zu üppig zu essen.

Die überaus freundliche Chefin des kleinen Familienbetriebs empfahl eine Kürbiscremesuppe, als Hauptspeise orderte Max ein Wildgericht, Eva und Anke taten es ihm gleich, was die Suppe anbelangte, als Hauptgang wählten sie Fisch.

Als Anke den Boden ihres Suppentellers schon in Sicht hatte, stöhnte sie leise: „Hab nicht gedacht, dass ihr hier in der Wildnis, im diefsden Bayerwald, so was Guds habt. Reschbegt! Des had gschmeggd."

Max und Eva lächelten sich an. Die Anke war schon richtig. Ein wenig direkt, aber nicht ohne. „Und hübsch ist sie auch", dachte Max.

Vor dem Hauptgericht plauderten sie ein wenig über den Bayerischen Wald und über die Würzburger Gegend, aus der die Assistentin stammte. Dann kam Anke aufs Thema.

Was konnte einen SS-Mann veranlassen, sich in die unterirdischen Gänge locken und dort fesseln zu lassen? So etwas, folgerte Anke, konnte eigentlich nur am Ende des Krieges geschehen sein, als alles durcheinander und den Bach runterging.

Ja, und genau über diese Zeit, so ergänzte Eva, wisse man am allerwenigsten. Keiner in Zwiesel habe etwas aufgezeichnet, lediglich der Katholische Stadtpfarrer Seidlmeier habe in seiner Chronik darüber berichtet, sie, Eva, könne der Anke alles zeigen, was der Max sauber von der deutschen in die lateinische Schrift übertragen habe. „Zur Klärung eures Falles wird es nicht viel beitragen", war Evas abschließender Satz. Max nickte bestätigend. „Man weiß nur, dass Zwiesel, genauso wie zwei Tage zuvor die Nachbarstadt Regen, verteidigt werden sollte. SS-Truppen und Offiziersanwärter unter dem Kommando eines Oberst Bingemer bereiteten alles vor. Der Stadtpfarrer beschreibt in seiner Chronik sogar die Verteidigungslinien: Maschinengewehrnester oberhalb der Stadtpfarrkirche und in der Frauenauer Straße, nicht weit weg von eurer Kommandozentrale, alles war gerüstet für den Kampf. Der Seidlmeier hatte natürlich Angst um seine Kirche. Aber der hatte schon auch große Sorge um die Bevölkerung."

Max griff den Faden auf: „Und dann haben sich die NS-Ortsgranden und andere Honoratioren mit dem Oberst und den SSlern zu einer Aussprache im „Gasthof zur Post", dem heutigen „Posthalter" getroffen und die Truppen haben sich zurückgezogen, Richtung Grenze. Warum, frage ich mich die ganze Zeit, warum haben sie ihren Entschluss revidiert? Und noch eine Frage ist seit gestern hinzugekommen: Was könnte unsere Mumie damit zu tun haben? Wer hat den SSler gefesselt und wieso ist er da unten gelandet und nicht mehr befreit worden. Wenn er vorher schon tot gewesen wäre, dann hätte man ihn ja nicht zu fesseln brauchen."

„Puh", Anke fuhr sich durch ihr blondes Haar, „ganz schön viele Frachen. Und du meinst, Eva, im Inderned sei nicht viel zu holen?"

„Probiers, vielleicht entdeckst du andere Quellen als ich. Und klemm Dich hinter den Max. Der ist auch meine Hoffnung." Eva legte die Hand auf die Schulter ihres Mannes. „Der kennt Gott und die Welt hier im Städtchen, der wird hoffentlich noch Zeitzeugen auftreiben, die mehr über diese Tage wissen."

„Also auf ins Aldenheim. Max, darf ich dabei sein, wenn du die Alden befragst?"

„Dann sind wir ja schon zu dritt", lächelte Eva. „Du führst Protokoll, Anke, zweifache Ausfertigung, weißt schon." Eva war froh über diese Wendung. Sie musste zwar laufend Protokolle ihrer Schüler korrigieren, wenn sie aber selber eines anfertigen sollte, stellten sich ihr die Nackenhaare auf.

„Brodogolle sind überflüssig. Ich kauf morgen fürs Büro eine kleine Handkamera, mit der zeichne ich alles auf. Das sind dann wiederum Dogumende, die kannst dann du auch auswerten, Eva. A bissl was haben wir noch über aus unserem Ausrüsdungsdobf."

Anke war die Aufgabe übertragen worden, das Büro einzurichten, was ihr sichtlich Spaß machte. Innerhalb kurzer Zeit hatte sie mit einem Mini-Etat aus dem Asylantencafe ein hübsch eingerichtetes und funktionales Wohnbüro geschaffen.

Kurz vor dem Einschlafen fiel Max ein, dass mit Ludwig Rindl etwas ganz anderes vereinbart worden war und er, Max, eigentlich den böhmischen Fall bearbeiten sollte. Vielleicht sollte er mit dem Ludwig noch einmal darüber reden, jetzt, wo der so ungewöhnlich kooperativ war. Aber eigentlich interessierten den Max beide Fälle ...

Mal sehen. Mit diesem Gedanken schlief Max ein. Als Eva kurze Zeit danach ins Schlafzimmer kam, hörte sie nur noch sein leises Schnarchen.

Kapitel 8: Nachrichten aus Regensburg

Als der Ex- und nunmehr reaktivierte Kriminaler zusammen mit der Assistentin das Büro betrat, war der Leiter der Sonderermittlung schon am Werk.

Er telefonierte offensichtlich mit der Pathologie in Regensburg.

„Definitiv keine tödlichen Verletzungen, ja ist er dann verhungert? — Verdurstet, ja klar, geht ja schneller als verhungern. Seine Identität? Also die Tätowierung habts gefunden. War auch noch lesbar. Die Nummer mailt ihr uns. Gut, so lang können wir noch warten. Wenn wir die Nummer haben, dann haben wir auch einen Namen. Dann muss der Arme nicht länger Zwiesi heißen. Was das heißt? Hams jetzt nicht verstanden? Bildzeitung lesen sie nicht? Entschuldigung!" Man merkte Rindl an, dass er schnell das Thema wechseln wollte. Sein Gegenüber am Telefon war offenbar wegen des für ihn unverständlichen Zeugs ungeduldig geworden. „Und der andere Tote? Schon schwieriger?"

Gut, dass Ludwig Rindl alles, was der Pathologe sagte, nachplapperte, so konnte man das Gespräch einwandfrei verfolgen.

„Unsere Anfangsvermutung, dass es sich um einen Tschechen handelt, hat sich erhärtet? Hamma wieder Recht gehabt! Wie immer!"

Rindl grinste den beiden neu Angekommenen selbstsicher zu, Anke hob die Augenbrauen und blickte gen Himmel, allerdings so, dass Ludwig das nicht sehen konnte.

„Seine Schuhe, sein Hemd, sein Unterhemd, alles tschechische Fabrikate. Ende der sechziger, Anfang der siebziger Jahre hergestellt. Schwere Schläge ins Gesicht und auf den Kopf, vermutlich Bewusstlosigkeit, aber letzten Endes auch verdurstet." Der Chef der Sonderermittler grinste noch breiter und sagte, an seine beiden Mitarbeiter gewandt: „Darum will der Posthalter dort einen Ausschank machen, damit nicht noch jemand verdurstet, hahaha."

Anke wendete sich ab, Max Esterl, der Schlimmeres von Rindl gewohnt war, schüttelte lediglich den Kopf.

„Ja, kleiner Scherz", erklärte Ludwig dem Menschen am anderen Ende der Leitung. „Ihr seids ja bestimmt einiges gewöhnt, in eurer Leichensammlung, da hört man immer von Leberkässemmeln mit Essiggurkerln direkt neben Leichenteilen. Ist nicht so? Ich soll aufhören mit dem Schmarrn? Also gut, dann kommen wir halt wieder zur Sache." Rindl verzog sein Gesicht.

„Den Bericht kriegen wir bis heute Abend. Passt. Ja, also nichts für ungut, euch kann so ein kleiner Scherz doch auch erheitern, wenn man den ganzen Tag nur mit Leichen zu tun hat, oder?"

Ludwig Rindl ließ den Hörer sinken. „Jetzt hat er aufghängt. So a Stoffel! Glaubst as."

„Ist eh recht." Max Esterl hatte einen Blick auf die Uhr geworfen. „Zehn vor Zehn. Haben wir nicht den Reportern versprochen, um Zehn den Lokaltermin zu machen?"

„Jetzt pressierts", der Chefermittler zog sich die Krawatte fester, nahm den Bund mit den altmodischen großen Schlüsseln, die ihm der Posthaltermax überlassen hatte und stürmte aus dem Büro.

Als sie gemeinsam die Gänge betraten, waren die Reporter zunächst etwas enttäuscht, weil die Mumien schon abtransportiert waren.

„Was hatten die eigentlich erwartetet?", dachte Max. „Dass wir die Leichen schön da lassen, bloß wegen des Gruseleffekts?"

Dann allerdings wurden die Presseleute doch noch entschädigt: Ludwig Rindl nutzte die Chance für einen Auftritt, er ließ sich ablichten, deutete auf die Fundorte, erklärte die Sitzpositionen der Mumien, schwurbelte etwas über deren Herkunft und machte am Schluss noch einen Ausflug ins Mystische, indem er den Geist beschwor, der hier herunten schwebte, den Geist dieser Mumien, der ihn, den großen Kriminalisten inspiriere und zu hirnmäßigen Höchstleistungen anstachle.

„Hirnrissige Höchstleistungen meint er", flüsterte Max zur neben ihm stehenden Assistentin hinüber, die fast einen Lachanfall bekam.

„Gibt es jetzt auch noch Fragen?", ergriff Esterl das Wort, bevor der „Chef" fortfahren konnte. „Morgen wissen wir sicher mehr über die Identität der Toten. Um 14 Uhr wird nochmals eine Pressekonferenz hier unten stattfinden."

Rindl sah überrascht auf, ebenso Anke.

„Gleichberechtigt, hast du gesagt" tat Esterl ganz selbstverständlich. Ludwig, der noch einmal eine Chance sah, sich zu präsentieren, schluckte die Kröte.

„Also dann, bis morgen", rief er den Journalisten zu.

„Der Posthaltermax wird sich freuen", sprach Max Esterl mehr zu sich als zu den anderen. „Noch einmal 20 Übernachtungen mit Abend- und Mittagessen."

„Und 30 Flaschen Wein und 60 Seidl Bier, grob überschlagen", kommentierte auch Anke.

Der Nachmittag von Max Esterl verlief eher ruhig. Da er nur Teilzeitermittler war, sollte er nicht so viele Stunden arbeiten wie die anderen beiden. Nach einem Mittagsschläfchen nahm Max sich ein leeres Blatt aus Evas Drucker und überlegte, wer als Informant für den Fall aus der NS-Zeit in Frage käme. Selbst nach langem Nachdenken kam Max Esterl nur noch auf zwei, drei Personen, die ihm aus dieser Zeit erzählen konnten. Aber gut, diese Leute kannten wieder andere ihres Alters, vielleicht ging da noch etwas.

Am meisten gewusst hätte bestimmt die Familie des damaligen Zwieseler Zeitungsverlegers, eines Mannes, den Max Esterl in seiner Jugend selbst noch erlebt hatte. Der, so wusste Max von den Erzählungen seines Vaters, hatte sich dem Druck der Nazis in diesen Jahren nicht gebeugt und hatte als einer von wenigen damals sogar noch seinen Mund aufgemacht. Dass er vorübergehend in Schutzhaft genommen worden war, hatte ihn offenbar nicht davon abgehalten, sich kurze Zeit später über einen Aufmarsch der SA durch die Stadt so aufzuregen, dass ihm das Wort „Faschingszug" entschlüpfte.

Die Rache der SA folgte am nächsten Tag: Ein Mob versammelte sich vor dem Haus des Zeitungsmannes, tobte und forderte, er solle herauskommen und sich stellen. Dann, als sich das Gerücht verbreitete, der Gesuchte sei auf dem Weg zum Bahnhof gesehen worden, von wo aus er sich nach Böhmen absetzen wolle, hetzte die Meute zum Bahnhof, um ihn nicht entkommen zu lassen. Der Geschasste aber hatte Zwiesel schon längst auf einem anderen Weg verlassen. Ein befreundeter Mietautobesitzer aus dem nahen Rinchnach hatte ihn nach Passau chauffiert, wo er für einige Zeit untertauchen konnte. Nach diesem aufrechten Mann, so ärgerte sich Max Esterl immer wieder, war im Zwiesel der Nachkriegszeit keine Straße, kein Weg benannt worden, wohl aber hatte der damalige Bürgermeister, der zwar kein großer Nazi gewesen war, aber doch mit den Braunen oft mitgepfiffen hatte, gleich nach dem Krieg eine Hauptstraße gewidmet bekommen.

Von der Familie des Zeitungsverlegers allerdings war, soviel Max wusste, kein direkter Nachkomme mehr da, der ihm Informationen hätte geben können. Immer wieder suchte Max Esterl in seinem Gedächtnis: Wer kam in Frage, wer war damals nicht auch belastet, gab es überhaupt jemanden, der ihm noch Fragen zu dieser Zeit beantworten konnte?

Als der Hunger an ihm zu nagen begann, hörte Max auf, in seinen Erinnerungen zu kramen. Das reichte für heute. Er war ja nur Teilzeitermittler.

Kapitel 9: Gehirnerschütterung

Max Esterl war, wie immer, mit Eva aufgestanden und hatte das Frühstück für sie beide hergerichtet. Sofort, nachdem Eva ans Gymnasium aufgebrochen war, machte er sich auf den Weg ins neue Büro neben dem Pfarrzentrum. Auf dem Parkplatz davor stand schon ein Auto, ein knallroter Fiat 500 mit Würzburger Kennzeichen. Die Neue war offenbar auch Frühaufsteherin.

„Grüß Dich, Max", begrüßte Anke ihren doppelt so alten Kollegen fröhlich. „I habs nichd mehr ausghaldn, wolld unbedingd die Ergebnisse von der Badologie sehen und auch wissen, wer die SS-Mumie ist, oder vielmehr wer sie war. Gell, Du bisd auch so früh dran, weil du`s wissen mechst."

„Und, schon was da? Erzähl!"

„Also, fangen wir mit dem ersten Fall an. Aber vorher mach ich mir noch ´n Kaffee. Möchst aa an?"

Mit der Kaffeetasse in der einen und der noch recht dünnen Akte in der anderen Hand, begann die junge Fränkin, zunächst in einwandfreiem Hochdeutsch, zu zitieren:

„Hansen, Jochen. Untersturmführer SS. Entsprach vom Rang her einem Leutnant. Zur fraglichen Zeit Adjutant und rechte Hand eines Oberst Bingemer. Eingesetzt in der Bayerischen Ostmark zur Verteidigung des Rückzugskorridors aus dem Osten, durch den zahllose Flüchtlinge und Soldaten, getrieben von der Roten Armee, nach Westen, ins Deutsche Reich zurückfluteten. Das passt alles zu dem bisschen, was man über Zwiesel in den letzten Kriegstagen im Internet finden kann.

Einzelheiten spar ich mir jetzt, des kannst selber nachlesen. Nur so viel: Todesursache war, das steht jetzt endgültig fest, Verdursten. Außer einem großen Hämadom, also einem Binggl als er k.o. gschlachn wurd, hat der kei große Verletzung. Was war da los? Das ist unser erstes Rädsl."

Anke nahm eine andere Akte und blätterte.

„Der Dschech da is noch rädslhafter. Der is offenbar gfolderd wordn, bevor man ihn da undn abgelecht und verdursdn lassen hat, vielleichd ist er aber auch an den Folderfolchen gestorben. Identität bis jetzt unbekannt, sein Gebissabdruck ist aber schon unterwegs über Europol zu unseren östlichen Nachbarn, die Fingerabdrücke versucht man zu rekonstruieren, zwei drei Tage dürfts dauern, dann haben wir ihn. Was meinst, ist es gescheiter, wenn wir uns aufteilen bei den Ermittlungen, wie´s der Chef vorgeschlagen hat, oder wenn wir gemeinsam arbeiten?"

„Das soll endgültig der Rindl entscheiden, der kommt sowieso gerade." Max Esterl hatte die Außentür schlagen hören, die zu ihrem Büro führte. Schon war auf der Treppe auch Ludwig Rindls hochroter Kopf zu sehen, der sich nach oben schob. Schwer schnaufend ließ sich der „Chef", wie Anke ihn ab jetzt titulierte, auf einen Stuhl sinken und weitete mit zwei Fingern den Kragen seines Uniformhemdes.

„Ah, ihr seid eh grad bei den neuesten Nachrichten", stieß Rindl hervor, nachdem er wieder einigermaßen zu Atem gekommen war. „Wie schaut´s aus?"

Anke wiederholte knapp das, was sie eben schon gesagt hatte.

„Ist immer noch an irgendeine Arbeitsteilung gedacht, Chef?" Max Esterl merkte der jungen Kollegin an, dass sie nicht recht wusste, ob sie ihren Vorgesetzten duzen sollte, oder ob das kollegiale „Sie" angebracht war. Bei ihm war das gar keine Frage gewesen. Anke hatte sofort das vertrauliche „du" verwendet. Das freute Max irgendwie. Die Anke konnte offenbar intuitiv erkennen, wer hier der Zwangscharakter und wer der Lockere war. Die Fränkin legte noch eins drauf. „Also, der Max und ich, wir beide haben gemeint, dass SIE das endgültig entscheiden sollen, wer was macht. Oder, Max?"

Max sah dem Rindl an, dass diesem Ankes Vertrautheit mit ihm nicht ganz passte. Beim ersten abendlichen Beieinandersitzen würde er die Sache regeln, nahm sich Esterl vor. Augenhöhe hatte er vorausgesetzt. Das musste dann für sie alle drei gelten.

Abteilungsleiter Ludwig Rindl nahm seine zwei Finger aus dem Hemdkragen, rückte seine Dienstkrawatte zurecht, blies seine Backen auf und sagte einen Satz, den Max nicht von ihm erwartet hätte: „Ich hab ja gestern meine Meinung schon gesagt: Der Max lässt seine Verbindungen nach Böhmen spielen, ich beschäftige mich mit dem Kriegsende und Sie, Fräulein Brandt,

Sie erledigen die Innendienstarbeit und halten die Stellung. Was meint ihr? Wia iss denn am Gscheitesten?"

Respekt, da war einer schon wieder über seinen Schatten gesprungen. Ob das daran lag, dass Anke die Nichte des Präsidenten war?

Max, der sich die Aufgabenteilung schon längst überlegt hatte, schmiedete das Eisen: „Die Anke, so mein ich ..., aber, Ludwig, du sagst es sofort, wenn du anders denkst. Also die Anke übernimmt alles, was mit der Dokumentation, den Kontakten mit der Pathologie, mit der Spurensicherung und den Recherchen im Internet zu tun hat. Ich übernehme den größten Teil der Außenrecherchen und nehme dabei, wann immer es geht, die Anke mit. Ich bin ja nur Teilzeitermittler, da hat die Anke genug Kapazität für ihre Innendienste. Und du ...", Max schaute seinen Schulfreund an und sah, dass der immer unwilliger den Kopf schüttelte.

„Nein, Max, so geht's nicht." Max biss sich auf die Zunge. Er hätte sich´s denken können, dass Ludwig seinen Anteil an den Ermittlungen und damit an den erhofften Erfolgen haben wollte. Der Erste Polizeihauptkommissar zog nochmals an seiner Krawatte und entschied mit einer Stimme, die offenbar Autorität ausstrahlen sollte:

„Wir teilen den Fall anders auf: Mumie 1, wir kennen ja jetzt ihren Namen, Mumie Hansen, das ist dein Fall, Max. Um den anderen, den Tschechen, kümmere ich mich, nachdem die Kontakte mit dem Holub hergestellt sind. Und das Fräulein Brandt macht all das, was du vorher aufgeführt hast und arbeitet uns beiden zu. Dienstbesprechungen halten wir täglich zu Dienstbeginn. Und ich bin zusätzlich für die ganze Öffentlichkeitsarbeit zuständig." Max nickte zustimmend. Immerhin hatte der Chef ihm den einen Fall ganz und gar überlassen, das bedeutete, dass er hier freie Hand hatte. Natürlich hatte Rindl sich den interessanteren Toten reserviert. Aber, da war sich Max sicher, der Ludwig würde schon noch öfter auf ihn zurückkommen, wenn es um seine Kontakte nach Tschechien ging.

Also: Den SS-Fall lösen und dann mit dem Tschechen weitermachen.

„Dann ist das fürs Erste geklärt und wir treffen uns um halb zwei im „Posthalter". Um zwei ist die Konferenz. Sie, Fräulein Brandt, fragen vorher noch einmal bei der Pathologie und der Spurensicherung nach, welche neuen Ergebnisse es gibt." Immerhin hatte Rindl noch angefügt: „Auf gute Zusammenarbeit."

In der bis zur Konferenz verbleibenden Zeit hatte Anke Brandt gut gearbeitet. Irgendwie war es ihr gelungen, ein Foto des Unterstumführers Jochen Hansen aufzutreiben, das ihn in SS-Uniform zeigte. Weiter lag in der von ihr zusammengestellten Pressemappe ein Lebenslauf des Hansen, der mit dem Satz endete: „In den Kriegswirren im Mai 1945 in der Ostmark verschollen." Dass dieser Satz inzwischen überholt war, wollte Ludwig Rindl den Journalisten als großes Ergebnis ihrer Ermittlungsarbeit verkaufen. Und er machte seinen Job recht geschickt, gab den diesmal nicht so zahlreich erschienenen Reportern

„Exklusivinformationen" und stellte vor allem die hervorragende Arbeit der Sonderkommission ins rechte Licht.

„Zum Fall mit der SS-Mumie: Nach so langer Zeit noch einen Täter zu finden wird unwahrscheinlich sein, ebenso unwahrscheinlich wird sein, dass der Täter jetzt, nach sieben Jahrzehnten, noch lebt. Aber die Sonderkommission ist dabei, die letzten Zeitzeugen aufzutreiben. Bitte berichten Sie in Ihren Medien davon. Die alten Menschen sollen sich bei uns melden, wenn sie etwas wissen, wir können jede Information brauchen: Wer hatte damals Zugang zu den Unterirdischen Gängen, speziell zu dem Teil, in dem die Mumienkammer liegt? Wer weiß noch etwas über die letzten Kriegstage in Zwiesel? Es handelt sich um die Zeit vom 23. April bis zum 1. Mai 1945. Wer weiß vor allem etwas über die Verhandlungen zwischen den deutschen Truppen und den Zwieselern? Wer genau war dabei? Wie ist es erreicht worden, dass die Truppen abgezogen sind und die Stadt Zwiesel kampflos übergeben werden konnte? Melden Sie sich. Wir machen auch Hausbesuche.

Jetzt aber zum zweiten Fall, der Tschechenmumie, wie wir sie genannt haben. Auch diese Mumie wird bald einen Namen haben. Was wir jetzt schon wissen ist, dass dieser Mann Mitte bis Ende dreißig war und dass sein Tod durch heftige Schläge auf den Kopf herbeigeführt wurde. Dieser Mann hätte wohl überlebt, wenn er Hilfe bekommen hätte. So aber ist er, mit Kabelbindern an einen Stuhl gefesselt, seinem Schicksal überlassen worden."

Hier räusperte sich Max Esterl und warf dazwischen: „Der Stuhl ist übrigens ein Wirtshausstuhl. Wir klären noch, ob er aus dem drei Etagen weiter oben liegenden ehemaligen Restaurant „Nepomuk" stammt."

„Und die Kabelbinder beweisen, dass der Mord nicht vor 1971 stattfand", ließ sich plötzlich auch Anke, das Singerl, vernehmen. „Kabelbinder sind erst 1970 erfunden worden. Polyamid 6.6."

Die Fränkin grinste: „Internedrecherche!"

„Das wären dann die ersten konkreten Spuren", ergänzte Ludwig Rindl.

„Geht doch", dachte Max und lächelte. Das erste Mal, dass eine Zusammenarbeit mit Rindl funktionierte.

Die Pressekonferenz war erfolgreich beendet und Max schlug seinen beiden Sonderermittlerkollegen vor, dies ein wenig zu feiern und den Arbeitstag bei einem Bierchen und einem kleinen Ratsch ausklingen zu lassen. Der Vorschlag fand Zustimmung und so räumten die drei ihre Akten zusammen und stiegen, den Journalisten hinterher, die schmale Treppe aus den Katakomben hinauf zum Posthalter. Rindl ließ natürlich der Assistentin den Vortritt, Max war sich sicher, dass er ihr nur auf den wohlproportionierten Hintern schauen wollte. Er selber ging als dritter und musste sich ziemlich recken, um an dem massigen Sonderabteilungsleiter vorbeischauen zu können. „Kruminale", murmelte Esterl in seinen graumelierten Bart hinein. „Eine fesche Kollegin! ... Eha ..."

Max hatte eines der Kamerakabel übersehen, das die Fernsehleute noch nicht weggeräumt hatten, war darüber ins Stolpern geraten und mit dem Knie, seinem seit Jahren aufs Äußerste lädierten linken Knie auf einer der Jahrhunderte alten Granittreppenstufen gelandet, sein Kopf war drei Stufen höher aufgeknallt. Ein weiteres „Kruminale!", allerdings diesmal ein viel lauteres, schmerzhaftes, war zu hören. Max humpelte noch den Rest der Stufen hoch, zog sich mehr am Geländer hinauf als dass er ging und setzte sich stöhnend und ächzend auf den ersten Stuhl, den er fand.

Anke beugte sich über ihren Kollegen:

„Max, um Goddes Willen, wie isn jedzd des bassiert? Wo hats dich erwischt? Dei Knie? Du kannst dich ja nicht sehen, aber ich glaub fast, dass dei Kopf noch übler ausschaut. Allmächd!"

Erst jetzt bemerkte Max Esterl, dass ihm Blut über das Gesicht lief und dann langte er nach oben und ertastete die große Risswunde an seiner Stirn und dann sah er seine blutigen Finger und dann sah er ein schwarzes Nichts, in das er stürzte und stürzte und ...

... dann erwachte Max, weil ein Mann im weißen Kittel sich über ihn beugte und laut, überlaut, megalaut sagte, nein schrie: „Herr Esterl, Sie befinden sich in der Arberlandklinik. Verstehen Sie mich? Ar-ber-land-kli-nik! Nicht so laut soll ich schreien? Ich schrei ja gar nicht laut, ich flüstere fast. Sie haben eine saubere Gehirnerschütterung, Herr Esterl und da müssen wir Sie für 24 Stunden zur Beobachtung dabehalten, Herr Esterl, hams das verstanden? 24 Stunden.

Ihr Knie? Das wird morgen geröntgt, scheint aber nicht so schlimm. Ihre Frau? Haben Ihre Kollegen schon benachrichtigt. Wir bringen Sie jetzt auf die Station. In 24 Stunden können Sie wieder heim, wenn nichts dazwischenkommt. Also, alles Gute, Wiederschaun."

Der Weißkittel war weg und kurze Zeit später war Max Esterl auch weg.

Als Max erwachte, war ihm nur noch ein wenig schwindlig. Das Bild der Frau, die sich über sein Bett beugte, sah er aber klar und deutlich.

„Eva, schön, dass du da bist."

„Du machst vielleicht Sachen, Max! Da hat es geheißen, dein Wiedereinstieg in die Kripoarbeit sei völlig ungefährlich und jetzt das! Du schaust vielleicht aus."

„Ich mag mich gar nicht anschauen. Wirklich so schlimm?".

Eva nickte. „Gehirnerschütterung, Platzwunde am Kopf, Meniskusriss. Reicht das nicht? Willst du nicht endlich aufhören mit dem Ermitteln bei der Polizei? Ich hab mir´s überlegt: Die Geschichte mit den letzten Kriegstagen in Zwiesel, die kannst du doch auch so herauskriegen und die andere Sache, mit dem Tschechen, die geht dich eh nichts an. Max, lass gut sein."

„Ich hab Vertrag bis Weihnachten."

„Dann lass dich krank schreiben bis dahin."

„Krank schreiben lassen, ich mich, wegen so einer Lappalie?" Die Stimme von Max wurde lauter. „Ich mich ..., markieren soll ich? Kommt überhaupt nicht in Frage, hab ich noch nie getan, hörst du, noch nie! Kruminale, jetzt seh ich dich doppelt, Eva." Der Kopf vom

Max, der sich in seinem Eifer hoch aufgerichtet hatte, sank wieder auf das Kissen zurück.

„Reg dich nicht auf, Max, ganz ruhig, all das ist es nicht wert, dass du deine Gesundheit ruinierst."

„Ich ruinier mir gar nichts, Eva!" Die Stimme von Max klang wieder ganz normal. „Dieser Sturz hätte auch bei uns daheim auf der Kellertreppe passieren können. Ich ermittle noch bis Weihnachten, ich hab sowieso die SS-Mumie zugeteilt bekommen, was soll da passieren? Ein Kampf mit Neunzigjährigen?"

Eva sah ein, dass nichts zu machen war und gab Ruhe. Als die Pfleger kurze Zeit danach einen alten Mann, der gerade frisch operiert worden war ins Zimmer schoben, verabschiedete sie sich, indem sie ihm einen leichten Kuss auf die Wange gab.

„Bis morgen, Max. Ruf an, wenn ich dich holen soll."

Zwei Stunden später hörte Max, er war gerade eingenaferzt, ein schüchternes Klopfen. Die Tür wurde geöffnet, ein Blondschopf zeigte sich.

„Hab nicht früher kommen können, Max, war noch viel zu dun. Wie geht's dir? Bist schon wieder bei dir? Viele Grüße vom Chef soll ich ausrichten, er schickt dir das da."

Ein Sechserpack Helles vom Pfefferbräu. Mehr Fantasie brachte der Rindl nicht auf.

„Ja, sag ihm vielen Dank, schön, dass er an mich denkt."

„Er lässt fragen, ob du morgen früh zur Dienstbesprechung da bist?"

„Ja, freilich, ich entlass mich selber aus dem Krankenhaus um zur Dienstbesprechung zu erscheinen. Wenn alles gut läuft, bin ich frühestens morgen Nachmittag wieder da raus. Was meinst, wie lang ich da krankgeschrieben bin, mit so einer Gehirnerschütterung!"

„Also diese Woche geht nichts mehr?"

Max schüttelte den Kopf. „Am Montag bin ich wieder da, länger lass ich mich auf keinen Fall krankschreiben. Heut ist ..."

„Donnerstag, falls du das nicht mehr weißt."

„Donnerstag, dann sinds ja eh bloß zwei Tage, die ich gefehlt habe, das heißt", sinnierte Max, „heute früh hab ich ja auch noch gearbeitet, oder, der Unfall ist doch heute passiert?"

„So schnell vergeht die Zeit, Max. Heut um 15 Uhr ists passiert und jetzt ist es schon sieben auf d´Nacht und ich erzähl dir noch schnell das Neueste und dann fahr ich heim. Zu euch", ergänzte Anke.

„Was ist mit ...?", mit dem Kopf deutete die Assistentin auf den frisch operierten Zimmergenossen, der schlafend in seinem Bett lag und nur hin und wieder ein Stöhnen oder ein leises Röcheln von sich gab.

„Passt schon, der hört nichts, und wenn, dann meint er morgen, er hat davon geträumt. Erzähl."

Anke berichtete, dass sie im Internet über die letzten Kriegstage im Zwieseler Winkel recherchiert habe und dass es tatsächlich nicht sehr viel Brauchbares darüber zu finden gab:

„Die Verteidigung der Stadt Regen", begann Anke in amtlichem Hochdeutsch, „die im Fiasko mit 50 toten Zivilisten endete, ist einigermaßen gut dokumentiert, dort traten die SSler noch geschlossen auf, unter dem Befehl eines Oberst Bingemer, mit 200 Mann, größtenteils Offiziersanwärtern und Hitlerjungen. Die haben sich vor den amerikanischen Panzertruppen nach Zwiesel zurückgezogen und sind dann weiter, ohne Zwiesel zu verteidigen, über Eisenstein Richtung Böhmen. Die US-Panzer sind ihnen dann, nachdem sich Zwiesel kampflos ergeben hatte, gefolgt und weiter Richtung Pilsen durchgestoßen. Da hab ich etwas Interessantes gefunden. Auf tschechischen Internetseiten. In Zhůří, das früher Haidl geheißen hat, da gab es eine größere Auseinandersetzung. Deutsche Truppenteile, Offiziersanwärter und Hitlerjugend, so heißt es, haben die US-Truppen am 5. Mai in einen Hinterhalt gelockt. Die Amis haben darauf das Dorf Haus für Haus erobert. Zehn Amis mussten ihr Leben lassen, ihre Namen findet man auf einer Gedenktafel vor Ort, von den vielen getöteten Deutschen konnte ich keine Namen finden. Ob das die gleichen waren, die wenige Tage vorher Zwiesel verlassen hatten? Max, das würd mich interessieren. Kann man da hin zu diesem Ort und der Gedenktafel?"

„Wenn ich wieder raus bin aus der Klinik und wieder einigermaßen gehen oder radln kann, dann fahren Eva, Du und ich mit dem Rad dorthin, da weiß ich eine wunderschöne Tour."

„Abgemacht, Max, ich freu mich schon. Was ich für ein Glück hab, dass ich ausgerechnet bei euch zwei wohnen darf."

Kapitel 10: Fieberphantasien

Max verbrachte eine unruhige Nacht. Sein Kopf tat immer noch ein wenig weh und surmte, andauernd musste er zum Bieseln, das Knie schmerzte trotz der Tabletten, die man ihm gegeben hatte und was am Schlimmsten war, er konnte wegen des lädierten Knies nicht auf dem Bauch liegen. Dabei war die Bauchlage seine Einschlaflage! Kruminale!

Und sein Zimmernachbar phantasierte im Schlaf, brevelte und brogelte vor sich hin und stieß immer wieder kleine, spitze Schreie aus. Max wuzelte sich von einer Seite auf die andere, immer wieder glaubte er, die richtige Position gefunden zu haben, doch nach wenigen Minuten taugte ihm auch diese Stellung nicht mehr und so ging die Wälzerei erneut los.

Dennoch hatte Max anscheinend eingeschlafen, doch irgendetwas hatte ihn geweckt. Die Notbeleuchtung im Krankenzimmer gab nur Schemen preis, aber Max hörte, wie sich der Alte im Bett neben ihm bewegte, jetzt sah er, dass er sich aufzusetzen und sein Bett zu verlassen versuchte. Der hatte doch noch Schläuche im Bauch, der durfte auf keinen Fall …

Schnell rumpelte Max Esterl aus seinem Bett, überwand einen Schwindelanfall und machte die zwei, drei Schritte hin zum Nachbarbett.

„Nicht aufstehen, liegen bleiben Herr Nachbar." Max fiel ein, dass er nicht einmal den Namen seines Mitbewohners wusste. Er nahm dessen eiskalte Hand, die weißschimmernd aus dem Bettlaken herausragte und drückte sie ein wenig.

„Soll ich die Nachtschwester rufen? Brauchen Sie Hilfe?"

„Nix brauch i, Max. Du bist doch der Esterl-Bua, oder?" Die Stimme des Alten war so schwach, dass Max sich zu ihm hinunterbeugen musste.

„Ja, der bin i."

„Han Dein Vattan guat kennt. A prima Mo. Aa zu friah gstorbn. Den hat aa der Kriag am Gwissn. Guata Mo. Alle hand gstorbn. Grad i net. I bin no übrig."

„Wer sand an Sie?" Keine Antwort.

„Wia hoißnd an Sie?"

Die kalten Finger des Alten drückten die Hand des Ex-Kommissars.

„Max Esterl. Lang ist es her, dass ich mit deinem Vater das letzte Mal zusammengesessen bin, beim „Kuchler-Wirt" oder beim „Schönauer", beim „Lagerbauer-Wirt", in der „Frischen Quelle" oder im „Bräustüberl", i woaß nimma. Damals hats noch Wirtshäuser gegeben. Lang iss her.

Dei Vater hätt dirs am End sagn kinna, wos du heit aaf d´Nacht mit dem Freilein, dem feschen, besprochen hast. I kannt dirs aa sagn, aber i leb nimma so lang. Drei hand eah gwen. Drei, de Zwiesl grett´ hamd. Drei Kriagsinvaliden, wia dei Pap und i.“

„Und wer is des gwen?“

„Frag d´Hannes Thekerl, de lebt no, de woaß des no.“ Jetzt war die Stimme des Alten nur noch ein Hauch. Aber Max merkte, dass er seinen ganzen Willen aufbot, um noch etwas zu sagen.

„I leb nimma lang. Des gspannt ma, wenn´s aus is.“

Der Alte tat einen tiefen Seufzer, seine Hände lösten ihren Griff, er sank zur Seite.

„Halt, halt! Kruminale!“ Max ärgerte sich, dass er nicht einmal den Namen des Alten wusste, der inzwischen offensichtlich ohne Bewusstsein war. Der Ex-Kriminaler tat das Einzige, was er noch für ihn tun konnte: Er drückte den roten Notfallknopf.

Als der Oberarzt bei Max Esterl am nächsten Tag zur Visite vorbeischaute, war das erste Thema natürlich der Bettnachbar, der tatsächlich in den frühen Morgenstunden verstorben war. Kufner Franz hatte er geheißen. Max konnte sich daran erinnern, dass dieser Name von seinem Vater hin und wieder erwähnt worden war.

„Und nun zu Ihrem Fall. Ich habe eine gute und eine schlechte Nachricht für Sie. Die gute zuerst: Ihre Gehirnerschütterung wird keine Folgen für Sie haben, eine Schlussuntersuchung noch, dann können Sie heute am frühen Nachmittag die Arberlandklinik verlassen.“

„Die Schlechte?"

„Ihr Knie ist im Arsch, wenn ich das so salopp formulieren darf. Der akute Meniskusschaden kann zwar relativ leicht behoben werden, aber Ihr Problem ist eine schon ziemlich ausgeprägte Kniearthrose."

„Das bedeutet?"

„Knieprothese, irgendwann in nicht allzu ferner Zeit."

„Nicht vor Weihnachten!?"

„Nein, soviel Zeit ist auf alle Fälle. Sie bestimmen den Zeitpunkt ganz allein. Sie und Ihre Schmerzen."

Gut, dann konnte die Prothese noch warten.

Kruminale! Max hatte sich zwar schon seit einiger Zeit Gedanken wegen seiner Knieprobleme gemacht, aber die so deutlich ausgesprochene Wahrheit traf ihn doch ziemlich heftig. Er dachte an sein Versprechen mit dem Ausflug nach Haidl, Anke gegenüber: Ob er überhaupt noch radfahren konnte. Aber, so beruhigte sich Max, mit den E-Bikes, die Eva und er sich angeschafft hatten, würde es schon gehen.

Erst einmal musste er aber die Thekla Hannes finden. Wenn er am Nachmittag entlassen wurde, konnte er sich ja heute Abend schon mal darum kümmern.

Eva schüttelte in stummem Protest den Kopf, als Max Esterl, kaum dass er im Wohnzimmer saß und sein Knie hochlagerte, geschäftig im Telefonbuch zu blättern begann und mit halblauter Stimme zitierte:

„Hannes Anton, Hannes Franz und Gerda, Hannes Friederike, ... Hannes Petronilla, dass es diesen

Vornamen überhaupt noch gibt, Hannes Stefan, Hannes Veronika und Georg …, du, Eva, nach dem Buchstaben „S" kommt doch immer noch das „T" im Alphabet, oder hab ich da wieder eine Reform übersehen, Frau Deutschlehrerin?"

„Was suchst´n?"

„Eine Informantin zu den letzten Kriegstagen, Thekla Hannes, diesen Namen hat mein Zimmernachbar noch genannt, bevor er davongesegelt ist. Thekla Hannes, ich hab mich sicher nicht verhört. Aber im Telefonbuch find ich diesen Namen nicht. Da muss ich morgen von der Dienststelle aus nachforschen lassen."

Eva schüttelte nochmals den Kopf: „Morgen willst du schon wieder auf der Dienststelle sein. Ja sag, hast du alle deine Vorsätze schon wieder vergessen. Langsam, Max, die Thekla Hannes läuft dir bestimmt nicht davon."

Max sah ein, dass Eva Recht hatte, aber so ganz wollte er das dann doch nicht zugeben: „Und heute Nacht im Krankenhaus? Wenn ich nicht durch Zufall dort gewesen wäre, dann wäre mir was davongelaufen. Das war in letzter Sekunde. Der Kufner Franz, der hat grad noch was gesagt und ist mir dann weggestorben, buchstäblich unter den Fingern. Wer weiß, wie es dieser Thekla geht?"

„Mach was du willst", war die unwillige Reaktion von Eva, „aber komm dann, wenn es dir schlecht geht, ja nicht daher mit deinem Gejammere."

Zum Glück fiel Max ein, dass es noch eine andere Möglichkeit gab.

„Ist die Anke daheim?"

„Das weiß ich doch nicht, Max, ich bin nicht ihr Kindermädchen. Schau doch rüber in ihre Wohnung oder ruf sie an, ihre Handynummer wirst ja wohl haben."

„Das sag ich ihr lieber persönlich, dann kann sie mir auch gleich erzählen, was heute los war in der Dienststelle."

Abermals schüttelte Eva den Kopf. Wenn er einen Fall zu lösen hatte, war der Max wie ein Hund, der einen Knochen gepackt hatte: Er ließ nicht mehr los. Nicht ums Verrecken.

Anke hatte nichts Besonderes zu berichten. Dass der Rindl mit seinem Fall nicht recht vorwärts kam, die tschechischen Kollegen hatten den Toten noch nicht zuordnen können, zu der Zeit war dort drüben vieles durcheinandergeraten: nach dem Einmarsch der Russen 1968 waren Tausende Tschechen getürmt, manche hatten andere Identitäten angenommen. Der Bericht der Assistentin endete in dem Wunsch: „Max, komm bald, mit dem Rindl allein ist es nur schwer auszuhalten."

Das tat Max natürlich gut und er versprach, am Montag wieder zum Dienst zu kommen.

„Morgen musst du halt noch ausharren mit dem Ludwig. Und dann ist eh das Wochenende da. Wie schauts aus? Machen wir unsere böhmische Fahrradtour? Das Wetter wird gut."

Anke druckste ein wenig rum. „Das wird nicht gehen, Max, morgen kommt nämlich mein Freund aus

Würzburg, der bleibt übers Wochenende. Ich habs eh der Eva schon gesagt."

Max war ein wenig enttäuscht, ließ sich aber nichts anmerken.

„Klar, Anke, dann halt ein anderes Mal. Es kommen bestimmt noch einige schöne Herbsttage, da fahren wir dann rüber. Schau dir um ein Radl. Wär wahrscheinlich eh noch zu früh gewesen für mein Knie. Ich werde mich am Wochenende lieber etwas erholen."

„Und ich kümmere mich um die Thekla Hannes. Das kriegen wir schon raus, wo die haust."

Kapitel 11: Nach Pilsen zu Pepi

„Max, ich hab sie!"

Max schluckte erst einmal seine Zahnpasta hinunter. Heute hatte er sich ausnahmsweise Zeit gelassen mit dem Aufstehen, dem Frühstück und jetzt hatte er sich gerade die Zähne geputzt, da war der Anruf von seiner Dienststelle gekommen.

„Wen hast du, Anke, erst einmal Guten Morgen."

„Guten Morgen ist gut, Max, es ist schon halb elf. Aber du hast Recht, der Morgen ist gut. Und wir haben die Thekla Hannes."

„Super, Anke!" Max war schon gespannt.

„Die im Einwohnermeldeamt, die sind ganz schön auf Zack. Ich frach nach Hannes, Degla: Nichts! Ich erklär den Fall und dass ein alter Mann den Namen genannt hat, dann meint die Frau, ob es nicht sein könnt, dass das ihr Mädchenname ist. Klar sach ich, is bei uns in Frangen auch so. Die Degla is verheirat, aber der Alde is nur ihren Mädchennamen gewöhnt. Und dann dauerds noch fünf Minudn und dann hab ich das Ergebnis. Ach Max, entschuldiche, wenn ich wieder so frängisch red. Immer wenn ich aafgrecht bin, dann red i wie dahamm."

Max beeilte sich zu sagen, dass er jeden, aber besonders den fränkischen Dialekt geradezu liebe und dass er selber ja auch nicht gerade Hochdeutsch spreche.

„Den Waidler hat man bei mir immer rausgehört. Aber, Anke: Den Namen, bitte."

„Ja, natürlich, auch die Delefonnummer kriegst du. Die Hannes Degla ist ein 26er Jahrgang und hat 1946, mit zwanzig Jahren, den Maurer Wilhelm Moser geheiratet, der aber seinen Beruf nicht mehr ausüben konnte, weil er nur noch eine Hand hatte. Stattdessen ist er Amtsbote bei der Stadt Zwiesel geworden, also praktisch die linke Hand des Bürgermeisters, die rechte hat ihm nämlich gefehlt. Also handelt es sich bei der von dir gesuchten Person um Degla Moser." Die Assistentin nannte Theklas Telefonnummer und ihre Adresse.

„Subber, Ange, auf dich kann man sich verlassen. Schönes Wochenende mit deim Freund."

„Ja, danke ebenfalls, Max."

Max wollte mit dem Anruf bei der Moser Thekla nicht bis zum Dienstbeginn am Montag warten. Der Tod seines Zimmernachbarn war ihm eine Warnung: Solche Dinge duldeten keinen Aufschub.

Die Frau Moser hatte noch eine von den alten, vierstelligen Telefonnummern. Max erreichte die alte Frau auf Anhieb, erzählte ihr ungefähr von seinem Anliegen und machte mit ihr aus, dass er sie am Samstagnachmittag besuchen dürfe. Die Moser Thekla wohnte in einer kleinen Gasse, die für Max Esterl am besten über die Hafnerstadt zu erreichen war. Ihr Häusl war schon etwas reparaturbedürftig, aber der Garten, durch den Max auf die Haustür zuschritt, war gut in Schuss. Bohnen, Tomaten, Salat, die Inhaberin schien sich größtenteils selbst zu versorgen. Hinter den Bohnen, die eine blickdichte grüne Wand bildeten, hörte der Ex-Kommissar eine tiefe Frauenstimme:

„Da her, Herr Esterl, hinter der Bohnenstaude links rum. Ja, genau. Sitzen´S Eahna her." Die alte Frau deutete neben sich auf die Bank. „Sie san doch der Herr, der von der Kripo, der gestern angerufen hat?"

Nachdem Esterl bejaht hatte, sah ihn die dürre Alte, deren zarte Figur so gar nicht zu ihrer vollen Bassstimme passte, genau an und nickte ein paarmal.

„I hab mirs scho denkt, Herr Esterl, immer scho, dass da amoi einer kommen wird, der fragt. Immer scho hab i mir des denkt. Lang hats dauert."

„Und warum ham Sie da nix nichts unternommen, warum haben Sie da selber nichts gmacht, Frau Moser?"

„Lasset die Toten ruhen, heißts. Und i möchte aa net, dass das Andenken an meinen toten Bruder, den Karl, irgendwie in den Schmutz gezogen wird, des möchte i net, Herr Esterl. I hans eh glesn in der Zeitung, aber i hätt mi net gmeldt. Mei Bruder hat scho des Richtige do, aber, Sie wissen ja, wie die Leut dann reden."

Unvermittelt schaute die Moser Thekla dem Max ins Gesicht. „Mei, Eahnan Pappan, den Esterl, den han i ja no so guat kennt. Der hätt de Gschicht eh aa gwisst, der hats guat kennt, alle drei. Mei, schad iss um den, hat aa so früh sterbn müssn, alle sands gstorbn, alle." Der Moserin liefen ein paar Tränen über die Wangen, die sie mit einem Taschentuch wegwischte. Mit ihren Gedanken schien sie jetzt ganz woanders zu sein, weit, weit weg in der Vergangenheit.

„Was für drei und was für a Gschicht, Frau Moser?", versuchte der Max, das Gespräch wieder in Gang zu bringen.

„I han´s eh glesn in der Zeitung, dass ma se meldn sollt, aber i hätt mi net gmeldt. Lasset die Toten ruhen." Die Moserin überlegte eine Weile, dann seufzte sie:

„Weil´S jetzt scho da sand, Herr Esterl, mei, eahnan Pappan, den han i guat kennt, weil´S jetzt scho da sand, dann suach is, des Heft."

„Ein Heft? Frau Moser, was für ein Heft?"

„Mei Bruder, der Karl, hats alles aufgschriebn. Hebs auf, hat er gsagt, hebs auf, damit mir keiner was nachsagen kann." Die Moserin verfiel auf einmal ins Hochdeutsche: „Keiner soll uns etwas nachsagen, hat er immer wieder gesagt. Wir haben die Stadt gerettet damals und die Sache mit dem SSler, dafür können wir nichts, dafür kann keiner von uns was. Hebs auf, das hat er mir noch einmal, kurz vor seinem Tod gesagt.

Ich hab´s aufgehoben. Jetzt ist es so weit. I suach des Heft."

Ja, wo hams es denn, Frau Moser?"

„I suachs. Kommen Sie morgen wieder, Herr Esterl, vielleicht find ich´s bis dahin."

„Und gleich, Frau Moser, könnten´S net gleich suchen?"

„Na, morgen. Kemman´S wieder morgen auf d´Nacht."

Die Frau Moser stand auf und ging. Max Esterl blieb nichts anderes übrig, als auch zu gehen.

„Soll ich Kaffee machen?", hatte Anke Brandt, ein Glas Instantkaffees in der Hand, ihre beiden alten Haudegen zu Beginn der Dienstbesprechung am Montag früh gefragt.

„Kommt nicht in Frage, hab schon welchen mitgebracht." Max Esterl holte eine Thermoskanne aus dem kleinen Rucksack, den er meist bei sich trug. „Seit wir in Zwiesel die Kaffeerösterei haben, mag ich keinen anderen mehr. Anke, das Geschäft ist gleich vorne ums Eck am Stadtplatz. Schau mal dort vorbei und such dir ein gutes Böhnchen aus. Für die Mehrkosten komme ich auf."

Nachdem das Dreierteam Platz genommen und das erste Schlückerl der dampfenden braunen Flüssigkeit geschlürft hatte, begann Anke als die weitaus jüngste, zu referieren.

„Nichts großartig Neues, die Pathologie und die Spurensicherung haben ihre Schlussberichte geschickt.

Alles war mit Staub bedeckt und die Arbeiter haben natürlich ziemlich was zertrampelt, , Spuren, die uns auf die Täter hingewiesen hätten, gabs keine. Halt, eins ist den Spusi-Leuten sonderbar vorgekommen: Neben dem SSler muss irgendwas gelegen haben, was Rundes, dort war kein Staub. Und ein Fußabdruck führte dorthin. Ich hab die Arbeiter vernommen, keiner weiß etwas, keiner wars."

Max zog intuitiv den Kopf ein. Der saudumme Einfall mit dem SS-Helm!

„Ist der Abdruck zu identifizieren?"

„Nicht zuordenbar. Kannst vergessen."

Max schnaufte innerlich auf.

„Natürlich wurden die Fesseln und vor allem die Kabelbinder auch näher untersucht. Beim SS-Fall bringt uns das nichts mehr, der oder die Schuldigen sind sicher längst tot. Beim Tschechen schauts anders aus, es ist zwar auch schon etwa 35 Jahre her, aber da leben noch einige aus dieser Zeit." Anke grinste schelmisch, schaute demonstrativ Ludwig und Max an und blickte vom einen zum anderen.

„Ahmmm, dann kann ich gleich weitermachen", räusperte sich der Leiter der Gruppe, Ludwig Rindl. „Aber ich hab keine guten Nachrichten. Der Tote ist noch nicht identifiziert, ich habe das Gefühl, die Tschechen spuren da nicht so recht. Den Sykora, den damaligen Nepomukwirt, scheinen sie drüben nicht zu kennen oder nicht kennen zu wollen. Die tschechischen Kollegen meinen, dass der Sykora ursprünglich anders hieß, dann nach dem Einmarsch der Russen 68 abgehauen ist und da erst eine neue Identität, nämlich die unter dem Namen „Sykora" angenommen hat. Max, da musst du ran, ich komm nicht weiter. Dein Freund bei der tschechischen Polizei, der...", „der Holub?" ... „ja, genau der Holub, der ist doch jetzt ein ziemlich hohes Tier im Pilsener Polizeiapparat. Kann der da nicht ein bisschen anschieben?"

„Wennst meinst, Ludwig, ich kann den Holub schon anrufen, hab sowieso schon lange nicht mehr mit ihm telefoniert. Und dann fahren wir mal rein, ins Weltepizentrum des Bieres."

„Wir zwei?"

„Die Anke müssen wir unbedingt mitnehmen, du warst bestimmt noch nie dort, Anke, oder? Außerdem wollen wir unserem Pepi Holub so eine junge und hübsche Polizistin wie die Anke doch nicht vorenthalten, oder?" Dabei zwinkerte Max dem Ludwig so deutlich mit dem Auge zu, dass es auch für die junge Kollegin nicht zu übersehen war.

„Was hat das jetzt zu bedeuden? Was ist mit diesem Bebbi Holub?"

„Sagen wir nicht", antworteten die zwei wie aus einem Mund. „Der Holub hat ... einen gewissen Hang zum weiblichen Geschlecht", ergänzte Max. „Ja, gewissermaßen einen Überhang, haha", lachte Ludwig ein wenig gschert. „Aber, Sie werden sehen, der Pepi ist in Ordnung und ein Kavalier der alten Schule."

„Allmächd, da bin i scho gschbannd auf den Gnabn."

Max rief seinen Freund Pepi in Pilsen an und informierte ihn kurz über die Problemlage. Pepi hörte zu und überlegte lange.

„Pepi, bist du noch am Apparat?"

„Ano, Maxe, her gut zu: Das ist groß Intresse von mir und einiges meines Kollägän. Du sagst, unsere Polizei wills nicht rausruckn mit Information. No, ibrleg warum nicht! No, sag ichs bessr nicht am Telefon. Kommt zu mir nach Plzen, machen Konferenz. Abr nicht morgän, bessr ibrmorgän. Muss erst selbr recherchieren."

So kam es also, dass das Ermittlertrio am Mittwoch früh am Grenzbahnhof in Eisenstein einen komfortablen blauen Waggon der tschechischen Staatsbahn „Česke drahy" bestieg. Dienstauto hatten sie keines bekommen.

„Für mich ist das wie ein Ausflug in eine andere Welt." Anke war noch nie in Tschechien gewesen. Neugierig und begeistert beobachtete sie alles, was im Zug und draußen, vor den Fenstern, ablief. Schon an der nächsten Station, in Železná Ruda, „Böhmisch Eisenstein", wie Max erklärte, stieg eine Menge Leute zu, vielen von ihnen war anzumerken, dass sie als Touristen unterwegs waren. Beim ersten Tunnel erklärte Max der interessiert zuhörenden Anke, welch riesiges und modernes Projekt der Bau dieser Eisenbahn damals, im 19. Jahrhundert, gewesen war.

„Aber", so Max, „ich red zu viel. Schau dir, wennst mal Zeit hast, die Ausstellung dazu im Museum des Naturparks Bayerischer Wald im Eisensteiner Grenzbahnhof an. Die ist wunderbar gemacht, das rentiert sich wirklich. Und jetzt", der Zug durchfuhr gerade den Spitzbergtunnel, „jetzt klemm dich ans Fenster hier links und schau und genieße!"

Und Anke genoss die Fahrt, das Angeltal hinab, durch eine wildromantische, schier endlose Waldlandschaft. Sie genoss die Blicke auf den Osser, den bayrisch-tschechischen Grenzberg, den die Tschechen auch „Brüste der Gottesmutter" nannten und sie stieß immer wieder ein Aah oder ein Ooh hervor, bis sie in Nyrsko, in Neuern, dem kleinen Städtchen am Fuße des Böhmerwaldes ankamen.

„Das war wunderbar, so eine schöne Bahnstrecke bin ich noch nie gefahren. Der Böhmerwald gfällt mir genauso wie der Bayerwald."

„Liest du gern, Anke?"

„Ja, eigentlich schon, wenn ich dazu komm. Warum fragst, Max?"

„Wennst was über den Böhmerwald lesen willst und darüber, wie es früher hier war, dann musst du die Romane von Karl Klostermann lesen. Der hat den Böhmerwald so beschrieben, wie er vor 150 Jahren einmal war." Mit einem Seitenblick auf Ludwig Rindl, der betont uninteressiert aus dem Zugfenster schaute, fügte Max noch hinzu: „Aber ich will dir jetzt kein Seminar über Klostermann halten. Komm einfach, wenn du Lust zum Lesen hast und leih dir ein Klostermann-Buch von Eva aus. Die hat sie alle."

Inzwischen war die mittelalterliche Silhouette der Stadt Klatovy/Klattau am Horizont aufgetaucht und

Max spielte weiterhin den Fremdenführer. „Klattau ist es wert, dass man aussteigt und einen Tag hier verbringt. Du siehst, Anke, du hast noch Einiges vor dir, bis du wieder zurückgehst nach Franken."

Anke seufzte und verrenkte sich vor lauter Schauen fast den Hals.

Eine gute Stunde später schon fuhr der Zug in den schönen, nagelneu renovierten klassizistischen Pilsener Hauptbahnhof ein, einem Musterbeispiel für die alte österreichische K&K - Eisenbahnarchitektur. Sie querten den großen zentralen Kuppelsaal des Bahnhofs und ließen sich von der Menge der Mitreisenden zum Ausgang spülen. Draußen, auf dem Parkplatz wartete schon Pepi Holub in einem silbrig-blauen Dienst-Škoda mit der Aufschrift „Policie" auf die drei.

Als Pepi sah, welch ansehnliche weibliche Person die beiden Alten begleitete, sprang er sofort aus dem Auto, breitete seine Arme aus, eilte auf die drei zu, ignorierte die schon ausgestreckten Hände der beiden Alten, ergriff stattdessen Ankes Hand und drückte der völlig konsternierten Assistentin einen perfekten Handkuss drauf. Während Anke immer noch ihre gebusselte Hand anstarrte, als würde diese nicht mehr zu ihr gehören, wandte sich der diesmal in Zivil gekleidete Pepi dem Abteilungsleiter Rindl zu, begrüßte diesen ganz förmlich und umarmte schließlich innig seinen alten Freund Max Esterl.

Schwungvoll öffnete Pepi die Beifahrertür, ergriff erneut Ankes Hand und bugsierte die „Gnädigste" auf den Vordersitz. Den beiden Alten öffnete er die Türen zu den Hintersitzen.

„Wir machens klein Stadtrundfahrt durchs Plzen." Er wandte sich an Anke. „Schen Freilein wars noch nicht hier? Erstes Mal? Erstes Mal is immer am schensten." Pepi lachte etwas anzüglich, während er seinen Škoda auf die Hauptstraße manövrierte.

„Hier Urkwäll Brauerei, bestes Bier von Welt, danäben Fußballstadion, hier war Max schon vor 45 Jahren, Škoda Plzen - Bayern Minchen, weiß ich, hat Max erzählt. Dann altes Stadtzentrum, Bartholomäuskirche, groß Turm, Gotik. Altes Rathaus mit Sgraffiti, schenr Stadtplatz. Jetzt noch zur Synagoge und alt Oprnhaus. Hier links Denkmal für General Patton und americke Army, Befreir Plzen neinzehnfinfundvierzig. Kommunisten immr sagen, dass Russen waren Befreir. Große Sowjetarmee! Niemand durfte von Amerikanr sprächn. Is nix wahr."

Max Esterl musste wieder an die Ortschaft Haidl am Ahornberg denken, in der 10 amerikanische Soldaten kurz vor Kriegsende noch ums Leben gekommen waren. Diese Ereignisse waren verschwiegen worden von den Kommunisten, weil sie nicht in deren Weltbild passten.

Fast schien es so, als hätte Pepi die Gedanken vom Max erraten, denn er fuhr fort:

„Auch jetzt noch wollen Kommunisten vrschweigen. Zum Beispiel was war mit Geheimdienst damals, nach 1968. Zum Beispiel was war mit totr Leiche in Zwiesel, wie sagt ihr?" „Mumie!" „Ano, Mumiä, wie in

Katakomby von Klatovy. Mumiä. Bin schon lange bei Ermittlungen in Fall mit friherem Geheimdienst. Mein Vatr war selbr Opfr von Geheimpolizei gäwäsän. 1968! Da hab ich nachgebohrt. Aber alte StB-Geheimdienstleute machen Betonmaur. Schweigen wie Mafia. Halten zusammen wie Mafia. Erzählt mir alles von Mumiä in Zwiesel. Vielleicht hilft uns weitr."

Und so tauschten sich die vier aus, während Holub die Stadtrundfahrt fortsetzte. Max war inzwischen klar, dass Pepi befürchtete, in seinen Dienstzimmern abgehört zu werden. Dann war dieser Mumienfall vielleicht viel brisanter, als er je gedacht hatte.

„Also, es gäht um zwei Prsonen", resümierte Pepi.

„Ja", mischte sich diensteifrig Anke ein. „Um eine unbekannte männliche Leiche, einen in den siebziger Jahren Ermordeten, mittlerweile mumifiziert, wahrscheinlich tschechischer Herkunft, die bei uns gefunden wurde und die wir bis jetzt noch nicht identifizieren konnten."

„Ja", mischte sich auch Ludwig Rindl ein, „und dann suchen wir nach einem Exiltschechen namens Sykora, der damals in Zwiesel ein Restaurant betrieben hat und aus Zwiesel spurlos verschwunden ist. Der Sykora könnte was wissen oder war vielleicht sogar der Täter. Und Ihre tschechischen Kollegen schweigen, so wie Sie es vorhin gesagt haben, wie die Mafia. Darum sind wir hier. Wir bräuchten einen Beschleuniger."

„Ah, Beschleinigr, Katalysator. Kann ich machen. Abr nicht einfach. Bei uns ist groß Konflikt, wie ich schon gesagt hab. Unsere Abteilung mechte machen aufräumen. Sauberä Tisch".

„Reinen Tisch?" fragte Anke nach.

„Ano, reinr Tisch. Alles muss erst aufs Tisch und dann aufräumen. Vielleicht kann Sachä mit Sykora hälfän, wer weiß. Abr nicht einfach. Andere Seitä hat viel Macht. Und Geld. Und is radikal. Großä Problämä, großä Sorgä." Pepi lachte bitter.

So hatte Max seinen Freund noch nicht gehört. Der Pepi und Probleme? Pepi hatte die letzten Jahre eine steile Karriere hingelegt, bei der ihm nicht einmal seine dauernden Weibergeschichten geschadet hatten. Jetzt hatte er anscheinend Schwierigkeiten, weil er gar so jammerte.

„Und wie geht's Dana?", fragte Max nach Pepis momentaner Affäre, einer ausnehmend hübschen Polizeipsychologin.

„Dana geht gut, is abr versetzt nach Praha. Viele Grieße von ihr an dich, Maxe und auch an Ewa." Pepi wollte offenbar das Thema wechseln: „Gähen wir Mittagessen, ich lade eich ein. Wohin wollt ihr? Brauereigaststätte odr anderes typisch Plzner Lokal?"

„Lass uns nicht vergessen dir die Unterlagen zu geben und zu erklären, die wir mitgebracht haben. Können wir nicht in ein Lokal gehen, wo wir ein wenig unter uns sind, damit wir auch reden können?"

„No, dann gehen wir zu Salzmann, die haben Separee."

Ein kurzes Telefonat, das mit einem bestätigenden „Ano" endete, Pepi dirigierte seinen Dienstwagen wieder Richtung Altstadt und parkte in einem Hinterhof.

„Gaststätte Salzmann. Hier hat auch Karel Klostermann damals oft gäsässän", zwinkerte Pepi seinem Freund Max zu und rannte schnell um den Wagen, um Anke die Tür zu öffnen.

„Sykora, Sykora, wer war Sykora? Name war vielleicht falsch, odr?" Pepi Holub tunkte noch einen der ausgezeichneten böhmischen Knödel in die dunkle, sämige Gulaschsoße. „Hat jemand gekannt? Kann jemand beschreibn?"

„Ja, ich", meldeten sich zu Holubs Überraschung gleichzeitig alle zwei Alten. „Wir waren oft in seinem Lokal, es gab prima Essen dort, es war billig und das Pilsener Bier schmeckte, den Sykora haben wir gekannt." Und die beiden beschrieben den Gastwirt als einen sehr attraktiven Mann Mitte der Zwanziger, einen, auf den die „Weiber standen", der einer fröhlichen Gesellschaft nicht abgeneigt war und der gut, sehr gut böhmisch kochen konnte, einen, der sein Geschäft verstand und der hervorragend mit Menschen umgehen konnte.

„Wir alle waren enttäuscht, dass er damals, Anfang der siebziger Jahre plötzlich abgehauen ist. Es hat geheißen, er habe wegen einer Frau den Weg zurück nach Tschechien gesucht, obwohl er hier auch eine hatte. Erinnerst du dich noch an die Maritsch, die Maria, die damals im Nachtklub „Metropol" Bardame war?"

Ludwig Rindl schaute Max direkt an. „Auf die waren wir doch alle scharf, auf die haben wir gesponnen."

Max erinnerte sich. Deutlich. Die Maritsch. Eine Österreicherin. Blondes Gift, das ihnen allen den Kopf verdreht hatte. Und der Sykora hatte sie schließlich abgeschleppt.

„Die könnt noch am ehesten was wissen, die Maritsch. Ob die noch lebt?"

Ludwig Rindl schüttelte den Kopf. „Eher nicht, bei der ihrem Lebenswandel. Aber, ich weiß, wo sie herkommt. Sie hat mir einmal, in einer vertraulichen Stunde ...".

„Hallo, Ludwig, nicht zu viel ausplaudern, du könntest dich belasten."

„Sie hat mir einmal in einer vertraulichen Stunde", fuhr Rindl unbeirrt fort, „erzählt, dass sie aus einer Weingegend in Österreich kommt, irgendwo seitwärts der Wachau. Aber ich hab da nicht so genau aufgepasst. Bei der Maritsch ging es immer nur ums Wesentliche. Und das war nicht die Geografie."

„Das kriegen wir heraus", war sich Max sicher. „Die Maritsch war bestimmt in Zwiesel gemeldet und dann ist es ein Leichtes, zumindest ihre damaligen Daten zu erfahren."

„Also", resümierte Pepi Holub, „ihr schaut nach Bardamä, ich suchä nach Sykora und wenns gefundän, informieren wir sich."

„Genau so", bestätigte Ludwig Rindl, Leiter der Mumiensonderabteilung der Bayerischen Polizei.

Nachdem sie noch einige andere Dinge besprochen hatten, machte sich die Mumienabteilung wieder auf den Weg nach Bayern.

Pepi Holub verabschiedete sich von Anke so, wie er sie begrüßt hatte. Allerdings reichte sein Handkuss diesmal fast bis hinauf zu ihrem Ellenbogen.

Auf der Heimfahrt hielten die drei Kriminaler, sie waren ab Klatovy alleine im Abteil, gleich ihre Dienstbesprechung."

„Was haben wir heute herausbekommen?", begann Rindl, der Chef.

45 Minuten später, der Zug durchfuhr gerade den großen Špičák-Tunnel, verlas Anke das, was sie mit ihrem Laptop protokolliert hatte.

„Also: Seine Kleidung und das Fußballticket vom August 1971 deuten darauf hin, dass der Tote tschechischer Herkunft ist und in den Wochen danach getötet wurde."

„Schreiben Sie lieber > Monaten danach<, so genau, denke ich kann man es nicht eingrenzen." Ludwig Rindl, der i-Dipferlscheißer, Kruminale!

„... in den Monaten danach getötet wurde.

Es gibt bisher nur einen Verdächtigen im Fall der tschechischen Mumie, weil wir sonst niemanden haben, der überhaupt in einem Zusammenhang mit diesem Mann steht und Zugang zu den Unterirdischen Gängen hatte. Sykora hat er sich damals genannt und er war etwa eineinhalb Jahre lang der Betreiber des Lokals »Zum Nepomuk« am Stadtplatz in Zwiesel.

Da die tschechischen Behörden bisher nichts zur Identität des Sykora liefern konnten oder wollten, haben wir in einem persönlichen Gespräch Kontakt zu Oberst Josef Holub von der Pilsener Polizei aufgenommen, der versprochen hat, sich um die Sache zu kümmern.

Mögliche Tatmotive sind bisher nicht bekannt.

Als mögliche Zeugin haben die beiden Sonderermittler Rindl und Esterl eine gewisse Maria vulgo Maritsch, Bardame aus Österreich genannt, die sie damals persönlich sehr gut gekannt haben.“

Anke grinste, als Rindl hastig einwarf: „Das „sehr gut“ dürfen´s streichen.“

„... persönlich gekannt haben.

Beim Einwohnermeldeamt in Zwiesel ist abzuklären, ob jemand von den beiden damals amtlich gemeldet war. Auch beim Gewerbeamt ist nachzufragen, als Gastwirt müsste Sykora dort registriert gewesen sein.

Mit der Österreicherin namens Maria oder Maritsch wird versucht, Kontakt aufzunehmen.“

„Wir stochern da noch ganz schön im Dunkeln rum, Kruminale!“ Max schüttelte den Kopf.

„Irgendwann wird es schon heller, sehen Sie, meine Herren“, sagte Anke, als der Zug sich aus dem ewig langen, schwarzen Tunnel ins Freie schob.

Kapitel 12: Haidl am Ahornberg

Schon am nächsten Tag besuchte Max Esterl wieder die Hannes Thekla, wieder mit demselben Ergebnis wie die anderen Tage:

„I finds und finds net, des Heft. Herr Kommissar, wenn es Eahna sag, a gschlogne Stund han i gsuacht: Nix! Über alles bin i kemma, sogar mei altes Gebiss, des i vor 5 Jahren verloren hab, is wieder aufgetaucht, aber des Heft nimma.“

Spasshalber rief Max Esterl der alten Dame zu: „Dann müssma halt einmal eine Hausdurchsuchung machen, Frau Hannes.“

Die Alte schien diese Andeutung ernst zu nehmen, denn sie drehte sofort um, keifte „ins Haus kimmt mir keiner!“, und schlug die Haustür zu. Ein wenig plagte Max das schlechte Gewissen ob dieser Drohung und ihrer Wirkung, aber wenn sonst nichts half ...

Anschließend ging Max ins Büro beim Pfarrzentrum, wo die anderen beiden ihn schon erwarteten.

„Hast wenigstens du was herausgebracht“, waren die ersten Worte, mit denen Rindl den Schulfreund empfing. „der Holub hat auch noch nichts von sich hören lassen. Das ist ein wenig deprimierend, nichts rührt sich.“

Max erzählte von seinem heutigen Besuch bei der Alten und ihrer Reaktion auf die „Drohung“. Während Anke stumm den Kopf schüttelte und ihre Augen verdrehte, sagte Ludwig zur Überraschung von Max ganz pragmatisch: „Wenn´s hilft!?“

„Wenn nichts anderes zu tun ist, dann schlage ich vor, Anke, dass wir beide heute Nachmittag unsere Fahrräder schultern, mit dem Auto nach Böhmen fahren und zusammen mit Eva nach Haidl am Ahornberg radeln. Eva hat diesen Nachmittag keine Schule, das weiß ich, das Wetter ist noch ideal. Du kannst das Radl von unserer Stieftochter Anna nehmen. Brauchst du die Anke?", wandte sich Max an Ludwig Rindl. Als dieser verneinte, setzte Max noch hinzu: „Eigentlich ist das auch Dienstzeit, für Anke zumindest. Wir ermitteln im Fall der SS-Mumie."

„Wenn es nur endlich zu Ergebnissen käme", stöhnte der Sonderkommissionsleiter, „dann wär´s schon recht."

„Geduld, Ludwig, Geduld, die geht dir ab. Geduld und Demut. Was meinst, wie lang wir in München oft ermittelt haben? Bis Weihnachten haben wir Zeit. Wir sind doch erst noch am Anfang. Die Maschine kommt schon noch ins Laufen, pass nur auf. Kruminale!"

Die nächsten Wochen sollten zeigen, wie Recht der alte Kripofuchs Esterl, zumindest in einem der zwei Fälle, hatte.

Eva motzte zwar ein wenig, weil Max ihr erst beim Mittagessen über die Tour in den Böhmerwald Bescheid gesagt hatte, aber sie machte sich bereit, während Max das Rad von Anna aus der Garage holte und Luft in die Reifen pumpte.

In ihrem Renault Kangoo war genügend Platz für drei Personen und drei Räder. Anke staunte.

„Da bin ich noch nie in Tschechien gewesen und jetzt schon innerhalb zwei Tagen zum zweiten Mal", wunderte sich die Fränkin, als die drei die Grenze auf der Straße nach Böhmisch Eisenstein/Železná Ruda überquerten. Max fuhr durch das Städtchen, vorbei am Ortsteil Engadin, am Bächlein Řezná entlang, dem Ursprung des Großen Regen.

„Schau, Anke, hier links, der Berg mit dem Aussichtsturm, das ist der Panzer/Páncíř, an dem unser Regenfluss entspringt. Und wir fahren hinauf bis zur Wasserscheide. Von dort weg fließen die Bäche schon Richtung Nordsee. Max bog ein in die Nationalparkstraße Richtung Hartmanice und fuhr sofort danach auf einen großen Parkplatz rechts neben der Straße.

„Von hier aus starten wir. Einpacken brauchst du dir nichts, außer einer Flasche Wasser. In drei Stunden sind wir wieder da. Halt, einen Fotoapparat hast ja mitgenommen, Anke, oder? Wir haben allerdings unseren auch dabei. Dein einziges Problem, Anke ist, dass wir beide, Eva und ich, E-Bikes haben, während du dich abstrampeln musst. Aber dafür bist du jünger. Und wir warten dir, wenn es nötig ist."

Max fuhr vorneweg, er bemühte sich, langsam zu fahren, drehte sich immer wieder um und fragte die hinter ihm radelnde Anke, ob es noch passe mit dem Tempo. Anke antwortete stets: „Bassd!"

Er selber hatte ein wenig Bedenken wegen seines ohnehin ziemlich kaputten und beim Treppensturz noch zusätzlich angeschlagenen linken Knies gehabt. Zur Freude von Max aber machte sein Knie dank der

Unterstützung durch den Elektromotor keine Sperenzchen.

Der Weg, den Max gewählt hatte, führte zuerst wieder ein kurzes Stück zurück bis zur Hauptstraße, diese überquerten sie und fuhren auf einer schön ausgebauten Forststraße nach Stary Brunst/Altbrunst, vorbei an einem alten Forsthaus bis hinauf auf ungefähr 1000 Meter Höhe. Immer wieder boten sich schöne Blicke auf den Panzer. Allerdings musste man schon auch gut aufpassen und auf den Weg schauen: Das Herbstlaub hatte manche Passagen ganz schön glitschig werden lassen. Eine lange Abfahrt zurück Richtung Hauptstraße ging Max ziemlich vorsichtig und für Ankes Gefühl viel zu zaghaft an. Sie fuhren ein paar hundert Meter die Hauptstraße zurück Richtung Železná Ruda bis Max Esterl herunterbremste und nach links in eine kleine Straße einbog und hielt.

„Ich fahre ab jetzt ziemlich gemächlich, Anke. Genieße die Strecke. Wir radeln den Kieslingbach entlang, die Tschechen nennen ihn Křemelná, bis Haidl. Das ist eine der schönsten Fahrradstrecken, die ich kenne. Lass dir Zeit, bleib auch einmal stehen, schau einfach, wie schön die Welt ist, mach Fotos. Wir halten dann in Haidl oder dem, was davon noch übrig ist und machen eine kleine Pause. Dort siehst du das Kontrastprogramm zur Schönheit der Welt. Dort siehst du etwas von der Bosheit, zu der wir Menschen fähig sind.“

Anke fuhr langsam, ganz langsam. Max hatte nicht zu viel versprochen. Die schmale Straße verlief auf halber Höhe des Ahornbergs, auf dem, weit entfernt, eine Kuhherde weidete. Immer wieder boten sich Blicke hinab auf den Kieslingbach, der durch das wunderschöne, von hohen, gelb-braunen Gräsern bedeckte, tief eingeschnittene Tal mäanderte. Erst ziemlich weit oben an den Talrändern begann der Wald, dessen schwarzgrüne Fichten einen kontrastreichen Rahmen zu den helleren Wiesen bildeten und sich dunkel gegen den samtblauen Herbsthimmel abhoben. Mehrere Male hielt Anke, um zu schauen und zu fotografieren. Sie konnte sich gar nicht satt sehen an der herbstlichen Pracht dieser Natur. Dann sah sie eine Kapelle und ein Denkmal, vor dem Eva und Max Halt gemacht hatten. Hier musste also die Stelle sein, von der Max gesprochen hatte, hier musste das Dorf Haidl am Ahornberg gestanden haben. Max hatte Anke zwar schon die schlimme Geschichte dieses Ortes angedeutet, aber nun erzählte er sie noch einmal ausführlich:

„Hier, an diesem Hang oberhalb des Denkmals stand bis vor siebzig Jahren ein Dorf mit etwa 600 Einwohnern: Haidl am Ahornberg. In diesem Dorf wurde eines der letzten Gefechte des 2. Weltkriegs ausgetragen. Hier hatten sich Anfang Mai 1945 deutsche Soldaten, die tschechischen Quellen sprechen von SS-Leuten und Offiziersanwärtern, eingenistet. Hier warteten sie auf die amerikanischen Truppen, die Zwiesel kampflos eingenommen hatten und über Eisenstein vorgestoßen waren. Pass auf, Anke, meine Theorie: In Zwiesel sollen es auch SSler und Offiziersanwärter gewesen sein, die die Stadt verteidigen wollten und dann in letzter Minute doch abgezogen sind. Ich meine, das könnten dieselben gewesen sein. Sie haben Zwiesel den Amis überlassen, weil sie hier eine bessere Möglichkeit sahen, Widerstand zu leisten."

„Aber, welchen Zusammenhang siehst du da zum mumifizierten SSler? Das hätts doch gar nicht gebraucht, wenn die sowieso hierher sind."

„Ja, Anke, da tappen wir noch im Dunkeln.Das wäre noch zu klären und daran arbeiten wir ja. Vielleicht helfen uns die Aufzeichnungen des Hannes, wenn seine Schwester diese findet. Aber vielleicht kriegen wir das nie mehr heraus. Auf alle Fälle haben die deutschen Truppen den Amerikanern einen ganz fiesen Hinterhalt bereitet: Sie hatten zwei amerikanische Fahrzeuge erbeutet und weithin sichtbar im Dorf platziert. Dazu hatten sie weiße Fahnen als Zeichen der friedlichen Übergabe gehisst.

Die Amerikaner fielen auf den Trick herein und mussten dies bitter büßen. Die Deutschen ließen sie ziemlich nahe herankommen und eröffneten dann plötzlich das Feuer auf die überraschten GIs.[1]

Kannst du dir die Reaktion der Amerikaner vorstellen? Von der Mosel bis hierher waren sie in wenigen Tagen durchgezogen. Und jetzt, wo sie sich schon fast in Pilsen wähnten, jetzt passierte noch so eine Katastrophe! Es muss ein stundenlanger, erbitterter Häuserkampf gewesen sein, in dem die Amis ihre Gegner schließlich niedergerungen haben. Die schlimme Bilanz: 10 tote Amerikaner, ihre Namen siehst du hier auf dieser Gedenktafel und mindestens 26 tote

1 GI auch G. I., ist eine Bezeichnung für einen einfachen US-Soldaten.

Deutsche, dazu über 100 Verwundete. Die Namen der deutschen Soldaten sind nirgendwo verewigt.

Schau dir im Internet die Filme von Emil Kintzl über den verschwundenen Böhmerwald an, dann wirst du vielleicht verstehen. Der Kintzl hat diese Zeiten als junger Mann noch selbst erlebt. Und er verschweigt nichts. Sehr beeindruckend!

Jedes Jahr am 5. Mai findet hier eine Gedenkfeier statt. Voriges Jahr war ich dort. Auch sehr beeindruckend. Veteranen, junge Leute mit alten amerikanischen Jeeps, Pfadfinder, ein Abgesandter der amerikanischen Botschaft, Politiker und Musik, traurige Musik. Mir ist sie zu Herzen gegangen.

Aber am 5. Mai nächsten Jahres bist du ja schon wieder bei dir daheim in Würzburg, dann ist unser Auftrag längst beendet."

„Ich könnt jetzt schon heulen, wenn ich dran denk, dass ich wieder weg muss."

Eine eigenartige Stimmung hatte sich der drei Besucher bewältigt, eine Stimmung, die von diesem besonderen Ort ausging.

Einige Minuten blieben sie noch und hingen ihren Gedanken nach, dann kam die Aufforderung „Auf geht's" von Max. Sie fuhren ein paar Kilometer durch ein Waldstück, dann ging´s stetig bergauf und schließlich kamen sie an eine Kreuzung.

„Hier stoßen wir auf die Straße, die von Velhartice herauführt. Auch ein interessanter Ort, Anke, merk dir´s. Velhartitz hat eine gut erhaltene, sehr romantisch gelegene Burg. Aber ein andermal. Jetzt stürzen wir uns erst in eine sausende Abfahrt.".

Max hatte nicht zu viel versprochen. Die Straße führte ein langes Stück bergab zurück ins Tal des Kieslingbaches und schließlich an die Nationalparkstraße, die nach Hartmanice führt.

„Habt ihr noch ein wenig Kraft?"

Als die beiden Frauen bejahten, erklärte Max, dass sie noch eine Schleife fahren würden. Jetzt zuerst auf dem nagelneuen Nationalparkradweg Richtung Prášily/Stubenbach und dann über die frühere Ortschaft Hohenstegen nach Hurkenthal.

Der Radweg, natürlich erbaut mit EU-Geldern, führte direkt neben der Nationalparkstraße bis zur Abzweigung und dann weiter Richtung Prášily. Sie fuhren durch Buschbestände und lichte Auwälder immer dem Kieslingbach entlang. „Hier", so erklärte Max, „ist alles seit vielen Jahren praktisch unberührte Natur. Das hier war bis Anfang der 90er Jahre militärisches Sperrgebiet. Da sind die Panzer des Warschauer Pakts herumgekurvt. Es empfiehlt sich bis heute noch nicht, die Wege zu verlassen, weil noch so viel scharfe Munition hier rumliegt. Hier!" Max zeigte auf ein Schild, auf dem „POZOR!" stand, Vorsicht!

„Wir queren dieses Gebiet, das zur ehemaligen Ortschaft Hohenstegen gehört und fahren hoch nach Hurkenthal. Anke, jetzt kommt eine saftige Steigung, wir können schon auch für ein paar hundert Meter das Rad wechseln."

„Da hab ich mein Stolz", ächzte die Fränkin und schaltete auf den kleinsten Gang.

„Oben in Hurkenthal machen wir Rast oberhalb der Kirche, das ist ein schöner, lauschiger Platz, dann erzähl ich was vom Karl Klostermann und der Familie Abele."

Die drei kamen aber zunächst gar nicht bis Hurkenthal. Schon etwa einen Kilometer vorher, direkt in der größten Steigung, stieg Max vom Rad.

„Dein Knie?", fragte Eva besorgt. „geht´s nicht mehr?"

„Nein, nein, das Knie ist o.k., aber ich höre etwas, was nicht hierher gehört, das gefällt mir nicht."

Die beiden Begleiterinnen hielten auch an.

„Tatsächlich! Da ist Geschrei zu hören, Trillerpfeifen."

„Klingt wie ein Sprechchor."

Neugierig schoben die drei ihre Räder die Straße weiter nach oben. Nach einigen hundert Metern blieb Anke stehen, legte ihre Hände an die Ohren und verkündete: „An deinem lauschigen Platz, Max, findet gerade eine Demo statt, ich lach mich gabudd!"

Je näher die drei kamen, desto lauter wurde es, jetzt konnten sie auch Menschen sehen, die Plakate hochhielten und als sie noch näher kamen, konnten sie auch lesen, was auf den Plakaten stand. Was der Inhalt der Worte war, wussten sie natürlich nicht, alles war auf Tschechisch geschrieben. Nur so viel kapierten sie: Die Demo richtete sich gegen etwas, das sich

„Wilderness-Holiday-Park" nannte. Auf vielen Plakaten stand dieser Begriff und er war jeweils mit dicker
roter Farbe durchgestrichen. Eine Gruppe skandierte
irgendeinen Vers, etliche Trillerpfeifen tönten schrill
in den Ohren, gerade war eine Gruppe von Polizisten dabei, einige besonders aggressive Demonstranten
abzudrängen.

„Wir müssen da durch", rief Max Esterl seinen beiden Begleiterinnen zu. „Das ist unser Weg zum Parkplatz. Wenn wir wieder zurückfahren, kommen wir
kaum mehr bei Tageslicht zum Auto." Die drei suchten
also, ihre Fahrräder vor sich herschiebend, einen Weg
durch die Menge. Max schob voran, dann kam Anke
und den Schluss machte Eva. Die meisten der Demonstranten machten bereitwillig Platz, aber eine Gruppe
beschimpfte Max, der sich durchdrängelte und dann
erst recht Anke und Eva. Ein Demonstrant rief immer
wieder etwas, das wie „Touristi" klang und versuchte
tatsächlich, auf Eva einzuschlagen. Die ihn umgeben-
den Leute allerdings stoppten ihn und beschimpf-
ten jetzt wiederum ihn wegen seiner Aggressivität.
Die drei waren heilfroh, als sie aus dem gröbsten Keil
heraus waren und endlich schneller vorwärts kamen.
Eigentlich wollte Max irgendeinen der Teilnehmer fragen, wogegen hier demonstriert wurde, aber dann war
es ihm doch wichtiger, mit seinen zwei Mädels aus der
Gefahrenzone zu kommen. Heute Abend, so nahm
er sich vor, würde er Pepi Holub oder Toni Ašnbrenr,
den alten tschechischen Freund der Familie, anrufen und fragen, was es mit der Demo auf sich hatte.

Wilderness-Holiday-Park? Kruminale, hatte er davon nicht schon gehört?

So fand diese denkwürdige Radtour ihren Abschluss: Die Ausflügler kamen knapp vor Anbruch der Dunkelheit zum Auto, sie gönnten sich beim Heimfahren noch einen Abstecher nach Spiegelhütte zum Gasthaus Straßner. Den Schweinsbraten mit Kraut und Knödeln, so fand Max, hatten sie sich redlich verdient. Als Anke Messer und Gabel weglegte, seufzte sie „göddlich".

Kapitel 13: Wilderness Holiday Park

Obwohl er beim Straßner schon drei Halbe getrunken hatte (das Pfefferbier schmeckte nur im Bräustüberl genau so gut), versuchte Max, noch diesen Abend Toni Ašnbrenr telefonisch zu erreichen. Toni Ašnbrenr, den Deutschlehrer aus Kašperské Hory/Bergreichenstein kannte Max Esterl nun schon einige Jahre, er hatte diesen damals aus einer sehr schlimmen Lage befreit. Toni war seit dem „drumherum", dem großen Volksmusikfestival in dem Städtchen Regen mit Anna, der Stieftochter der Esterln befreundet. Weil diese ein Auslandssemester in Kanada machte, waren seine Besuche in Zwiesel allerdings seltener geworden. Toni würde sicher wissen, was da heute in Hurkenthal los gewesen war.

„Ašnbrenr tady. Ah, Maxe, ahoj Maxe, na wie geht? Geht´s mich auch gut, ano. ...Heitä? In Hurka? Demonstration? Schau Demonstration gerade in Frnsähen. Jo.

Ihr seid dort heitä? Du willst wissen, warum Demonstration? No, is langä Geschichtä. Hast Zeit?

Du willst Lautsprechr anmachen, weil Eva will mithe-
ren? Und wer? Anke. Gut. Neni Probläm."

Toni erzählte seinen bayerischen Freunden, dass ein
schwerreicher Tscheche, der es nach der Wende zum
Multimilliardär gebracht habe und seit einigen Jahren
auch in der Politik eine große Rolle spiele, in Hurka ein
Riesenprojekt vorhabe.

„>Böhmischr Trump< heißt diesr Mann bei uns, mit
wirklichem Namen abr Viktor Vlček. War frihr bei StB,
Geheimdienst, sagt man, er kennt von diesr Zeit noch
vielä Leitä mit Einfluss. Wie heißt das bei euch? Alte
Seilschaften. Vlček hat große Hotälkettä. Und jetzt hat
Idää mit Wilderness-Holiday-Park. In Šumava. Behmr-
walddorf soll nei gebaut werdän. Und wo? Ausgerechnet in Hurka, mittän in Šumava-Nationalpark.

Kannst dich vorstellän 300 Heisl auf Wiesä, in Wald,
wie Park für Touristän? 1000 Bettän! Und dann noch
Skilift im Wintr, Mountainbike-Downhill im Sommr.
Hochseilpark, kleinr Golfplatz, Wildpark, Bowling,
Restaurants, Aqua Center, ja sogar alte Glashitte Hur-
kenthal soll wiedr aufgebaut werden. Woher ich das
alles weiß? Na, hab ich das alläs grade vorgeläsän aus
supr Reklama-Prospekt von Holiday-Event-Park,
Abkirzung „W.-H.-P.", ist ibrall mit Post vrteilt. ... Nati-
onalpark? Natierlich liegt das in Nationalpark Šumava.
Große Sauerei! Viktor Vlček macht gemeinsam mit
Nationalpark. Unsr Umweltministr ist seinige Partei.
Ganz raffiniert! Sagen, das ist ekologisch: Menschen in

Natur bringen. Das sind kluge Leite, Max, das ist mit Konzept Lernen von dr Natur. Sogar Konzept fir Schulklassen. In Novembr, wenn Tourismus Pausä, dann Schulklassen mit Lährär. Drum ist so gfährlich. Viele Leutä sähen positiv. Abr, Maxe, sag selbr:

Kannst dich vorställän 1000 Betten in Hurka? Nä!

Skilift zum Lakasää? Nä, nä!!

Bike-Park? Nä, nä, nä!!!"

Nachdem Max sich für die Informationen bedankt und noch einige belanglose Höflichkeitsfloskeln mit Toni getauscht hatte, legte er den Hörer auf und sah die beiden Frauen an.

„Na, was sagt ihr dazu?"

Anke schüttelte den Kopf: „Ich weiß gar nicht, was die haben, die Tschechen. Also ich find des subba. In so Parks war ich schon als Kind. Und ich hab sie geliebt, die Parkferien!"

Kapitel 14: Das blaue Heft

„Na, Frau Moser, hamma die Aufzeichnungen gefunden oder müssen wir doch eine Hausdurchsuchung machen?"

„Mei, der Herr Esterl, immer einen Spaß macht er sich. Wie sein Papa. Mit einem alten Weib soll man aber nicht spaßen." Die alte Moserin nahm Max vertraulich an der Hand und flüsterte, so als ob ihre Nachbarn das nicht hören sollten: „I hans gfundn, des Heft. Am Houbodn om iss glegn. So vej plärrn han i miassn, wiar es nomoi glesn han. Sie hätt´nd se aufgopfert, der Karl. Und de andern zwee.

Und den andern, han i in der Zeitung glesn, den hams gfundn, den SSler. Des is an Karl lang nacheganga, dass den unt lossn hamd miassn. Lang hat er braucht ..."

Die Moserin zog den Ex-Kommissar mit sich ins Haus. Auf einer Kommode im Gang lag das blaue Heft, ein einfaches Schulheft, zusammengerollt, mit einem grünen Schleiferl versehen, das aussah als stamme es von einer Palmgerte.

„Hannes Karl" war auf dem weißen Namensschildchen an der vorderen Umschlagseite zu erkennen. In alter lateinischer Schreibschrift. Eva und Anke würden sich darüber freuen, weil sie den Inhalt selber entziffern konnten.

„Nehmt´s es. Und passts guat aaf draaf. I brauchs nimma zruck. Aber für de junga Leit, da iss vielleicht wos. De wissnd ja nix mehr, heutzutags."

Max setzte sich daheim auf seinen „Studierplatz", wie er den Ohrensessel im Wohnzimmer, direkt neben den übervollen Bücherregalen, nannte. Vorsichtig band er die Schleife auf, mit der das Heft zu einer Rolle zusammengebunden war und schlug die erste Seite auf.

In schöner Schülerschrift waren die Aufzeichnungen verfasst, mit einem Tintenbleistift hatte der Urheber sie niedergeschrieben, manchmal etwas unregelmäßig, aber leicht zu entziffern:

„Ich Karl Hannes schreib hiermit auf, was ich in den letzten Kriegstagen erlebt und getan habe. Wir wollten es richtig machen und haben es doch falsch gemacht. Vielleicht leb ich nimmer lang, drum muss es aufgeschrieben sein. Meine Schwester Thekla Hannes soll das Heft aufheben. Wenn von mir schlecht gsprochen wird, dann soll sie es herzeigen. Das aber was im Krieg passirt ist kann auch Gott nicht verzein.

7. Juni 1950, an meinen 39. Geburtstag.

Wir sind zu tritt gewesen, der Wiederer Luis, der Robl Franz und ich. Wir drei sind Frontsoldaten gewesen, alle schwer verwundet und nach Lazarettaufenth. in die Heimat. Wiederer einen Arm verloren, Robl Granatsplitter, Knie und Oberschenkel kaputt und ich Lungendurchschuß und linke Schulter zerschoßen. Wir haben gewußt der Krieg ist verloren wir werden nur angelogen. Aber niemand hat das sagen dürfen. Dann ist am 24. April 45 der Amerikaner auf Regen her vorgestoßen und es hat schlimme Nachrichten gegeben. Alle in Zwiesel haben Angst gehabt und es hat geheißen Zwiesel wird auch verteidigt.

In der Nacht um 2 hat es an unserer Haustür gepumpert. Haben damals in Theresienthal gewohnt wo ich vor dem Krieg in der Hütte Glasmacher glernt habe.

Hannes mach auf! Karl mach doch auf.

Wer ist da?

Der Wiederer Luis. Mach auf. ... Ich zur Haustür hinunter und aufgemacht. Stehen da der Luis und der Robl. ... Zieh dir was an und geh mit. Der gnä Herr will uns sprechen. In der Hüttn im Büro.

Der gnä Herr was will der von uns? Ich mich angezogen und raus in der Finstern und umi zon Büro, war ja noch Verdunkelung. Aber ich habe lang genug in Theresienthal gearbeitet als Glasmacher. Drum hab ich mich auskennt. Der gnä Herr sitzt am Schreibtisch und sagt zu uns ich brauch euch Männer. Wir müssen die Stadt Zwiesel retten.

Dann erzält der gnä Herr das er verhandelt hat mit dem Bürgermeister Daiminger, mit dem Kreisleiter, mit den anderen Bürgermeistern und mit 2 von der SS. Einen Oberst Bingerer, hab seinen Namen nicht genau verstanden und einen Hansen, auch SS.

Der gnä Herr sagt das der Oberst Bingerer Zwiesel unbedingt verteidigen will und den Amerikaner aufhalten mecht. Die Zwiesler aber wollen die Stadt übergeben und betteln darum. Eine ganze Zeit geht's hinundher. Dann beraten sich der Oberst und der Hansen. Der Oberst sagt, die Zwiesler sind Feigling aber er zieht sich mit den greßten Teil der Soldaten ins Behm zurück und baut dort eine Verteidigung auf. Bis dahin muss Hansen herhalten gegen den Amerikaner mit ein paar Soldaten und HJ-lern. Die haben sich oberhalb von der Kirche ein MG Nest gebaut.

Das wird für Zwiesel genauso eine Katastrof wie für Regen gestern hat der gnä Herr zu uns gesagt und das er einen Plan hat und Männer wie uns braucht, die Frontkämpfer waren und das alles auf uns drauf ankomt.

Der Plan war dem Hansen von der SS die Unterirdischen Gänge zeigen weil sie zur Verteidigung besonders gut taugen. Überall kann man raus und schnel zuschlagen und dann wieder verschwinden. Die Schlüßel gib ich enk. Wenn sich der Hansen von euch nach unten locken laßt, dann kann es funktionieren. Dort muss er von uns 3 ausgeschaltet und gfeßelt werden und erst wieder ausgelaßen wenn der Amerikaner da ist. Den Soldaten und HJ-lern beim MG Nest an der Kirche droben sagen wir, das sie dem Oberst folgen müßen ins Behm, neuer Befehl vom Hansen.

Und wenn sie nicht gehen? Haben wir zum gnä Herrn gesagt weil wir uns auskenen. Der gnä Herr sagt die gehen weil wir den Befehl schon vorbereitet haben. Wo der gnä Herr das Schreiben mit dem Stempel herhatte weis ich nicht und mit der Unterschrift vom Hansen.

Heute kann ich es ja sagen nach 5 Jahren wir haben gezitert wie ein eschpernes Lauber. Aber der Hansen ist ganz neugirig gewesen auf die Unterirdischen Gänge. Der Oberst Bingerer mit den seinen ist da schon weg ins Behm. Wir sind dann hinunter da beim Hanneshaus am Stadtplatz da kenn ich mich aus und darum hams mich auch gefragt, der Wiederer und die anderen. Und der Hansen hat sich das angeschaut und gesagt das das gut ist und er so den Amerikaner aufhalten kann.

Dann ist es nicht so leicht gewesen den Hansen zu schultern. Der Wiederer hat ihn aufs Gnak ghaut aber er ist wieder auf und wollte seine Waffe ziehen und dan hammer zdritta zu tun gehabt das wir ihn niederhalten und fessln mit was wir alles schon dabeighabt haben. Mit Käiwestrick auf einen Stuhl. Er hat sich dan nicht mehr viel gewert weil ihn der Wiederer ein paar Watschn gebn hat das sein SS-Helm gflogen ist.

Gut das es in der Nacht saukalt gwesen ist das hat uns geholfen. Gleich drauf sind wir mit dem Marschbefehl vom Hansen zu den HJ-lern an der Kirche. Um 6 Uhr früh. Die haben so gezittert ich weis nicht ob vor Angst oder Kälte. Und dan sinds ab. Die Soldaten glaub ich sind Richtung Lindberg. Wir hätten ihnen gerne gesagt das alles längst verloren ist aber sag was. Die HJ-ler hätten uns gleich erschoßen.

Dann ist der Amerikaner gekommen. Über die Scheibnwongerhöh herein. Kein Schuß ist gefallen. Der gnä Herr ist ihnen entgegngfahren weil er Englisch hat können. Mit der weißen Fahn. Und dann hands einagfahren am Pfefferbräu vorbei. Durch d´Angerstraß bis zum Adolf Hitler Platz. Niemand hat sich auf die Straß traut, de meistn sind am Hennenkobel gewesen oder dahinter weil das der Stormberger schon profezeit hat. Mir haben uns auch nicht mehr hineintraut in die Stadt. Den Hansen von der SS haben wir nicht vergessen aber dann sind der Wiederer der Robl und ich vom Amerikaner gefangen genommen worden

und abtranspotiert und in der Mädchenschule oberhalb der Kirche eingesperrt. Wir haben den Dolmetscher immer wieder gesagt das wir ein Broblem haben
mit einen SS-Mann aber er hat uns nicht verstanden
und immer gschrien Yu SS? Yu SS? Wir: nein nicht SS
aber in unterirdische Gänge SS-Mann Hansen. Raus-
holen. SS-Mann Hansen.

Aber der Dolmetscher hat gesagt wir solln uns nicht
wichtig machen und deswegen kommen wir auch nicht
früher raus. Nach 2 Wochen Lager sind wir entlassen.
Da ist der Hansen aber längst tot gewesen.

Der gnä Herr hat gesagt was passiert ist ist passiert.
Ihr habt die ganze Stadt gerettet. Einer mußte bezahlen. Dann haben wir den Hansen auf dem Stuhl gelassen und nicht mehr angerührt und zugemauert. Wir
haben trotzdem niemand was gesagt weil wir angst
gehabt haben das wir dann wegen Mord dran sind. Die
größten Nazis haben immer noch viel zu sagen.

Keiner hat etwas gesagt. Bis jetzt. Ich schreibs auf
damit niemand etwas falsches über uns sagen kann. der
Robl ist schon gestorben und ich leb auch nicht mehr
lang Und beim Wiederer schauts auch nicht gut aus.

Ich habs niedergeschrieben weil ich mein Gewissen leichter machen möchte. Der SSler hatte auch eine
Mutter. Soviel haben wir erleben müßen im Krieg ich
kanns nicht vergeßen. Wir haben das mit dem Toten
nicht verhindern können so wahr ich da sitze und
schreibe.

Hannes Karl. Zwiesl."

Max Esterl ließ das Heft sinken und starrte einige Zeit zum Fenster hinaus. Irgendwie fühlte er sich diesem Hannes ganz nah, konnte nachvollziehen, was ihn damals bewegt hatte. Ein Unrecht zu begehen, auch wenn man damit ein noch größeres Unrecht verhindern konnte: Daran hatte der Glasmacher und Frontsoldat Hannes sein Leben lang schwer getragen.

Max legte das blaue Heft sorgsam zur Seite. Er musste Thekla, die Schwester, noch fragen, wann ihr Bruder gestorben war, dann konnte der Fall abgeschlossen werden.

Für ihn und die Kripo konnte der Fall abgeschlossen werden, korrigierte sich Max im Stillen, denn für Eva und ihre Projektgruppe würde die Arbeit erst losgehen. Eine Arbeit, so fand Max, die sich lohnen würde, auch wenn das Interesse um Jahrzehnte zu spät kam.

Als Max Esterl am späten Vormittag das Büro betrat, fragten Anke und Rindl fast gleichzeitig: „Gibt's was Neues?"

Wortlos legte Max das wieder zusammengeschnürte Heft auf Ludwig Rindls Schreibtisch.

„Subba", begeisterte sich Anke. „Gibt's was her, das Heft an Information? Ist es brauchbar?"

„... und glaubwürdig?", ergänzte der Chef.

„Ich tät sagen, dieser Fall ist gelöst. Das, was in dem Heft steht, klingt zwar abenteuerlich, scheint aber auch plausibel. Anke, mach bitte ein Paar Kopien, das Original möchte ich der Eva geben, ich hab´s versprochen. Ihr könnt ja gleich selber lesen und dann euer Urteil abgeben."

Sobald die Kopien gemacht waren, fingen Anke und Rindl zu lesen an.

Kapitel 15: Sykora, die Meise

„Erster Erfolg der Sonderkommission >Unterirdische Gänge< in Zwiesel. Kripo findet nach 70 Jahren Geständnis"

Max Esterl las die Schlagzeile, während er sich zum Morgenkaffee eine Butterbrezn einverleibte. Eva musste heute erst zur dritten Stunde in den Unterricht, da nutzten die beiden die Gelegenheit zu einem ausgiebigen gemeinsamen Frühstück. „Gib her, du kennst die Geschichte ja schon."

Eva riss ihrem Gatten den Bayerwald-Boten fast aus den Händen. „Lies wenigstens laut vor, Frau Lehrerin", bat Max etwas indigniert ob des Zeitungsraubes.

„Der Tod der älteren von zwei Mumien, die vor wenigen Tagen bei Bauarbeiten in Zwiesels Unterirdischen Gängen entdeckt worden sind, scheint geklärt. Wie der Sonderkommissionsleiter Erster PHK Ludwig Rindl der Presse mitteilte, haben damit die intensiven Nachforschungen schon nach kurzer Zeit zu eindeutigen aber dennoch überraschenden Ergebnissen geführt. Dass es sich bei dem Toten um den Untersturmführer SS Jochen Hansen handelt, der als vermisst galt, diese Tatsache hatte die Kommission bereits ermittelt (der Bayerwald-Bote berichtete darüber). Jetzt aber hat die Ermittlungsarbeit weitere Früchte getragen. Die

Kommission hat Aufzeichnungen eines der „Täter" aufgespürt, die nicht nur den Tathintergrund und die Tatausführung schildern, sondern auch die Kapitulation Zwiesels und den Einmarsch der Amerikaner im April 1945 in einem neuen Licht erscheinen lassen. Ludwig Rindl gebührt wohl das Verdienst ..."

„Das ist doch die Höhe, da les ich nicht mehr weiter, da sträubt sich meine Zunge." Eva war empört, knüllte die Zeitung zusammen und warf diese auf den Frühstückstisch, dass die Tassen wackelten.

„Kennst ihn ja", fast lächelte Max. „Das ist seine letzte Chance, groß rauszukommen. Ich habs nicht nötig, mir ists wurscht."

„Dass dich das so kalt lässt, Max, kann ich überhaupt nicht verstehen."

„Ich habs doch gewusst, als ich zugesagt habe. Genau hab ichs gewusst." Max winkte ab. „Kein Problem, Eva. Das juckt mich überhaupt nicht."

Ein wenig aber wurmte dieser Artikel in der Zeitung den Max offenbar schon, denn als Eva gegangen war, entknüllte er den Bayerwald-Boten, las erst den Artikel fertig, knüllte ihn danach wieder zusammen, warf ihn ins Türl des Kachelofens und brummte: „Ein großes Interview mit dem Ludwig hams für morgen angekündigt. Da bin ich gespannt, Kruminale!"

Als Max Esterl kurze Zeit später das Büro der Soko betrat, las Anke Brandt gerade den Bayerwald-Boten. Ludwig war noch nicht im Dienst.

Anke legte die Zeitung zur Seite:

„Der Rindl, unser Oberboss ist noch nicht da. Der bejubelt momendan bei sich dahem den Zeitungsartikel und macht wahrscheinlich ein Gläschen Sekt auf. Allmächt! Wie kann man sich grad so aufblusdern. Geht dir das nicht dodal auf den Wegger, Max? Das ist doch ungerecht bis dorthinaus."

Max gab der Anke Zeichen mit den Augen und legte den Zeigefinger auf die Lippen, weil er sah, dass der, über den die Fränkin sich gerade so aufgeregt hatte, die Treppe heraufkam. Anke verstummte, knallte aber die Zeitung demonstrativ auf den Tisch.

Max musste grinsen: Die gleiche Reaktion sah er jetzt schon zum zweiten Mal an diesem Morgen. Die Weiber hielten zu ihm.

Ludwig Rindl sah über Ankes Reaktion weg und kam sofort zur Sache.

„Jetzt, wo wir den einen Fall so gut wie gelöst haben, können wir uns auf die zweite Mumie konzentrieren. Wie machen wir weiter, was schlagt ihr vor?" Kein Wort zum Zeitungsartikel.

Anke Brandt hatte einen hochroten Kopf.

„Ich schlage vor, dass bei dem morgen erscheinenden Interview auch die Leude genannd werden, die es verdient haben, die Leude, die den Erfolg eingefahren haben." Anke senkte ihren Kopf und deutete auf Max: „Der da, der hätts verdient gehabt. So und jetzt sach ich nix mehr und jetzt können´S mich rauswerfen aus der Soko. Warum bin ich nur so blöd und verbrenn mir immer s´Maul?"

Max stand da wie versteinert, dabei hätte er das Mädel am liebsten in den Arm genommen und gedrückt. Die hatte ihr Herz auf dem rechten Fleck. Ob sie aber damit beim Staatsdienst weiterkam?

Ludwig jedoch knickte ein. Weil Anke die Nichte des Präsidenten war? Weil er wusste, dass sie gut war und er für den Erfolg gute Leute brauchte? Max war sich nicht sicher. Aber Rindl würde sich schon noch rächen. Zu gegebener Zeit. Da war sich Max sicher.

„Also, was schlagt ihr vor?", tat Rindl so, als ob nichts gewesen wäre.

„Waffenstillstand also. Auch gut!", dachte Max, nahm das Wort und versuchte ganz normal weiterzureden, während er seine Hand leicht auf Ankes Schulter legte.

„Der eine Fall ist weitgehend gelöst, das sehe ich auch so. Beim anderen Fall, so sag ich nochmal, kommen wir nur weiter über den Sykora. Hat Pepi schon was herausgebracht über ihn?", wandte sich Max an Anke, die verneinend den Kopf schüttelte und dann auf einen Auszug aus dem Melderegister der Stadt Zwiesel deutete.

„Gestern war ich beim Einwohnermeldeamt. Ganz erfolgreich. Der Sykora war angemeldet in Zwiesel ab 20. 3.1971, aber nicht mehr abgemeldet. Beim Gewerbeamt hat er das Restaurant „Zum Nepomuk" angemeldet schon einen Monat später ab 24. April. Auch da ist keine Abmeldung erfolgt. Am 27.11.72 hat ein gewisser Bernhard Brendel den Nepomuk übernommen, ein Thüringer."

„An den kann ich mich auch noch gut erinnern. Balkanküche und ungarisch. Mir läuft heut noch das Wasser im Mund zusammen." Ludwig Rindl schaute verzückt.

„Und was ist mit der Maritsch? Du weißt schon, Ludwig. Die mit dem Sykora zusammen war." Ludwig Rindl schaute schon wieder so verzückt, als ob ihm das Wasser im Munde erneut zusammenlaufen würde.

„Erst hat sie als Bardame im Nachtlokal „Metropol" gearbeitet und ziemlich locker gelebt, dann war sie mit dem Sykora zusammen und hat auch bei ihm bedient. Hast du da ebenfalls nachschauen lassen, Anke?"

„Nadürlich, Max. Die Maritsch, mit bürgerlichem Namen Maria Stickl, gebürtig in Krems in Niederösterreich, österreichische Staatsbürgerin, war in Zwiesel gemeldet vom 2. August 1970 bis zum 3. Dezember 73. Jetzt müssten wir nur noch wissen, ob die noch lebt. Und wo. Aber da bin ich dran. Kann nicht so schwer sein. Die Österreicher werden sich bestimmt nicht auch so anstellen wie die Tschechen."

Max griff den Gedanken auf: „Dann, wenn wir den Aufenthaltsort von der Maritsch herausgekriegt haben, müssen wir andere Wege gehen. Die können aber weit sein, diese Wege. Wie schauts aus mit dem Etat?" Ludwig zuckte mit den Schultern: „Das Übliche, aber eigentlich keine Beschränkung."

„Dann beantrage ich Dienstreise zur Maritsch, wo immer sie ist. Die muss Auskunft geben."

„Und ich fahr mit." Max überlegte nach diesem Spontanbeitrag seines Sokoleiters, welche besondere

Beziehung dieser wohl zur Maritsch gehabt haben musste, da hörte er, wie Anke sagte: „Und mich, mich wollt ihr allein hier lassen?"

Es bedurfte dreier Telefongespräche bis Anke den derzeitigen Aufenthaltsort der Maritsch, vulgo Maria Stickl, geboren am 17. 5. 1953, berufslos, herausgebracht hatte.

„Eine Maria Stickl ist derzeit gemeldet in der Stadtgemeinde Langenlois in Niederösterreich. Unsere Kollegen dort sagen, sie habe seit einiger Zeit keinen festen Wohnsitz. Und sie sagen weiter, dass wir schon Glück haben müssen, wenn wir sie einigermaßen nüchtern sprechen wollen."

„Na, meine Herren", wandte sich Anke an die beiden Alten, „wollen Sie die Dienstreise immer noch antreten oder soll ich alleine fahren? Die Dame zu finden, sagen die Kollegen, sei kein Problem. Überall dort, wo grad ausgsteckt is. Ich hab mich genauer erkundigt bei dem netten österreichischen Kollegen, was das heißt, ausgsteckt: Wie bei uns in Franken, so is es dort unten auch mit den Buschenschänken und dem Heurigen. Also, ich däd da schon gern hinfahren."

Keiner der beiden Alten zog seine Bewerbung zurück und so war schnell klar, dass sie zu dritt nach Langenlois fahren würden und zwar gleich übermorgen, am Freitag.

„Ein Tag Arbeit am Freitag, am Samstag ein Tag Vergnügen." Klar, dass der Rindl ihnen nicht einmal zwei Arbeitstage dafür gönnte, aber Max wars egal, er wollte nicht darum feilschen, Anke offenbar auch nicht.

Als die Assistentin fragte, welche Preisklasse das Hotel haben dürfe, überraschte Max die beiden anderen: „Ich kenn da einen Weinbauern ganz gut in Mittelberg in der Gemeinde Langenlois. Der hat ausgezeichnete Weine. Eva und ich fahren jedes Jahr für einige Tage dorthin. Beim Gruber Ludwig und seiner Melitta, so heißen die beiden, kann man auch komfortabel übernachten. Und nach getaner Arbeit gut essen und trinken. Und weiterhelfen können uns die Grubern vielleicht auch mit der Maritsch. Wenn ihr einverstanden seid, kümmere ich mich drum."

Niemand widersprach und so setzten sich die drei, am Donnerstag hatten die beiden Hauptamtlichen Innendienst, Max als Teilzeitkraft stutzte seine Gartensträucher, am Freitag in ein ziviles Dienstauto, das von Ludwig Rindl gesteuert wurde. Nachdem sie, laut Dienstordnung, den kürzesten Weg nehmen mussten, fuhren sie über Eisenstein, Bergreichenstein und Netolitz nach Budweis. Der Böhmerwald strahlte in herbstlicher Pracht und Anke wurde nicht müde, zu schauen. Nach Budweis fuhren sie kilometerlang auf Straßen, die schnurgerade wie auf einem Damm durch ausgedehnte Moorgebiete führten. In Třeboň, dem früheren Wittingau, einem Sitz der uralten Geschlechter Südböhmens, der Rosenberger und der Schwarzenberger, machten sie erst Mittag in einem ausgezeichneten Fischrestaurant und dann einen Verdauungsspaziergang zum riesigen Teich Svět. Nachher ging es wieder durch sandige, mit Teichen durchsetzte Kiefernwälder, bis zur österreichischen Grenze. Die Landschaft wurde nun hügeliger, die Straße aber wurde schöner.

„Dass man so etwas nicht bei uns bauen kann?" Anke hatte die dreispurig ausgebaute Bundesstraße nach Zwettl gemeint. „Spätestens nach 500 Metern kannst überholen und musst nicht ewig hinter einem Bulldog schleichen." Die Alten stimmten ihr zu. Dann wurde es still im Auto. Jeder hing seinen Gedanken nach.

Kapitel 16: Maritsch

Im kleinen Weindörfchen Mittelberg dirigierte Max Esterl seinen Abteilungsleiter am Dorfkircherl vorbei in eine schmale Gasse, an deren Ende schon die ersten Weingärten begannen. Überwältigt von dem Ausblick weit hinein in die unter ihnen liegende Donauebene, dann hinüber in das wie ein Märchenschloss thronende Stift Göttweig und dann noch weiter hinüber in die Berge, hielt Ludwig Rindl ihren zivilen Dienstwagen an. Im milden Licht der herbstlichen Mittagssonne lagen vor ihnen die Zeilen der Weinstöcke, die sich fast unendlich nach unten reihten. In einer Abteilung waren Weinleser tätig, einige Zeilen waren schon abgeerntet, an den meisten Stöcken aber hingen die Trauben noch.

„In den Weinberg gehen wir später, jetzt erst einmal Quartier machen und dann an die Arbeit."

Max dirigierte seinen Schulfreund Ludwig an einem modernen Gebäude vorbei, aus dem das fast unwiderstehliche Duftgemenge der im Keller gärenden Trauben heraufzog.

„Wie dahemm", schwärmte Anke, „da fühl ich mich sofort wohl. Sauwohl."

Max wies Ludwig an, den Wagen auf einem Parkplatz neben dem Keller stehen zu lassen, die drei nahmen ihre Reisetaschen aus dem Kofferraum und betraten durch ein altes Hoftor das Innere des Weingutes.

Nachdem sie ihre Zimmer bezogen hatten, trafen sie sich bei der „Schank", am Tresen des Heurigenlokals, das die Familie Gruber betrieb. Ludwig Gruber, der Seniorchef, hatte sich für die drei, trotz der gerade laufenden Weinlese, Zeit genommen.

Kaum hatten sie sich an die Schank gestellt, da hatte ihnen der Weinbauer schon ein Glaserl Grünen Veltliner hingestellt, zur Begrüßung der „bsundan Gäst". Sie informierten den Gruber Ludwig über ihren Auftrag und fragten nach dem Weg zur Langenloiser Polizeistation.

„Den Weg kinnts eich spoarn. I kenn die Maritsch. Fast mei Joahrgang. Wenn die lesen tuad, dann beim Fichtl. Da geht's allerweil hin, wenn sie an Wein braucht. Der oite Fichtl is a guate Haut und vergunnt ihr wos. Recht vui, glaab i, kanns eh nimma hölfn beim Lesen. Sie hat scho an ziemlichn Schadn. I ruaf an beim Fichtl, de lesn momentan aa."

Der Fichtl teilte seinem Kollegen Gruber mit, dass die Maritsch tatsächlich heute Nachmittag bei der Lese mithalf.

„Passt's auf: Ich fahre heute Nachmittag sowieso nach Langenlois, i muaß hinunter zum Loiserberg in mein Weingarten dort. Zum Nachschaun, ob der

Grüne Veltliner scho zum Lesen ist. Glei in der Noch-
barschoft is der Weigartn vom Fichtl. Jetzt, so fruah am
Nachmittag, könnts grad noch gut ansprechbar sein,
de Maritsch. Zerreißen tuts eh nimma vül, der Fichtl
lasst´s halt mitmachn. Do kinnts mit der Maritsch
redn. Wanns um die Zeit no redn kann."

Kurz danach fuhren die vier los. Hinunter nach Langenlois, dann durch enge Kellergassen, die sich tief in
den Lössboden eingeschnitten hatten, bis sie schließlich an einen Weingarten kamen, der gerade von einem
Trupp Leser bearbeitet wurde.

Der Weinbauer hielt und deutete auf einen älteren
Mann, der gerade dabei war, mit dem Traktor einen
Ladewagen in die richtige Position zu rangieren.

„Das da is der Fichtl. Geht's hin zu eahm, er weiß
Bescheid. Ich hab ungefähr eine Stunde z´tuan, dann
hol ich euch."

Die drei stiegen aus und gingen auf den alten Fichtl
zu.

„Jo, de Maritsch, de hob i scho als Dirndl kennt, als a
klaans, dann iss furt, ausse ins Deitschland. Hot ma nix
Guats ghört von ihr, damals. Und wias aft haamkum-
man is, zwanzg Jahr später, da hats nix mehr taugt. Ver-
hurt und versuffn woars.

Bleibts da, i hol´s, de Maritsch."

Fichtl kam mit einer Frau zurück, die in nichts der
Maritsch ähnelte, die Ludwig und Max von früher her
kannten. Sie war klein, die beiden hatten sie viel größer
in Erinnerung, ging hinkend und nach vorn gebückt.
Sie trug ein blaues Kopftuch, ihren mageren Körper

umgab eine dunkelblaue, verschlissene Trainingsjacke, um ihre dürren Beine pluderte sich eine alte, zerrissene graue Trainingshose und ihre Füße steckten in olivgrünen Gummistiefeln. Ihr Gesicht war faltig vom Nikotin vieler Tausend Zigaretten. Als sie den Mund aufmachte, sahen die drei Kriminaler ein paar gelbbraune Zahnstummel:

„Wos wollts ihr?", fragte Maritsch mit einer Stimme, die tief, rau und unsicher war. „Der Fichtl hat gsagt, ihr kummts vo Zwiesl." Ein schiefes Lächeln verzog ihr verrunzeltes Gesicht. „Schöne Zeiten damals. Zwiesl."

Das Lächeln verschwand, ihre Stimme wurde noch eine halbe Oktave tiefer und härter. „Wos wollts? I hob mit der Zeit damals nix mehr zon tuan. Wer seids ihr überhaupt?"

Ludwig Rindl ergriff das Wort: „Wir brauchen eine Auskunft. Eine Auskunft über Ihre Zeit damals, in Zwiesel. Ich bin der Ludwig Rindl von der Polizei, ich glaub, wir haben uns damals gekannt, Frau Stickl, ich war als junger Polizist Stammgast beim „Nepomuk" und da haben Sie uns oft bedient."

Die Maritsch lachte. Ein tiefes bronchitisches Lachen, das immer wieder in Hustenanfällen endete.

„Der Sheriff. Du bist der Sheriff. So hams di gnannt, damals, deine Freind." Wieder schüttelte ein Lach- und Hustenanfall die schmalen Schultern der Maria Stickl. „Der Sheriff! Du bist so scharf gwesn auf mi, dass du mir aus der Hand gfressn hättst damals."

Anscheinend, dachte Max, den es ob dieser neuen Erkenntnisse innerlich vor Lachen schüttelte, anscheinend hat die Maritsch gerade ihren lichten Moment. Das müssen wir nutzen. Die Maritsch hatte bereits weitergeredet:

„Vielleicht wärs gscheiter gwesn, wann i di gnumma hätt, damals. Wos bist du jetzt? A Kieberer? Immer noch? No, aa net schlecht. Hast später a guate Pension, Sheriff? Jo? Aber i, i bin aufn Lukasch gstandn, damals. Aufn Sykora, den Sauhund. Und der is abghaut, wia eahm der Bodn z´haas wurdn is. Verschwundn is a. Nix mehr hab i vo eahm ghört. Nix mehr. I brauch an Achterl."

Max gab dem Fichtl ein Zeichen. Der kam mit einem Glaskrügerl und einer Literflasche Grünen Veltliners. Zitternd schenkte sich die Maritsch das Krügerl randvoll und nahm einen tiefen Zug. Als Ludwig Rindl weiterfragte, bekam ihr Gesicht einen lauernden Ausdruck: „Springt da für mi nix raus? Verdienstausfall? Gibt's da nix, Sheriff? Waast as no, wiast mit mir hast schmusn wollen in da Kuchl? Und der Lukasch is dazuakumman. Wiara di fast umbracht hat?"

Schnell zog Ludwig Rindl einen Fünfziger aus dem Geldbeutel, den die Maritsch gierig packte. „Erzählen sollst schon. Aber übern Sykora, nicht über uns. Das interessiert doch keinen hier."

Anke und Max schauten sich hinter Ludwigs Rücken an. Interessieren täts uns schon, schien Ankes Blick zu sagen.

Aber der Fuchziger hatte gewirkt. Maritsch erzählte und trank, erzählte und trank. Bis ihre Stimme immer undeutlicher wurde. Aber da hatten die drei

Kriminalisten schon fast alles erfahren, was sie wissen wollten.

Kennengelernt hatte die Maritsch den Sykora im Zwieseler Nachtclub „Metropol", wo sie als Bardame arbeitete. Und sie war dem Tschechen sofort mit Haut und Haaren verfallen: Seinem Charme, seiner Ausstrahlung, seinem Auftreten, auch seinem Geld, denn Sykora schien immer genug davon zu haben. Für Sykora hatte sie ihre Stellung beim „Metropol" aufgegeben und bediente in Zukunft im „Nepomuk", wo Sykora mit seiner böhmischen Küche ein gutes Geschäft machte.

Es folgten Monate des Glücks und der Zukunftspläne. Ein eigenes Lokal besitzen, heiraten, Maritsch sah sich am Ziel ihrer Träume. Dass der Lukasch ziemlich brutal und rücksichtslos sein konnte, darüber sah Maritsch in ihrer Verliebtheit hinweg. Dass er oft tschechische Freunde empfing, das sah Maritsch als ganz normal an für einen Exilanten. Dass sie ihn mehr als einmal dabei erwischte, wie er mit jemandem auf tschechisch Funkverkehr hatte, das traute sie sich nicht mehr anzusprechen, nachdem Lukasch derart harsch und brutal reagiert hatte, wie sie es bei ihm noch nie erlebt hatte.

Dann, Anfang 1972 sei es gewesen, erschien ein geheimnisvoller fremder Tscheche, der Sykora anscheinend von früher her kannte und der ihm offenbar ziemliche Sorgen bereitete. Die beiden stritten spät abends in der Restaurantküche so laut auf tschechisch, dass selbst einige Gäste das hörten. Als Maritsch ihn darauf hinwies, schlug Lukasch sie ins Gesicht.

Der Name des anderen Tschechen, ob Maritsch den Namen kenne, wollte Rindl wissen. Maritsch, die inzwischen das dritte oder vierte Krügerl Wein intus hatte, sprach mittlerweile immer undeutlicher. „Namen, Namen, woher scholl i no an Namen wisschn? A schiafe Nosn hat er ghabt, der ander, dös is des anzige, wosch i waas. A schiafe Nosn, so zerdätscht wia a Boxer."

Maritsch erzählte stockend weiter davon, dass der Lukasch und noch ein dritter Tscheche, ein ganz großer Kerl, der zwei- oder dreimal bei ihnen gewesen sei, den der Lukasch ihr aber nie vorgestellt hatte, mit dem Fremden verschwunden waren. Zurückgekommen seien die beiden erst, als sie, die Maritsch, das Lokal schon geschlossen hatte. Lukasch habe ausgesehen als habe er gerauft. Und er habe nichts mehr gesagt als „gäh in Bett!"

Und noch in dieser Nacht habe der Lukasch alles zusammengepackt, habe auf keine Fragen geantwortet und sei in den frühen Morgenstunden davon.

„Is eh olles aufgschriebn, aufgschriebn iss." Die Stimme der Maritsch wurde immer leiser und undeutlicher. „Den Briaf kriagt der Lukasch oder ..."

Dann war aus der Maritsch nichts mehr herauszubekommen. Sie sank in sich zusammen und schluchzte. Der Fichtl stützte sie so gut es ging und setzte sie auf eine Decke, die er aus seinem Auto geholt hatte. Maritsch rollte sich zusammen, himferzte noch einige Male und war eingeschlafen.

„Sendepause. Wir lassen sie da liegen und arbeiten weiter. Ist ja nicht kalt. Bis wir fertig sind mit dem Lesen, steht sie schon wieder. Ist halt eine arme Sau." Der Fichtl hob seine Schultern. „Kannst nix mochn."

Nachdenklich standen die Kriminalisten im Weinberg und warteten auf den Gruber Ludwig, der sie abholen wollte. Jeder hing seinen Gedanken nach.

Anke fasste sich als erste: „War wohl kein Erfolg, die Befragung. Magere Ausbeute."

Max widersprach: „Würd ich gar nicht sagen. Ich glaub, jetzt brauchen wir doch mal ein Protokoll, Anke."

„Was haben wir herausbekommen?", schaltete sich Ludwig Rindl in einem arg schulmeisterhaften Ton ein und begann gleich, seine Frage selbst zu beantworten.

„Lukaš Sykora, Tscheche, Betreiber des Restaurants „Nepomuk" in den Jahren 1971/72. Das genaue Datum, wann der Sykora abgehauen ist, kriegen wir sicher noch raus.

Empfängt oft tschechische Freunde. Das ist wohl normal. Die Tschechen, die nach 68 in den Westen geflüchtet sind, waren gut vernetzt. Aber ...?", fuhr Ludwig Rindl fort und sah Anke auffordernd an, wie ein Lehrer, der eine Antwort erwartet. Die führte den Satz ihres Vorgesetzten weiter: „Aber der Funkverkehr, den er hatte, der ist doch nimmer normal, oder? Das ist schon ein Hinweis auf eine Tätigkeit außerhalb der Legalidäd, oder?"

„Richtig, Anke!", bestätigte Max Esterl. „Aber der wichtigste Hinweis, den die Maritsch geliefert hat, war ein anderer. Zwei Mal hat sie gesagt, dass der geheimnisvolle fremde Tscheche eine schiefe Nase hatte. Stand davon etwas im Obduktionsbericht? Gebrochenes Nasenbein? Wenn der Maritsch das aufgefallen ist, dann muss uns das doch weiterhelfen, dann haben die tschechischen Kollegen noch einmal einen Hinweis."

„Die Funksprüche lassen mir keine Ruhe", fing Anke noch einmal an. Was hat das zu bedeuten?"

„Dazu müssen wir Ihnen ein wenig Geschichtsunterricht geben, Anke." Schon wieder der Oberlehrer Rindl.

Max sah, dass der Gruber Ludwig eben mit seinem Wagen die Kellergasse in den Weinberg heraufgefahren kam.

„Unser Chauffeur ist da. Auf geht's zum Heurigen. Die erste Geschichtslektion gibt es heute Abend im Lokal der Familie Gruber."

***

„Ein gutes Tröpferl ist das, muss ich schon sagen."

Ludwig Rindl schlürfte mit Kennermiene den Grünen Veltliner vom Loiserberg, von eben jener Weinlage, in der sie heute Nachmittag das Treffen mit der unglücklichen Maritsch gehabt hatten.

Das Abendessen hatte das Kriminalistentrio schon hinter sich. Anke und Rindl hatten große Augen bekommen, als Melitta Gruber, die Bäuerin, eine Riesenplatte mit den schönsten und besten Heurigengenüssen vor sie hinstellte.

Sie hatten Mühe gehabt, ihrer Jause einigermaßen Herr zu werden; wenn Ludwig Rindl sich nicht geopfert und seinem eh schon beträchtlichen Bauchumfang noch einige Zentimeter dazugespeckt hätte, dann wäre fast ein Drittel übriggeblieben. Vor allem die von der Oma und der Bäuerin Melitta gefertigten Aufstriche hatten es dem Ludwig angetan. Ein ums andere Mal legte er das Messer weg und raunzte zufrieden „Schluss", um dann doch, nach wenigen Minuten zu seufzen: „Wär ja schad drum, nur noch ein kleines Broderl."

So saßen also die drei, umgeben von einem Hauch Knoblauch, zufrieden in der gemütlichen Ecke neben der Schank und probierten die Weine, die ihnen die Bäuerin kredenzte, nachdem ihr Mann seine Kellertätigkeit für heute noch nicht beendet hatte. Obwohl sie Max an ihren Tisch gebeten hatte, hielt sich Melitta, im Hintergrund und arbeitet hinter der Schank.

„Wenn ihr wollt, kann ich auch gehen", schlug die Weinbäuerin vor.

„Geheimnisse besprechen wir heute sowieso nicht", gab Max Esterl zurück. „Bleib lieber in der Nähe, falls er da", Max deutete auf den Bauch von Rindl, „falls er da nochmals ein kleines Broderl oder gar ein Schlückerl braucht."

„Wolltet ihr mir nicht Geschichtsunterricht geben?", stieß Anke an, „jetzt wärs an der Zeit." Pause. „Solange ihr noch so nüchtern seid. Später wird's sicher eine Märchenstunde."

Die Anke hats ganz schön dick hinter den Ohren, dachte Max, während Ludwig Rindl zu erzählen begann.

„Wo soll ich anfangen? 68? Da hat es nicht nur bei uns im Westen die Studentenrevolte gegeben, sondern auch den Prager Frühling. Die Tschechen wollten einen Kommunismus mit einem anderen Gesicht haben, einem menschlicheren. Und dann sind die Russen einmarschiert, die konnten sich das nicht bieten lassen."

„August 68", fuhr Max fort, „du kannst es dir nicht vorstellen, Anke, wie es da geknistert hat, bei uns an der Grenze. Wir alle in Alarmbereitschaft. Polizei, Militär. Bleibt der Russe an der Grenze stehen oder marschiert er gleich weiter? In der Tschechoslowakei natürlich das Chaos. Die kleinen Leute gegen die großen Panzer. Viele sind geflüchtet damals. In Zwiesel gab es sogar eine kleine Kolonie von Tschechen. Alles gute Leute. Gute Skifahrer, gute Tennisspieler, die waren beliebt, angesehen. Aber es sind auch andere Menschen herübergespült worden. Zwielichtige. Ein tschechischer Freund von mir, den ich in Pilsen manchmal besucht habe, hat mir erzählt, dass der StB, der tschechische Geheimdienst, überall seine Leute sitzen hatte und dass gerade das deutsche Grenzgebiet besonders stark von Spionen durchsetzt war."

„So, und jetzt meine Theorie." Ludwig Rindl ließ den Grünen Veltliner vom Loiserberg in seinem Glas kreisen, schnüffelte mit Kennermiene in das Glasinnere hinein, verdrehte entzückt seine Augen und trank erneut einen kräftigen Schluck, während die beiden anderen auf seine Theorie warteten.

„Der Sykora, der war so ein Spion. Der hat so getan, als sei er ein Exilant. In seinem Lokal hat er viel mitbekommen, alle sind bei ihm eingekehrt. Wir, die jungen Polizisten, viele der Exil-Tschechen, Bundeswehrler, von allen konnte er etwas aufschnappen und weitergeben. Dazu passt, dass ihn die Maritsch ein paarmal beim Funken erwischt hat. Brauchts da noch mehr Beweise?"

„Du hast Recht, Ludwig. Sie, die Maritsch, hat er geschlagen, der Sykora, damit sie dichthält. Aber der unbekannte Tote, der gibt trotzdem Rätsel auf: Was war mit ihm, dass er umgebracht wurde? Welche Bedrohung ging von ihm aus?"

„Oder war es Rache?", ließ sich Anke hören. „Die zwei könnten doch auch eine alte Rechnung offen gehabt haben."

„Auch das wäre möglich", nickte Max. „Auf alle Fälle müssen wir so schnell, wie es geht, die Identität der beiden herausbekommen, sonst kommen wir nicht weiter."

„Und da haben wir heute schon Fortschritte gemacht: Der andere war ebenfalls ein Tscheche, die beiden haben sich gekannt und heftig gestritten und der andere hatte eine deutlich schiefe Nase."

Anke ließ das Wort, das die Maritsch verwendet hatte, auf der Zunge zergehen: „Zerdääätschd."

„Noch was." Max Esterl stellte sein Weinglas zur Seite. „Die Maritsch hat, wenn ich das richtig verstanden

habe, von noch einer Person gesprochen, einem großen Tschechen."

„Ja, daran hab ich auch schon gedacht", stimmte
Anke ihrem älteren Kollegen zu. „Sollten wir nicht
morgen nochmals mit der Maritsch sprechen, die hatte
doch noch von irgendetwas gefaselt, das vielleicht interessant sein könnte, einem Brief oder sowas. Wenn es
sein muss, bleiben wir halt noch eine Nacht, mir gfällts
hier echt."

Dieser Vorschlag aber stieß beim Chef auf äußerste
Ablehnung. Vom begrenzten Budget sprach er, das es
nicht erlaube, noch mehr Geld auszugeben, davon, dass
er morgen in Zwiesel schon wieder dringend gebraucht
werde und davon, dass überhaupt kein Grund dafür
bestehe, die Maritsch noch einmal zu befragen.

„Die Maritsch hat alles gesagt, was sie weiß, aus,
Amen! Morgen früh wird gefahren."

Anke schaute so verwundert und gleichzeitig enttäuscht über die barsche Absage, dass Max beschloss,
ihr bei Gelegenheit den wahren Grund für Ludwigs
Ablehnung zu stecken: Morgen war Schießabend bei
dem Schützenverein, dessen Vorstand Ludwig Rindl
schon seit ewigen Zeiten war. Keine Macht dieser Welt
konnte Rindl von diesem Termin abhalten.

Nachdem das Dienstliche besprochen war, wandten
sich die drei anderen Dingen zu: Sie kosteten nach und
nach die verschiedensten Weine aus der Gruberschen
Produktion, bis der Weinbauer zu fortgeschrittener
Stunde vom Pressen kam und zu den dreien sagte, dass

er nochmals kurz in den Keller müsse und gern bereit sei, ihnen dieses Herzstück des Weingutes zu zeigen.

„Und a bissl an Sturm hob i aa scha, zum Kosten."

Die Kriminaler ließen sich nicht zweimal bitten. Max merkte beim Abstieg über die Kellertreppe, dass sein Gang schon etwas unsicher war. „Aufpassen!", mahnte er sich, „sonst geht's dir wie beim „Posthalter" und du landest in Krems im Spital!"

Der Sturm, der gerade auf dem Weg vom Most zum Wein war, weckte noch einmal, kurz, die Lebensgeister der Kriminaler. Ludwig Gruber erklärte und erklärte, aber seine Zuhörer verstanden nicht mehr so richtig, um was es ging. Die Edelstahltanks blubberten und gärten, der Gruber Ludwig erzählte und sie fühlten sich wohl, sie probierten hin und da und schlürften und kosteten.

Es war schon weit nach Mitternacht, als die drei den Keller verließen. Ludwig Rindl hatte jetzt eine ziemliche Schlagseite, fast hätte er sogar das fuhrwerkbreite Hoftor verfehlt. Auch Anke merkte man den Weingenuss an. Als die drei Schluckspechte im Gästehaus angekommen waren, zweigte Rindl rechts ab, er hatte das bequem zu erreichende Parterrezimmer für sich beansprucht. Anke und Max dagegen mussten noch über eine ziemlich steile Treppe in den ersten Stock.

Max ließ der Assistentin den Vortritt, die sich mit Hilfe ihres rechten Armes am Geländer hochzog. Sie war schon fast ganz oben, als ihr das Geländer entglitt. Anke stolperte, versuchte sich zu fangen, kippte aber nach hinten, versuchte das Kippen noch auszugleichen. Vergebens!

Zum Glück stand Max ziemlich dicht hinter ihr und zum Glück hatte Max der jungen Kollegin wieder einmal auf ihren wohlgeformten Hintern geschaut und somit den Unfall rechtzeitig mitbekommen. Die rechte Hand des Alten klammerte sich ans Geländer, mit der linken und mit seinem Körper bremste er die nach unten stürzende Anke einigermaßen sanft ab.

„Das ist grad noch gut gegangen." Anke lag in seinen Armen und schmiegte sich an ihn. Dann gab sie dem verdutzten Ex-Kriminaler einen Kuss: „Danke, Max. Wenn´s dich nicht gäb." Kruminale! Max war so überrascht von dieser Reaktion, dass er nur ein „passt schon" brummte und Anke, die ihre Hand um seine Hüfte geschlungen hatte, endgültig nach oben brachte. An der Tür zu ihrem Zimmer sah Anke den Alten mit einem Blick an, der zu sagen schien: „Wennst 30 Jahre jünger wärst, oder wenigstens 20, dann ginge was mit uns." „Passt schon, Anke, gute Nacht, schlaf gut", war die Reaktion von Max, als ihm die junge Kollegin noch einen Abschiedskuss auf die Wange drückte.

„Hab ich da etwas verpasst?", fragte sich Max, als er zu Bett ging. Dann allerdings schalt er sich einen alten Deppen. „Brauchst dir nichts einbilden, gar nichts!" Aber irgendwie gefiel ihm der Gedanke doch, dass er Eindruck auf so eine wie die Anke machte.

⁂

Max saß schon eine Weile beim Frühstück in der Gaststube und plauderte mit Melitta Gruber, der Hausherrin, über die Qualität der diesjährigen Lese, als Anke hereinkam. Während die Weinbäuerin sich in die Küche entfernte, um den von der Assistentin georderten Kamillentee zu machen, saß die Fränkin Max Esterl gegenüber und hatte den Kopf in den Händen vergraben. Sie blickte zu Max herüber:

„Max?"

„Ja, Anke?"

„War da was, heut Nacht? Ich hab so ne dumpfe Erinnerung, aber gwesn ist da nix, oder?"

Wiederum sah sie Max an und schüttelte fragend den Kopf.

„Das wär mir nämlich beinlich, mit som Aldn ...". Anke biss sich auf die Unterlippe. „.... Schon wegen Eva. Das ghört sich net. Gar nicht!"

„Brauchst dir nichts vorwerfen. Der Alte hat dich brav an der Tür abgeliefert. Auch wegen Eva. Und ... was soll ich mit so am jungen Gemüse?" Max grinste, Anke auch. Jetzt waren sie beide quitt.

Kurze Zeit später kam Ludwig Rindl. Er sah noch weit zerknitterter aus als die junge Kollegin.

„Also, Kopfweh hab ich keins", war sein zweiter Satz nach dem Guten-Morgen-Wunsch. „Aber haudig bin ich trotzdem beinand. Habts ihr auch zuviel getrunken?", wandte sich der Chef an seine Mannschaft. Beide nickten, Max ergänzte: „Aber du warst schon unser Spitzenreiter. Kruminale sag ich, verträgst schon noch was für dein Alter."

Ludwig schaute sein Gegenüber mit roten Alkoholaugen forschend an. Er war sich nicht sicher, ob Max diese Bemerkung nicht ironisch gemeint hatte.

Der lenkte ab: „Wer von uns fährt das Auto heim, wer ist der Nüchternste?"

Die beiden anderen streckten ihre Hände vor sich und schüttelten heftig den Kopf. Beide bereuten diese abrupten Bewegungen schon nach kürzester Zeit und verzogen ihre Gesichter.

„Du musst fahren, Max, du warst noch der Nüchternste von uns." Anke warf Esterl einen Blick zu, in dem schon wieder ein wenig Schalk lag. „Mich hast du auf jeden Fall gestern subba zu Bett bracht."

Ludwig verstand nicht, warum die beiden anderen auf diesen Satz hin laut loslachten.

„Ich fahr schon", versicherte Max, nachdem ihr Lachen verebbt war, „aber über Tschechien fahr ich nicht."

„Warum, ist doch der kürzeste Weg?"

„Schon, Anke, aber 0,0 Promille! Das schaff ich frühestens bis Mittag. Also ab in die Wachau, dann auf die Autobahn und heim."

Die drei packten noch einige Kisterl Wein ins Dienstauto und verabschiedeten sich von der Gruber-Oma, die anderen aus der Familie waren schon wieder zum Lesen aufgebrochen. Dann startete Max den Wagen. Als er seinen Kollegen zwanzig Minuten später die Herrlichkeit der Wachau zeigen wollte, musste er feststellen, dass die beiden eingeschlafen waren.

Erst ab Linz wachten sie langsam wieder auf.

Kapitel 17: Besuch im Roten Herz

Gleich am Montag nach ihrer Dienstreise rief Max Esterl bei Pepi Holub in Pilsen an, um die Suche nach der Identität der beiden Tschechen zu beschleunigen.

Pepi berichtete, dass die Mumie wohl bald einen Namen bekommen würde, ebenso wie der Sykora. „Vielleicht wird Vogel sich vrwandeln in Raubtier, wer weiß?"

„Pepi, Du sprichst in Rätseln. Ich weiß schon, dass Sykora auf deutsch Meise bedeutet, aber was hat das mit einem Raubtier zu tun?"

„Na wirst sähän", Pepis Stimme klang jetzt sehr geheimnisvoll. „Hast du Zeit, Maxe, am Mittwoch ist bei mir wieder Jour fixe im Rotes Herz, Železná Ruda bei Irmi. Happy Hour von zähn bis zwelf."

„Bist du immer noch so scharf auf die Weiber, Pepi?"

„No, nur noch einmal pro Monat Vrgniegn. Is nicht viel, Maxe."

„Und mit der Dana?", erwähnte Max die schöne Polizeipsychologin, mit der der Pepi seit ihrem Fall mit den Schilderspaxern liiert war.

„No, mit Dana gäht nur noch Vikend, Wochenende, sie ist an Innenministerium in Praha, ganze Woche weg. Also, Maxe, ander Thema: Kommst du am Mittwoch nach Železná Ruda?"

„Ja, ich denke, das kann ich so einrichten."

„Und, Maxe, nimmst du Assistentin mit, wie heißt?"

„Anke."

„No, nimmst du Anke mit, hibsch Freilein!"

„Kruminale, wie stellst du dir das vor, Pepi? Ich mit einer Kollegin im Bordell in Böhmisch Eisenstein?"

„Na dienstlich. Ermittlungen."

„Du bist doch der größte Vogel, Pepi. Ich mit Anke im Bordell!?"

„Vogel is richtig, Max. Holub is Taubä. Is größr Vogel als Sykora, Meisä. Haha. No bittä, frag Anke doch. Vielleicht gäht gern."

***

„Du mit mir im Bordell, Max? Sind wir schon sooo weit? Könntest du mich bitte aufklären?", fragte Anke eine halbe Stunde später in entsetztem Ton. Doch das Aufblitzen ihrer Augen und die Lachfältchen, die sich bei ihr bildeten, zeigten dem Alten, dass sie den Vorschlag von Pepi , den ihr Max gerade eben unterbreitet hatte, durchaus originell fand.

„Das wär doch spannend, Max. In ein Bordell haben mich meine Ermittlungen bisher noch nicht geführt. Und die Irmi, die Chefin dort, die du da geschildert hast, die däd ich auch gern kennenlernen, scheint eine interessante Person zu sein. So leicht kommt man da als Frau auch nicht rein, ins Bordell, außer als ..., aber ich hab ja schon einen Beruf."

Eva Esterl hatte ihrem Max noch Einiges erzählt, bevor er sich mit der Assistentin Anke auf ihre zweite gemeinsame Dienstreise begab.

Sie hatte von der Jugend der Assistentin gesprochen und davon, wie unverdorben diese sei und dass er, Max, eine gewisse Verantwortung ihr und sogar noch ihren Eltern gegenüber habe.

Max wollte ihr entgegnen, dass er einer Dreiundzwanzigjährigen gegenüber keine Verantwortung spüre, dass Anke nicht vergleichbar mit Evas Schülerinnen am Gymnasium sei und dass er auch nicht das Gefühl habe, dass Anke noch so überaus naiv sei.

Dann aber beschränkte Max sich auf eine abwiegelnde Handbewegung und ein beschwichtigendes „I pass scho auf." Damit hatte er sich eine ausufernde Diskussion erspart.

Als er Anke dann sah, hatte Max das Gefühl, vielleicht wirklich aufpassen zu müssen: Sie trug hautenge Jeans, die in hochhackigen Lederstiefeln steckten, dazu eine Bluse, die erstens eine Spur zu durchsichtig und zweitens zu weit ausgeschnitten war und sie war dezent, aber doch ganz raffiniert geschminkt.

„Passt´s so?" Anke drehte sich vor dem überraschten und fast sprachlosen Max. Der räusperte sich und sagte mit belegter Stimme: „Passt scho, Anke". Den Zusatz „... fürs Puff" konnte er sich gerade noch verkneifen.

Während der Fahrt nach Eisenstein sprachen Anke und Max nichts. Der Fiat 500 von Anke, in den sich

Max Esterl mit einiger Mühe gezwängt hatte, röhrte so laut, dass sich die beiden sowieso kaum verständigen konnten. Erst als der Kleinwagen in Eisenstein die Grenze überquerte, schaute Anke zu ihrem Beifahrer rüber: „Ich hab mich so angezogen, Max, weil ich nichts falsch machen wollte." Also hatte Anke seine kritischen Blicke bemerkt.

„Jetzt ist es so wie es ist, jetzt kannst auch nicht mehr heimfahren. Der Pepi wird's genießen."

Als sie im Roten Herz in Železná Ruda ankamen, wurden sie schon von Pepi Holub und der Irmi, der ehrenwerten Geschäftsführerin des Betriebs empfangen. Max Esterl kannte die Irmi, eine Deutsche, seit dem Fall mit dem „Ameisenhaufen". Irmi war nicht nur geschäftstüchtig und professionell in ihrem Beruf, das hatte der Pepi immer wieder bestätigt, Irmi hatte auch das Herz am rechten Fleck, in ihrem Gewerbe war sie wohl eine Ausnahme. Und sie hatte etwas übrig für Max Esterl. Anke war auf alle Fälle überrascht, dass die Umarmung ihres Kollegen durch die Bordellchefin so herzlich und vor allem so innig ausfiel.

Sollte da ...? Anke mochte nicht daran denken und musste wegschauen. Irgendwie bewunderte sie den Alten. Aber dass der auch so einer war? Und seine Eva? Was war dann mit der?

Ankes Gedanken wurden unterbrochen durch Irmi, die sie am Arm nahm: „Gehen wir nach hinten. Es ist zwar noch gar nichts los hier, aber Pepi hat mir schon gesagt, dass ihr etwas zu besprechen habt. Na, schau dich nur um, Mädel." Irmi hatte die Blicke der

Assistentin bemerkt, die ihre Umgebung neugierig musterte. „Gibt aber noch nicht viel zu sehen. In zwei Stunden kommen die ersten Kunden, dann ist was los."

Der Raum, in den Irmi die Polizisten führte, diente anscheinend zur Kontaktaufnahme. Pepi nahm, wie selbstverständlich, hinter einem Tresen Platz, während Irmi mit den Worten „zur Feier des Tages, Max", eine Flasche Champagner köpfte. „Geht aufs Haus."

Nach dem Begrüßungschampagner, von dem Anke aber nur nippte, wollte Irmi den Raum verlassen, Pepi Holub jedoch hielt sie zurück.

„Bleibs hier. Vielleicht kannst uns hälfän. Abr schweigän wie Grab." Anke wollte schon verwundert protestieren, Max legte ihr jedoch seine Hand auf den Oberarm und beruhigte sie: „Die Irmi ist wirklich eine Vertrauensperson, Anke, dafür leg ich meine Hand ins Feuer." Nach diesem Satz schlang die Irmi erneut ihren Arm um die Schulter von Max. Anke konnte wieder nicht hinsehen.

Dann wurde es geschäftsmäßig und Pepi Holub wurde ernst, sehr ernst.

„Warum is Besprächung hier in Rotes Herz und nicht in Plzen? Brauchst nicht bläd grinsen Maxe. Ja, Irmi is auch Grund fir Treffpunkt hier." Er warf Irmi einen Luftkuss zu. „Abr Grund Numero eins ist, dass in Plzen-Präsidium hat Wand Ohrwaschl." Die drei Deutschen schauten erst etwas ratlos, bis Max leise in die entstandene Stille hinein sagte: „Du meinst, du wirst abgehört?" „Oder überwacht?", setzte Anke fort.

„Wie in Kommunismuszeit. Abr noch schlimmr. Kommunisten haben hechstens eingesperrt. Diesä Leitä tätän." Stille.

„Was dätn die?", fragte Anke in die Stille hinein.

„Nein, nicht Konjunktiv", mischte sich Irmi ein, „töten tun diese Leute. Ganz real. Killen! Abmurksen."

„Erstens: Hast du dafür Beweise, Pepi und zweitens, was ist der Grund dafür? Das, was du sagst, klingt ganz schön schaurig."

Pepi sah seinen bayerischen Freund etwas beleidigt an. Und dann erzählte er eine Viertelstunde lang.

Pepi erzählte die Geschichte eines Mannes, der zwei Mal durch den Eisernen Vorhang schlüpfte und nach dem Ende des Kommunismus zu Reichtum und Macht kam.

Dieser Mann, so Pepi, hatte sich viele Namen gegeben und er machte anscheinend ein Spiel daraus, dass alle diese Namen Tiernamen waren. Das Märchen vom „Gestiefelten Kater", in dem sich der Zauberer in jedes Tier verwandeln konnte, sei offenbar das Vorbild für seine Namensphantasien gewesen. Ursprünglich habe dieser Mann Svoboda geheißen, dann habe er sich aber, je nach Bedarf, immer wieder neue Namen gegeben, ziemlich sicher auch den Namen Sykora, Meise.

„Sykora. Jetzt wird's interessant", sagte Max Esterl in die Stille hinein. „Erzähl weiter, Pepi!"

Der Tscheche nahm einen tiefen Schluck aus seinem Champagnerglas, schaute in die Runde und fuhr mit seiner Story fort.

Kapitel 18: Aus der Meise wird ein Wolf

„Jan Svoboda stammte aus einem kleinen Dorf unweit von Horažďovice, dort, wo West- und Südböhmen zusammenstoßen. Nach einer Lehre zum Koch im Hotel „Fialka" in Susice leistete er seinen Militärdienst. Danach ging er zur Polizei. Dort fiel auf, dass er fast perfekt deutsch sprach, seine Mutter, so heißt es, sei eine Deutsche gewesen. So fand Svoboda seinen Weg zum Geheimdienst.

Und dann, anfangs der Siebziger Jahre, siedelten sich viele der Exiltschechen, die beim Einmarsch der Russen 1968 geflüchtet waren, in Zwiesel an, es gab so was wie eine kleine Kolonie dort. Das ließ dem Geheimdienst keine Ruhe, Man wollte diese Exilanten überwachen.

So kam es, dass Svoboda über die Grenze geschleust wurde und den ersten seiner Tiernamen annahm: Lukaš Sykora, auf Deutsch Lukas Meise.

In Zwiesel übernahm er das Restaurant „Zum Nepomuk" und machte daraus einen beliebten Treffpunkt für Jung und Alt, Exiltschechen und Deutsche. Kochen konnte er, und die tschechische Küche ergänzte er durch Balkangerichte. Niemandem fiel auf, dass der Svoboda alias Sykora sich in diesen zwei Jahren in Zwiesel ein perfektes Netz aufbaute. Der tschechische Geheimdienst wurde über alles informiert: Zu wem in ihrer alten Heimat die Exilanten noch Kontakt hatten, was sie selber vorhatten, aber natürlich auch Informationen, die von Deutschen kamen, alles interessierte die tschechischen Behörden, die damals ganz neurotisch überall Staatsfeinde witterten. Und Lukas Meise hat gesungen. Er hatte wohl ein Funkgerät irgendwo versteckt, mit dem er fast täglich Nachrichten übermittelt hat. Da gibt es aber Lücken in den Akten: Nach der Wende hat offenbar jemand Einiges vernichtet. Genau die Zeit, zu der die Mumie getötet wurde, die war nicht dokumentiert. Aber dann gibt es wieder Informationen: Sykora ist zurück nach Praha, zu StB. Mit neuem Namen und neuem Rang: Major Viktor Vlček. Wölfl würde man auf Deutsch sagen."

Den Namen Vlček habe er schon einmal gehört, überlegte Max Esterl laut, er wisse aber nicht mehr, wo.

Anke Brandt half: „Ist das nicht der mit dem Wildnispark? Ich hab gegoogelt, bei seznam, der tschechischen Internetsuchmaschine: V. V. Viktor Vlček, der große Boss. Is des der?"

Pepi Holub war überrascht, dass ausgerechnet die Assistentin solche Kenntnisse über die Verhältnisse in seiner Heimat aufwies, er schaute die junge Fränkin geradezu entzückt an und beeilte sich zu sagen:

„Supr, Anke, genau das is Vlček. Viktor Vlček. Vor der Wende groß Kommunist, jetzt groß Kapitalist. Und wenn sein tät Buddhismus bei uns an dr Macht, dann greßte Buddhist." Pepi schüttelte sich. „Mag diese Menschen nicht. Abr Idää is gut: Groß Färienpark in Šumava, Hurka, bringt Leute, Touristen, bringt Geld, Arbeit", er wandte sich an Irmi, „neue Kunden auch für dich".

Die lächelte: „War schon da."

Pepi riss die Augen auf. „War schon da? Wer?"

„Sagte ich doch. Der Vlček war schon hier, hier im Roten Herz."

„Gibst nicht! Vlček hier in Rot Herz in Železná Ruda? Hat selbr Bordell in Plzen und Beteiligung in Praha. Was macht Vlček hier, in Provinzbordell, wenn kann in Praha bessr?"

Irmi war beleidigt. „Provinzbordell hast gsagt? Na warte! Du fahrst ja auch zu uns her aus Pilsen, in unser angebliches Provinzbordell. Warum fahrstn dann überhaupt her, zu uns aufs Land?"

Pepi ruderte zurück. „No, warum wird ich wohl herfahren? Wägen schänstr Blume von Šumava, wägen Rosä von Ruda. Irmi, wägen dir fahr ich´s här."

„Siehst du, Pepi, und genau deswegen ist d e r auch gekommen, der Vlček. Wegen mir."

Max Esterl hatte dieses kleine Wortgefecht amüsiert verfolgt und dabei als Außenstehender sowohl Irmi als auch Pepi beobachtet. Jetzt sah er, dass in Pepi irgendeine Veränderung vorging. Der charmante, witzige Bordellbesucher trat in den Hintergrund, Pepi war jetzt der scharfsinnige Polizist, der genau beobachtete und dem die Dinge, die auch nur ein wenig aus der Spur waren, sofort auffielen.

„Wägen dir is gekommen? Irmi, du bist schänste Frau hier in Bordell, schänste vielleicht in Šumava, abr Vlček kommt nicht wägn dir nach Železná Ruda. Kann haben Miss World, wenn mag."

Irmi war seltsamerweise überhaupt nicht böse, sie war Realistin und keine Romantikerin. Dafür war sie schon zu lange im Geschäft.

„Trotzdem war der Vlček wegen mir da. Nur halt etwas anders als ihr denkt."

Die drei Polizisten schauten verwundert. „Wie anders?"

„Ich weiß nicht, ob ich es euch überhaupt sagen soll, zum jetzigen Zeitpunkt. Aber, egal, es ist nichts Verbotenes, auch nichts Ehrenrühriges, im Gegenteil."

Alle starrten gespannt auf die schöne Irmi.

„Der Vlček hat mir ein Angebot gemacht. Nicht was ihr denkt, nein, was ganz Seriöses. Er hat mir angeboten, Projektmanagerin für sein Ferienzentrum in Hurka zu werden."

„Projektmanagerin, du?", raunten Pepi und Max fast gleichzeitig, worauf Irmi, fast schon wieder ein wenig beleidigt, schnippisch erwiderte, sie habe ja einige Semester Betriebswirtschaft in Regensburg studiert und in mehreren Hotels im Bayerischen Wald gearbeitet, ehe sie mit dem „Roten Herz" einen Betrieb der etwas anderen Art übernommen habe.

„Auf der Brennsuppn dahergschwommen bin ich nicht, das dürft ihr mir glauben, und Tschechisch kann ich mittlerweile fast genauso gut wie Deutsch oder Englisch."

„Französisch kannst du auch ganz supr", fügte Pepi süffisant hinzu, „das weiß ich prsenlich".

Anke rollte die Augen, jedoch Irmi nahm so leicht nichts krumm.

„Du wirst nimmer gescheiter, Pepi! Aber im Ernst: das Angebot, das der Viktor mir gemacht hat, das kann ich nicht ausschlagen. Ich werd älter, in dem Gschäft da, in dem geht's vielleicht noch fünf Jahre."

„Nä, finfundzwanzig, sichr!" Pepi versuchte Wiedergutmachung, er erntete aber nur ein schiefes Lächeln von Irmi.

„Fünfundzwanzig sicher nicht. Ich werde es annehmen, das Angebot, so eine Chance krieg ich nicht mehr im Leben. Ab nächstem Jahr ..."

„Nechstes Jahr schon?" Pepi hatte Angst bekommen. Er zählte an seinen Fingern ab. „Dann haben wir nur noch ... das kannst du nicht machen, Irmi." Pepis Gesichtsausdruck war zunächst panisch, er wechselte aber langsam, als ob dem tschechischen Polizisten etwas dämmern würde, in ein verschmitztes Lächeln, das Max Esterl an den braven Soldaten Schwejk erinnerte: „Odr gibst privat Stunden? Französischunterricht fir Schilär Pepíček Holub? Dann mach ich Urlaub in Parkcenter in Hurka, jedes Jahr vierzehn Tage und zehnmal Weekend. Das wird schen, frei mich schon. Erläbnispark mit noch schäneres Erläbnis als in Rot Herz!"

Alle vier im Hinterzimmer lachten. Irmi war die erste, die sich wieder fasste. Sie sah Anke an: „Wenn wir schon bei Angeboten wären: Anke, hättst nicht Lust und Interesse, meine Nachfolgerin hier zu werden?"

Den drei Polizisten fielen die Kinnladen herunter. Anke hatte sich als erste wieder gefasst: „Ich deine Nachfolgerin, hier im Puff? Is das dein Ernst?"

„Natürlich, mein voller Ernst: Bist eine Saubere, jung, knackig, nicht dumm, net so gschamig, a bisserl frivol kannst auch sein, des hab i scho gspannt, alles andere lernst scho: solche können wir brauchen im Geschäft. Der Pepi wär sicher bald Stammkunde bei dir, so wie er dich die ganze Zeit schon gemustert hat. Oder, Pepi?"

Pepi wurde rot wie ein ertappter Schulbub. Aber er fing sich schnell:

„Anke, wie siehts aus mit Polizeirabatt?", sprach er die Kollegin direkt an und zwinkerte dabei mit seinen von vielen Lachfalten umgebenen Augen.

Max sah, wie Anke leicht den Kopf schüttelte. Das, was sie sagte, klang aber durchaus nicht so ablehnend, wie Max erwartet hatte:

„Verdienen würde ich da sicher mehr als bei der Polizei, oder?"

„Kommt auf deinen persönlichen Einsatz an, Anke. Das Grundgehalt ist sicher nicht höher als dein spärliches Beamtensalär. Aber, wennst fleißig bist, kannst leicht auf das Fünffache kommen. Überleg dirs."

„Mach ich", war Ankes Antwort. Max wollte schon etwas dazu sagen, sein väterlicher Instinkt drängte ihn dazu, Anke zu warnen, ihr die Wahrheit zu sagen: Kunden wie Pepi wären noch die angenehmsten. Was aber der Sextourismus sonst noch nach Tschechien lockte, das war sicher nicht leicht zu derpacken. Wenn er da nur an die „Schilderspaxer" dachte, jene Nazitruppe, die regelmäßig Irmis Dienste beansprucht hatte. Unappetitlich! Bei der Heimfahrt würde er mit Anke reden.

Jetzt aber war es Zeit, noch über etwas Anderes zu sprechen:

„Und was ist mit der Mumie? Tschechischer Herkunft, Nase gebrochen, seit Anfang der Siebziger verschollen. Habt ihr was?"

Pepi lächelte: „Glaub ich, dass haben wir auch. Gewisser Jaromir Kolař wird vrmisst seit diesr Zeit. Jarda Kolař war gutr Eishockeyspielr, damals, bei Škoda Plzen. Harter Bursche! Abr dann: Alkohol, viel Alkohol und Frauen. Nach 68 in den Westen. Hat noch Eishockey gespielt in bayerischem Club, weiß nix ob Deggendorf odr Straubing, na egal. Bruchnase und Eishockeygebiss sagen, dass dieser Mann ist Kolař."

„Eishockeygebiss?", fragte Anke.

„Nojo, fählen Vorderzähne. Puck ist hart. Damals hat viele Spielr noch gespielt ohne Helm, auch Kolař."

„Pepi, ich muss dazu gleich was fragen", schaltete sich Esterl ein. „Hat dieser Kolař auch Beziehungen zum Geheimdienst gehabt? Was könnte der Grund dafür sein, dass er sterben musste? Ein abgehalfterter Eishockeyspieler, Alkoholiker, wer hätte den umbringen sollen? Und warum?"

„Das ist eure Aufgabe, Maxe. Abr ich werde helfen. Such in Deggendorf oder ins Straubing."

Zur Überraschung von Anke und Max mischte sich jetzt Irmi ein:

„Wenn ihr in Straubing sucht, dann fangt ihr am besten bei meinem Papa an: Der war in der Zeit im Vorstand beim TSV Straubing, bei den Eishacklern."

„Richtig", schoss es Max durch den Kopf, „die Irmi stammte ja aus Straubing."

„Der Bap kennt sie alle, die waren damals wie eine große Familie. Ich war noch nicht auf der Welt, damals, ich weiß das alles nur aus Erzählungen. Mich kennt er nimmer, der Bap, seit ich hier im Roten Herz bin."

Ein trauriger Zug hatte sich in Irmis Gesicht gestohlen. „Aber sagt ihm trotzdem liebe Grüße von mir, der verlorenen Tochter." Irmi wischte sich mit der Hand über ihr Gesicht. „Ach was, vorbei ist vorbei. Und vielleicht wird es auch wieder anders."

Max konnte verstehen, warum der Job im Ferienzentrumsmanagement der Irmi so viel bedeutete.

Kapitel 19: Der böhmische Eishackler in Straubing

Am nächsten Tag schon war Ludwig Rindl unterwegs nach Straubing. Anke hatte Schreibarbeiten zu erledigen und Max Esterl sollte als Teilzeitermittler nicht zu viele Stunden zusammenkriegen. Am Telefon hatte Irmis Vater bestätigt, dass tatsächlich ein Jaromir Kolař Anfang der Siebziger in Straubing Eishockey gespielt hatte. „Gsuffa hat der, wie ein Loch, aber am Puck war er genial. Nur schade, dass er dann so Hals über Kopf abghaut is. Kommens nur, ich hab einige Fotos von der damaligen Mannschaft, da ist er auch drauf. Und Sachen hab ich auch noch von ihm. Er hat ja alles zurückgelassen damals. Schade. Wer weiß, ob wir mit ihm nicht nochmals aufgestiegen wären. Kommens nach Straubing."

Das hatte Ludwig Rindl sich nicht zweimal sagen lassen. Die Stadt Straubing war für ihn, wie für viele Waldler, der Inbegriff der großen Welt. „D´Welt is grouß", so hatte man in seiner Familie immer gesagt, „und hinter Straubing solls no weiter gehen."

Und in Straubing gab es eine spezielle Nascherei, die den wamperten Rindl magisch anlockte: Die picksüßen Agnes Bernauer-Torten.

Voller Vorfreude spazierte der Sonderkommissionsleiter über den prächtigen Straubinger Ludwigsplatz mit seinen eindrucksvollen Bürgerhäusern, und er steuerte zielsicher auf den mächtigen gotischen Stadtturm zu. Gleich war er am Ziel: In dem Cafe, in dem er sich mit Irmis Vater verabredet hatte, konnte er auf wunderbare Art und Weise das Private mit dem Dienstlichen verbinden: Jarda Kolař und Agnes Bernauer gewissermaßen. Sogar einem wie Ludwig Rindl fiel das auf. Zwei Kriminalfälle, zwei, die verschwunden waren, die eine, die Bernauerin in der Donau, der Kolař ...?

Der alte Herr, der alleine an einem Ecktisch saß, das musste der Vater von der Irmi sein. Rindl schob sich zwischen zwei Stühlen durch, auf den Tisch zu, der Alte stand auf und streckte Rindl seine Hand entgegen: „Sie sind der Kommissar aus Zwiesel, was wollens wissen über den Kolař? Und was wissen Sie über ihn? Wo ist er geblieben, was ist mit ihm passiert? Freiwillig ist der damals nämlich nicht zurück in die Tschechei. Der hat nichts zu tun haben wollen mit denen. Das hat er mir oft genug erzählt, wenn er bsoffen war und seinen Moralischen gehabt hat."

Der Alte erzählte und erzählte, er zeigte Rindl Fotos, die er fein säuberlich eingeklebt hatte, alte Fotos, meist noch schwarz-weiß, auf denen der Kolař zu sehen war, mit seiner schiefen Trümmernase und seinen oft trüben Augen, denen man den übermäßigen Alkoholgenuss schon ansehen konnte. Kolař im Eishockeytrikot, mit der Mannschaft, beim Feiern mit einem Glas Sekt, Kolař privat, im Rollkragenpullover, Kolař mit einer Frau, die ihre Arme um seinen Hals gelegt hatte ...

Rindl deutete auf dieses Bild. Der Alte verstand: „Ja, die Hildegard, die war ganz vernarrt in den Kolař, die hat ihn sogar dazu gebracht, dass er mit dem Saufen aufhört, zumindest für einige Zeit. Die hats am meisten getroffen, wie er abghaut ist. Die hat immer gsagt, dass er nicht freiwillig gegangen ist. Sie hat ein, zwei Jahre auf Nachrichten von ihm gewartetet. Und dann...“ „Dann?“ „Dann hat sie sich umbracht.“ Die Stimme des Alten war leise geworden. „Schlaftabletten. Im Abschiedsbrief hat sie nochmal ihren Verdacht geäußert, dass der Kolař verräumt worden ist. Aber das hat dann keinen interessiert.“

Ludwig Rindl war es irgendwie zuwider, dass die Bedienung ausgerechnet jetzt die Bernauertorte vor ihn hinstellte, jetzt wo der Alte fast den Tränen nahe war. Zweimal nahm er die Kuchengabel in die Hand, zweimal legte er sie wieder weg. Dann aber gab er der übermenschlichen Versuchung nach, stach hinein in den süßen Baatz und balancierte die kleine Gabel mit ihrer großen Last zum Mund. Rindl schloss die Augen, als die Zuckerexplosion seine Gaumennerven traf.

„Und die Irmi kennens auch?", hörte Rindl den Alten fragen, der inzwischen offenbar das Thema gewechselt hatte.

„Die Irmi, ja, wie mans nimmt. Ein Kollege von mir ist recht gut mit ihr bekannt und hält ziemlich viel von ihr. Die hat ihr Herz auf dem rechten Fleck, sagt er immer von ihr."

Auf dem Gesicht des Alten erschien jetzt ein trauriges Lächeln. „Ja, die Irmi." Dann ging ein Ruck durch seinen Körper: „Sagen´S Ihrem Kollegen, er soll ihr einen schönen Gruß von mir ausrichten, der Irmi, wenn er sie das nächste Mal trifft. Sie soll sich wieder mal melden. Ewig kann man sich nicht böse sein."

Jetzt war dem Rindl doch tatsächlich das letzte Tortenstückl von der Gabel gefallen und unter dem Tisch gelandet. So ein Missgeschick!

„Kann man sich nicht böse sein, da hams Recht."

So endete das Gespräch und Rindl ließ einen Mann zurück, der seinen Erinnerungen nachhing. Zwei Fotos von Kolař hatte der Oberermittler mitnehmen dürfen, eines zeigte den Tschechen im Trikot des TSV Straubing, das andere war das mit seiner Freundin Hildegard. Den ganzen Nachhauseweg von Straubing über St. Englmar und Viechtach musste Rindl an den Eishockeyspieler denken: Was hatte ihn zur Mumie werden lassen und vor allem wer? Und warum war er getötet worden? Da waren sie wieder, die großen „W" der Kriminalistik. Nur das Wo und das Wann waren bisher geklärt.

Am nächsten Morgen trafen sich die Sonderermittler zu einer kleinen Lagebesprechung an ihrer Dienststelle, die inzwischen von Anke ganz gemütlich hergerichtet worden war. Anke erwartete ein Wort der Anerkennung dafür, die beiden Alten aber merkten überhaupt nicht, dass etwas anders war als vorher.

Ludwig Rindl, der Oberermittler, schlürfte einen Schluck des Kaffees, den sein Schulfreund Max Esterl aufgebrüht hatte. Max war nicht einmal aufgefallen, dass Anke eine bessere Kaffeemaschine besorgt hatte. Ein wenig mehr Aufmerksamkeit und ein bisschen Lob für ihr Organisationstalent hätte sich die Assistentin schon erhofft.

Rindl stellte die Tasse auf den seit gestern mit einer Decke verzierten Tisch und begann, im Stil eines Oberlehrers zu resümieren:

„Was haben wir bis jetzt? Den ersten Fall mit dem SSler, den haben wir so gut wie gelöst, weiter werden wir da wohl nicht mehr kommen. Die Täter leben nicht mehr, keine Zeugen, nichts. Zu den Akten."

Max nickte zustimmend: „Ist höchstens noch zeitgeschichtlich interessant. Die Eva bleibt auf jeden Fall dran mit ihrem P-Seminar."

„Die andere, die böhmische Mumie dagegen gibt uns noch Rätsel auf: Die Identität des Toten ist zwar geklärt, wir wissen inzwischen, dank meines Besuchs in Straubing, auch mehr von ihm."

Das mit s e i n e m Verdienst, das hatte der Rindl natürlich wieder besonders hervorheben müssen. Max Esterl erinnerte sich an ihre gemeinsame Schulzeit: Auch da hatte das Ludwigerl immer gemeint, alle anderen übertrumpfen zu müssen. „Kannst halt nicht anders", dachte Max bei sich, während Rindl fortfuhr: „Jaromir, genannt Jarda Kolař, geboren am 7. Juni 1938 in Pilsen, erst Maschinenschlosser in den Škoda-Werken, dann beruflicher Eishockeyspieler, zuerst bei Škoda Pilsen, dann, 68, vor dem Einmarsch der Russen, Ausreise in den Westen, ganz legal, spielte beim TSV Straubing. Geschieden, Frau lebt nicht mehr. Verschwunden im Winter 1971/72, die Karte vom Fußballspiel Škoda Pilsen gegen Bayern München vom 15. September, die wir bei ihm gefunden haben, gibt uns den Hinweis, dass die Tat nach diesem Datum passiert sein muss. Damit stimmen auch die Aussagen von Irmis Vater überein. Kurze Zeit darauf ist auch der Sykora verschwunden, der Wirt vom Restaurant „Nepomuk" in Zwiesel, der direkten Zugang zum Leichenkeller hatte und wohl, nach den Ermittlungen der Pilsener Polizei und auch nach unseren Erkenntnissen, ein Spion war. Ich wette meinen Kopf: Der Sykora wars! Der Eishackler hat ihn mit irgendwas konfrontiert und darauf hat ihn der Sykora zur Seite geschafft. Ich sags nochmal: Ein, zwei Einheimische und sonst niemand außer ihm hatten Zutritt zur Mumienkammer. Sein plötzliches Verschwinden nach diesem Mord, die Aussage der Maritsch: Alles deutet auf den Sykora hin."

Noch bevor Max Esterl seinen Mund aufmachen konnte, hatte Anke schon reagiert: „Verzeihung, Herr

Rindl, wenn ich da ein wenig widersprechen muss: Das sind alles Hybodesen. Ich glaub auch, dass es der Sykora war, aber beweisen müssen wir das."

„Richtig, Ludwig", schaltete sich Esterl ein, dem es gefiel, wie die Anke sich behauptete, „der Vlček und seine Anwälte hauen uns durch Sonne und Mond, wenn nicht alles wasserdicht ist. Daran müssen wir noch arbeiten, bis wir die Beweise haben. Und selbst dann werden wir Schwierigkeiten genug bekommen. Einem von seinem Format, dem kommst du nicht so leicht bei."

Max Esterl sollte Recht behalten.

Kapitel 20: respice finem!

Obwohl die Kriminaltechniker murrten, mussten sie alles noch einmal auf Spuren untersuchen: Die Kleidung der tschechischen Mumie, den Stuhl, auf den sie gefesselt worden war, die Kabelbinder und vor allem die Mumie, die noch immer in den Regensburger Kühlanlagen ruhte. Tatsächlich fand man unter den Fingernägeln des Jarda Kolař noch etwas: Kleinste Hautpartikel, die eine andere DNA aufwiesen als der Tote. Das war schon mal was. Anke war ganz aufgeregt, als das Team die gute Nachricht von der DNA erfuhr.

„Jetzt haben wir ihn, jetzt kann er nimmer aus, der Vlček. Wir lassen die tschechischen Kollegen den Vergleich machen, das genügt dann ..., oder?", setzte Anke hinzu, als sie in das Gesicht ihres älteren Kollegen Max schaute. Der schüttelte den Kopf:

„Den haben wir noch lange nicht. Erstens müssen die Hautpartikel tatsächlich von ihm sein. Wenn nicht, dann ...", Max machte eine wegwerfende Handbewegung, „vergiss es. Dann war es vielleicht gar nicht der Vlček, sondern der geheimnisvolle dritte Mann, von dem die Maritsch auch noch erzählt hat. Zweitens: Wie willst du, mit unserer dünnen Beweislage, die tschechischen Behörden dazu bringen, beim Vlček eine DNA-Probe zu nehmen. Bei ihm, einem der prominentesten und einflussreichsten Bürger der Republik. Und, Anke, vergiss nicht: Noch gilt auch die Unschuldsvermutung. Wenn wir offensiv werden, gibt es einen Riesenskandal bei unseren Nachbarn. Ein Mann, der so rasant hochgekommen ist wie der Vlček, der hat sicher viele Feinde und Neider. Das wäre ein Fressen für die und für die Medien, wenn dieser Verdacht irgendwie publik würde. Ich fürchte, wir müssen die ganze Geschichte anders angehen."

Anke Brandt fühlte, dass ihr älterer Kollege Recht hatte und sie empfand, neben der Enttäuschung, dass es nun doch nicht so schnell vorwärts ging, wie sie erhofft hatte, auch eine große Portion Respekt für Max. Der dachte die Dinge von ihrem möglichen Ende her. „Et respice finem", lautete der Schluss eines lateinischen Sinnspruchs, den ihr Vater oft zitierte, den Anfang wusste Anke nicht mehr. „Bedenke das Ende".

Ihrem Vater, nahm sich Anke vor, musste sie, wenn sie das nächste Mal heim nach Franken kam, unbedingt vom Max erzählen. Der alte Amtsrichter würde seine Freude an ihrem neuen Kollegen Esterl haben.

Kapitel 21: Hosenknöpf und Sauerkraut

Eine ungute Stimmung begann sich langsam im Ermittlungsteam breitzumachen. Das Team sollte in einigen Wochen aufgelöst werden und nichts ging vorwärts. Die Hautpartikel unter den Fingernägeln des toten Tschechen hatten sich als seine eigenen erwiesen, er hatte sich wohl am Kopf oder am Po gekratzt, Anke Brandt ertappte sich immer öfter dabei, dass sie mit ihrem Smartphone spielte oder zum zehnten Mal das Gleiche recherchierte, nämlich die Einträge, die sich über Viktor Vlček im Internet fanden, Ludwig Rindl brauste bei der geringsten Gelegenheit auf wie ein zu hastig eingeschenktes Weißbier, erst neulich hatte er die Assistentin zur Schnecke gemacht, weil die Kaffeefilter ausgegangen waren, und Max Esterl ließ sich kaum noch blicken im Hauptquartier in der Frauenauer Straße. Er ging, trotz des inzwischen schlechten Spätherbstwetters, in den Wald.

Bei seinen langen Streifzügen hinter den Hennenkobel oder in das Gebiet der Schachten, der für den Bayerischen Wald typischen Weideinseln im Grenzwald zu Böhmen, wälzte Max die Probleme hin und her: Die Sonderkommission hatte den begründeten Verdacht, dass der Vlček den Kolař umgebracht hatte. Kolař war identifiziert, da gab es keinen Zweifel. Die Todesursache waren wohl die Kopfverletzungen gewesen, wenn sie behandelt worden wären, hätte der Kolař aber ziemlich gute Chancen gehabt. Vlček, damals hatte er sich Sykora genannt, hatte in der BRD spioniert, Kolař hatte gedroht, ihn auffliegen zu lassen. Der Streit zwischen den beiden war durch Maritsch bezeugt. „Na, servus", meldete sich Esterls innere Stimme. „Die Maritsch als Zeugin. Da musste das Gericht aber ein großes Massl haben, dass die Österreicherin zu dem Zeitpunkt, da sie aufgerufen wurde, auch aussagefähig war."

Maritsch hatte noch von einem ominösen dritten Mann gesprochen, über den wusste man gar nichts.

Die Tschechen trauten sich nicht an den Vlček heran, die alten Seilschaften deckten sich und hielten dicht. Was konnte den Knoten lösen? Diese Frage ging Max Esterl immer und immer wieder durch seinen Kopf. Sollten sie doch Druck auf den Vlček ausüben? Ihn aus der Reserve locken? Esterl beschloss, noch einmal mit seinem Freund Pepi Holub darüber zu sprechen.

Vorher aber musste Max Esterl noch eine andere Aufgabe erledigen, eine viel schönere, eine, die ihn endlich, so hoffte er, von seinen kriminalistischen Gedanken ablenken würde. Seine Nichte Anna hatte geskypt: Sie hatte die Möglichkeit, ihr Auslandssemester in Kanada für drei Wochen zu unterbrechen und nach Deutschland zu fliegen. „Weihnachten daheim", hatte sie geschwärmt, und als ihre Ziehmutter Eva Esterl sie gebremst und ihr in Erinnerung gerufen hatte, dass ja Anke zur Zeit noch in ihrer Wohnung lebte, da hatte Anna nur gelacht und in der für sie typischen Art und Weise leichthin gemeint: „Dann schlaf ich halt unterm

Christbaum, das hab ich als Kind schon einige Male gemacht, wisst ihr noch? Und nach den Feiertagen zieh ich zu Toni nach Bergreichenstein, der hat mich eingeladen, da krieg ich auch ein wenig mit, wie die Tschechen Weihnachten feiern. Die haben ja ganz, ganz schöne Weihnachtslieder, hab ich gehört. Da bin ich gespannt." Anna war noch immer so musikbegeistert wie früher.

Max hatte also die Aufgabe erhalten, Anna in München am Flughafen abzuholen, und er freute sich, dass er seine Nichte genau am 6. Dezember, am Nikolaustag in seine Arme schließen konnte.

Max Esterl war gerade an der Autobahnausfahrt Landau/Isar vorbeigefahren, da schreckte ihn der Klingelton seines Mobiltelefons aus den Gedanken, die, wie in den letzten Wochen so häufig, gerade um die Tschechenmumie kreisten. Wer mochte der Anrufer sein? Es kam seit seiner Pensionierung nicht oft vor, dass Max auf seinem Handy angerufen wurde. Mit der linken Hand steuerte Max seinen Wagen, mit der rechten nestelte er das Gerät aus seiner Jackentasche.

„Esterl", rief er etwas überlaut, um das Brummen des Motors zu übertönen. Natürlich hörte der Ex-Kommissar wieder einmal nur ein Rauschen und eine Stimme, die ganz weit entfernt schien. Seit er vor Jahren bei einem Einsatz in München ein Schusstrauma davongetragen hatte, war es für ihn ganz schwer, bei mehreren gleichzeitigen Geräuschen eines herauszufiltern. In ein Bierzelt mochte Max deshalb schon lange nicht mehr gehen, eine Unterhaltung dort war für ihn zu anstrengend.

„Esterl", wiederholte der Angerufene schon etwas verärgert. „Rufens mich in fünf Minuten nochmals an. Ich bin gerade auf der Autobahn, gleich kommt ein Parkplatz, dann können wir sprechen."

Max musste sowieso dringend eine Bieselpause einlegen und bog kurze Zeit nach dem Gespräch ab auf den Parkplatz. Kaum hatte er seinen Wagen neben der Toilettenanlage abgestellt, da ertönte schon wieder die Handymelodie. „I shot the Sheriff" hatte ihm Anna damals sinnigerweise eingespeichert. Max drückte auf die grüne Taste und machte sich, mit dem Handy am Ohr, auf den Weg zur Toilette. Mittlerweile war sein Biesldrang so stark, dass seine Schritte immer schneller wurden.

„Nochmals Esterl. Was ist so wichtig?"

Toni Ašnbrenr, der Bergreichensteiner Freund der Familie Esterl und besonders der Anna, meldete sich: „Max, bist Anna holen bei Flughafen? Bevor heimkommst rufs mich bittä an. Wird ich Anna gern persenlich begrießen und dir Zeitung von heite zeigen. Sensation, Max. Wirst sähän."

Max, der gerade auf das Pissoir zusteuerte, kam in Schwierigkeiten. Auf der einen Seite wollte er unbedingt sofort erfahren, was der Toni wusste, auf der anderen Seite musste er jetzt seinen Anorak nach oben schieben um an sein Hosentürl heranzukommen, musste dieses öffnen und zwar möglichst rasch. Es pressierte! Der Reißverschluss hakte natürlich. „Moment, Toni." Max klemmte das Handy zwischen Schulter und Ohr, um beide Hände benutzen zu können. Er zerrte am Reißverschluss. „Verdammt! ... Nein, nicht du, Toni. Ich hab da ein, ein technisches Problem. Nein nicht mit dem Handy, mit meinem Reißverschluss. Nein, ich hab keinen Reißverschluss am Handy, der Reißverschluss ... Scheiße, jetzt ist es passiert." Den letzten Satz hörte Toni Ašnbrenr an seinem Telefon schon nicht mehr. Er hörte nur noch ein seltsames Gurgeln und Plätschern, gerade so, als ob Max in einen Wolkenbruch hineingeraten wäre. Dann hörte Toni nichts mehr.

Der junge Mann, der neben Max Esterl am Pissoir gestanden hatte, bog sich vor Lachen und bieselte sich fast selber ab, als er zusah, wie Max sein Handy aus dem Edelstahl-rostfrei-Urinal fischte und es mit zwei Fingern vor sich hielt, um es abtropfen zu lassen. „Pleiten, Pech und Pannen", war sein Kommentar.

„Lassen Sie sich vom Nikolaus ein Neues bringen und nichts für ungut: So hab ich schon lange nicht mehr gelacht."

Max brummte einen unverständlichen Kommentar in seinen Bart und ging zum Händetrockner, um sein Gerät zu fönen.

„Kein Händetrockner, sondern ein Handytrockner!", wieherte der Nachbar unter Tränen.

„Ja, witzig." Max steckte das vermutlich jetzt unbrauchbare Ding in seine Anoraktasche, wusch sich die Hände und trollte sich. Als er in sein Auto einstieg, hörte er den jungen Mann nochmals laut seine

Autonummer kommentieren: „Hüte Dich vor Eis und Schnee und vor der Nummer R-E-G."

Max zeigte ihm den Mittelfinger und startete.

***

Max hatte seine Stieftochter Anna gut vom Flughafen München nach Zwiesel gebracht. Dort wartete, etwas nervös, die neue Bewohnerin ihres Appartements, Anke Brandt. Sie empfand sich jetzt irgendwie als Eindringling in Annas Reich und sie hatte ein wenig Bammel vor der Reaktion der Stieftochter.

Anna aber begrüßte Anke so herzlich, als ob diese zur Familie dazugehörte und beruhigte sie: „Ich bin sowieso nur einige Tage hier in Zwiesel, dann besuche ich meinen Freund Toni in Bergreichenstein. Heute Abend kommt Toni zu uns, dann wirst du ihn kennenlernen."

Max war zwar gespannt, was der Toni wohl für sensationelle Nachrichten aus Böhmen mitbringen würde, aber er musste seine Neugier noch ein wenig zügeln. Jetzt, wo die Familie Esterl wieder komplett und sogar mit zwei Gästen erweitert war, wurde erst einmal tüchtig gegessen, darauf hatte Eva, die Hausherrin, bestanden. „Wenn ihr euch erst einmal in eure kriminalistischen Diskussionen vertieft habt, dann seid ihr so abwesend, dass ihr gar nicht einmal merkt, was ich euch da Gutes gekocht habe. Ich kenn euch doch!"

Zur Feier des Tages hatte die Hausfrau eine der Leibspeisen von Anna zubereitet: Hosenknöpfe mit Sauerkraut. Max, der, wie man so sagt, einen „Fleischzahn"

hatte, war dieser Tage schon bei einem befreundeten Bauern im Nachbardorf Innenried gewesen und
hatte selbst produziertes Geräuchertes geholt, um
gut über die Feiertage zu kommen. „Bayerwaldchips"
nannte Max Esterl seit jeher die fein geschnittenen
Gselchts-Scheiben, die er abends gern zum Lesen oder
Fernsehen konsumierte. Ein großer Teil des Esterlschen Wammerlschatzes verfeinerte heute das dampf-
fende Sauerkraut, in das Eva noch einen guten halben
Liter Riesling gegeben hatte.

„Dazu müsst ihr unbedingt den Weihnachtsbock von
der Dampfbierbrauerei Pfeffer probieren, eine Halbe
davon rundet die Sache noch ab." Max wartete, bis die
anderen sich bedient hatten, schenkte sich dann sein
eigenes Bierkrügl voll mit der bernsteinfarbenen Flüssigkeit, bis der Schaum über den Glasrand schwappte,
hob es und prostete den Freunden zu. „Schön, dass wir
wieder alle beinand sind." Und mit einem Seitenblick
auf Anke fügte der Ex-Kommissar noch hinzu: „Schön,
dass wir eine mehr sind."

Als alle auf sie schauten, ergriff Anke die Gelegenheit:
„Da, da wollt ich sowieso was sagen. Ich, ich möchte
euch danken für eure Gastfreundschaft. So wie ich in
eure Familie aufgenommen worden bin, das ist einma-
lich, einfach subba. Danke! Und, und dann wollt ich
gleich noch was frachen. Aber sagt es gleich, wenn es
euch unverschämt erscheint."

Max und Eva zogen ihre Augenbrauen nach oben.
Was für ein Anliegen hatte Anna wohl, dass sie so vorsichtig damit herausrückte.

„Ich wollt Weihnachten heimfahren, zu meinen Eltern nach Franken. Und da hab ich gestern mit ihnen telefoniert, und da sagen die mir doch glatt, dass die sich freuen, dass ich an sie denke, aber dass sie heuer etwas anderes vorhaben. Jetzt wo mein Bruder und ich aus dem Haus sind, jetzt können sie endlich das tun an Weihnachten, was sie schon immer tun wollten." Anke machte hier eine Pause, während der sie die anderen am Tisch reihum mit Hundeaugen anschaute. Anna war die erste, die diese Pause unterbrach: „Und, was wollten sie schon immer? Erzähl!"

Anke machte nochmals eine Pause, während der sie theatralisch den Kopf schüttelte.

„Auf die Seychellen wollen sie fahren, stellt euch das mal vor. Weihnachten am Strand, bei 30 Grad Hitze. Das ist ihr Traum."

Kopfschütteln in der Runde.

„Ich hab auch einen Traum, aber ich trau mir nichts davon zu sagen. Oder darf ich doch?", fragte Anke mit erneutem Hundeblick.

Kopfnicken in der Runde.

„Darf ich, dürft ich ... Weihnachten mit euch feiern? Puh, jetzt ist es heraußen. Ich weiß, es ist etwas viel verlangt, ich gehör schließlich nicht zur Familie."

Kopfschütteln in der Runde.

„Passt schon, Anke, dann gehörst eben ab heute dazu", hatte die Hausfrau gesprochen, deren Zustimmung eindeutig die wichtigste war. Und der Hausherr, Max, hatte launig ergänzt: „Iatzt hamma scho an Böhm im Haus, iatzt kimmts auf a Fränkin aa nimma drauf an."

Kopfnicken in der Runde, die sich ab jetzt mit Hingabe dem Kraut und den aus Erdäpfelteig herausgebackenen Hosenknöpfen widmete.

Nachdem alle am Tisch tüchtig zugelangt hatten und die letzten Hosenknöpfe aus der Pfanne gescharrt waren, ließ Toni Ašnbrenr in die sauerkrautsatten Seufzer hinein ein mehrmaliges Räuspern ertönen: Sein Anliegen duldete nun keinen Aufschub mehr. Er holte zwei tschechische Zeitungen aus der Innentasche seiner Jacke und legte diese auf den Tisch, direkt neben den noch leicht dampfenden Sauerkrauttopf. Damit kam er allerdings bei Eva nicht gut an.

„Erst wird der Tisch abgeräumt, zumindest das Gröbste, und dann kommt die Sensationspresse", sagte die Hausfrau mit einem Seitenblick auf die großen roten Lettern und die Fotos, die die Titelseiten der zwei tschechischen Zeitungen zierten.

„Viktor Vlček-ein Mörder??? Früherer Hockeyspieler Kolař getötet!!", übersetzte Toni die erste der Schlagzeilen. Die Redakteure der anderen Zeitung standen ihren Kollegen in nichts nach.

„Muss Milliardär ins Gefängnis? Mord verjährt nicht!!", fuhr Toni Ašnbrenr fort.

Während seine deutschen Freunde um ihn herum am Tisch saßen und gespannt zuhörten, übersetzte Toni weiter.

Dass in Zwiesel zwei Mumien gefunden worden waren, hatten damals auch die tschechischen

Zeitungen berichtet. Dass die eine der Leichen aus dem Zweiten Weltkrieg stammte und von der anderen vermutet wurde, dass sie tschechischer Herkunft war, das war auch im Nachbarland schon lange bekannt. Über die Identität des toten Tschechen aber hatten sie bisher noch keine Informationen an die Öffentlichkeit gegeben, ebenso wenig natürlich über den Verdacht in Richtung Vlček. Der Milliardär wurde aber in den beiden Zeitungen ganz kräftig hergenommen. Und die Fakten, die stimmten. Allerdings waren aus den Vermutungen der Sonderkommission hier schon fast Tatsachen geworden. Alles, was die bayerischen Kriminaler zurückgehalten hatten, weil sie noch nichts davon beweisen konnten: Hier war es veröffentlicht. Der Vlček wurde gewaltig in die Pfanne gehauen.

Kein Wunder, erklärte Toni Ašnbrenr, der Vlček hatte sich auch ein Medienimperium geschaffen und war dabei nicht gerade zimperlich gewesen, statt „VV" hätte man auch „BB" zu ihm sagen können, „Behmischer Berlusconi". Die Zeitungen, die er mitgebracht habe, seien Konkurrenzblätter, für die solche Stories natürlich ein gefundenes Fressen seien.

Trotzdem, so waren sich alle einig, musste bei der tschechischen Polizei ein Leck existieren, jemand hatte Informationen weitergegeben, die nicht nach außen hätten dringen sollen, um Vlček zu schaden, sofern er unschuldig war, oder ihm zu nutzen und ihn aufmerksam zu machen, sofern er schuldig war.

„Jetzt ist er auf alle Fälle gewarnt. Der wird alles in Bewegung setzen, um unsere Ermittlungen zu behindern. Das ist nicht gut."

Anke hatte schon weitergedacht, aber Toni erwiderte: „Ich glaub´s, dass Vlček war und ist immr informiert. Sind noch genug alte Freinde von frihr bei tschechischr Polizei und Geheimdienst. Wie bei euch nach Nazizeit. Wer war erstr Chäf von Geheimdienst BRD nach Krieg?"

„Globke!", riefen drei Stimmen gleichzeitig, sogar Anke hatte die richtige Antwort parat gehabt und ergänzte jetzt, die Geschichtslehrerin Eva Esterl mit einem Seitenblick streifend und mit dem Stolz der guten Schülerin in der Stimme: „Der Hans Globke war Mitverfasser der NS-Rassengesetze und ein Nazi durch und durch. Nach dem Krieg war genau derselbe Globke verantwortlich für den Bundesnachrichtendienst und den Verfassungsschutz. Du hast Recht, Toni, manche Dinge wiederholen sich."

Die Lage hatte sich durch die Berichterstattung geändert und die zwei von der Sonderkommission saßen zuerst einmal etwas ratlos und bedrückt da. Nach einiger Zeit des Schweigens gab sich Max Esterl jedoch einen Ruck, tat einen tiefen Schluck von seinem Bier und sagte, vor allem an Anke gewandt: „Wer weiß, vielleicht war das auch der Katalysator, der Beschleuniger, den wir gebraucht haben. Der Vlček muss jetzt reagieren, der kann nicht einfach mehr nur abwarten. Das ist Wasser auf die Mühlen seiner Gegner."

„Und davon gibt viele", mischte sich Toni Ašnbrenr ein, der selber ja gegen das Centerparkprojekt des Milliardärs kämpfte. „Und nicht alle kann Vlček kaufen."

Kapitel 22: Einladung nach Passau

Viktor Vlček ließ nichts anbrennen. Er reagierte schneller als erwartet. Als Anke und Max am nächsten Morgen, beide wegen ihrer „Nikolausfeier" noch ein wenig zerknittert, an der „Ermittlungszentrale" neben dem Pfarrzentrum eintrafen, stand auf dem Parkplatz davor schon ein flotter weißer Audi mit tschechischem Nummernschild. Durch das Fenster sahen sie, dass im Büro bereits Licht brannte, also war ihr Chef da und hatte den Besucher reingelassen. Tatsächlich saß Rindl an seinem Schreibtisch, ihm gegenüber hatte sich ein Mann mittleren Alters niedergelassen, der aufstand, und den Neuankömmlingen die Hand entgegenstreckte. Irgendwie war seine Aufmachung in dem improvisierten Büro ein wenig deplatziert. Sein feiner dunkler Anzug, die himmelblaue Krawatte und die teuren schwarzen Lederschuhe bildeten einen krassen Gegensatz zum grau-rot-gerauteten, modemäßig ins vorige Jahrhundert einzuordnenden Strickpullover des Kommandanten, aber auch zu den Anoraks der beiden anderen Sonderermittler.

„Ah, guten Tag", begann der Tscheche in bestem Deutsch, „Sie sind bestimmt Frau Brandt und Herr Esterl. Meine Verehrung. Mein Name ist Vlasta Jungmann und mich schickt mein Chef, Herr Vlček aus

Prag." Verbindlich lächelnd streckte der Tscheche den beiden Polizisten die Hand entgegen.

Verdutzt schauten Anke Brandt und Max Esterl sich an. Woher wusste der selbstsicher auftretende Jungmann ihre Namen? Hatte Ludwig Rindl ihm die verraten oder? Max war sicher, dass dies zum Spiel gehörte: Der Tscheche wollte ihnen von Anfang an zeigen, wer hier die Karten mischte.

Jungmann fuhr fort. Erst einmal solle er seinen Chef entschuldigen, dieser sei geschäftlich gerade in Spanien und komme erst nächste Woche. Aber der Chef sei entsetzt gewesen, als er von der Zeitungsschmiererei gehört habe und vor allem von den Vorwürfen, die gegen ihn erhoben worden seien. Darum habe der Chef sofort ihn, seinen Stellvertreter, nach Zwiesel geschickt, um die Dinge zu klären und zu erfahren, woher die Vorwürfe kamen.

Das Lächeln war inzwischen aus dem Gesicht des Tschechen verschwunden.

Ludwig Rindl räusperte sich. „Vorwürfe, welche Vorwürfe?"

Ach richtig. Der wusste ja noch nichts davon. Max Esterl holte die beiden zerknitterten Zeitungen aus seiner Anoraktasche, legte sie auf Rindls Schreibtisch, deutete auf die Schlagzeilen und sagte: „Da stehts. Ausgabe von gestern mit heftigen Angriffen gegen Viktor Vlček."

„Warum sagt mir das keiner?"

„Wir wollten ja gerade damit anfangen, aber der war schneller."

Der Tscheche unterbrach die kleine Auseinandersetzung.

„Ihre-äh-Diskussion lässt mich zu dem Schluss kommen, dass diese Lügen nicht von Ihnen stammen?"

„Von uns?" Ludwig Rindl stand der Mund offen. „Wieso von uns? Für uns sind noch zu viele Fragen offen. Wir gehen erst an die Öffentlichkeit, wenn der Fall geklärt ist."

Der Tscheche, das merkte Max Esterl jetzt, hatte ganz elegant die Information bekommen, die er wollte, seine Miene hellte sich wieder auf.

„Gut, dann müssen wir woanders nach der Quelle dieser ungeheuren Diffamierungen suchen."

Jungmann lächelte charmant, als er die nächsten Sätze sprach: „Herrn Vlček ist es ein Anliegen, mit Ihnen, der bayerischen Polizei, zusammenzuarbeiten. Er hat mich deshalb gebeten, Sie in sein neu eröffnetes Hotel in Passau einzuladen. Vielleicht haben Sie ja in der Presse davon gelesen, unser Konzern ist seit kurzem auch in Deutschland präsent: Unser Hotel „Victoria" ist eine der ersten Adressen in Passau. Sie führen ein dienstliches Gespräch mit dem Chef, er wird Ihnen alle Ihre Fragen beantworten. Anschließend lädt er Sie zum Essen ein und Sie können gerne auch in unserem Spitzenhotel mit Wellnessbereich übernachten."

Max und Ludwig schauten einander kurz an, Ludwig nickte und erwiderte, dass sie das Gesprächsangebot gerne annehmen möchten, die Übernachtung aber schon selber übernehmen würden. „Wir wollen nicht in den Geruch der Bestechlichkeit kommen."

„Selbstverständlich, wenn das Ihr Wunsch ist, dann werden wir dem natürlich Rechnung tragen. Sobald der Chef wieder zu Hause ist, wird er Ihnen einen Termin anbieten."

Damit verabschiedete sich der Vlček-Stellvertreter von den dreien, nicht ohne seine Visitenkarten und den feinen Hauch eines sehr teuren Männerparfüms zu hinterlassen.

Anke schnupperte in der Luft nach den letzten Duftmolekülen, während sie ihren PC einschaltete.

„Pffff, das ist aber einer, gell, der hat den Duft der großen, weiten Welt hinterlassen."

Zwei Minuten lang sagte keiner im Raum mehr etwas, die beiden Alten versuchten, diesen überraschenden Besuch irgendwie einzuordnen, während Anke mit ihrem PC beschäftigt war. Dann unterbrach die Assistentin das Schweigen:

„Derf ich da auch mitfahren nach Passau ins „Victoria" zum Viktor?"

„Natürlich, du musst doch das Gedächtnisprotokoll führen", schmunzelte Max Esterl.

„Dann muss ich aber einen Übernachtungszuschuss beantrachen." Die beiden Alten schauten sich verständnislos an.

Anke drehte ihren PC zu den beiden hin. Sie hatte die Homepage des „Victoria" gegoogelt.

„Da, schaut, was e i n e Übernachtung im „Victoria" kostet. Das übersteigt den Etat einer Assistentin um ein Vielfaches."

Kapitel 23: Passauer Wolf

Die drei von der Sonderkommission hatten noch einige Zeit diskutiert.

Ob sie überhaupt nach Passau fahren sollten, hatte Ludwig Rindl gefragt. Der Vlček solle doch nach Zwiesel kommen, der solle sich ja nicht einbilden, dass die bayerische Polizei auch zu seinen Befehlsempfängern gehöre wie offenbar ein Teil der tschechischen. Um die Kosten ging es dem Rindl natürlich auch. So üppig war der Etat seiner Kommission nicht und Passau war auch nicht so weit entfernt, dass man nicht an einem Tag locker hin und her gekommen wäre.

Die Anke dagegen, das merkte Max Esterl, wollte unbedingt nach Passau, allerdings eher aus touristischen Motiven. So ein Gespräch sei doch ohne weiteres mit einem kleinen Wellness-Urlaub zu verbinden.

Den Ausschlag gab Max.

„Das, was wir gegen den Vlček in der Hand haben, reicht nicht einmal für eine Vorladung. Er oder sein Anwalt würden uns gewaltig abblitzen lassen, wenn wir ihn nach Zwiesel zitieren würden. So aber bekommen wir die Chance, an ihn heranzukommen. Der hat schon ein Motiv, warum er uns einlädt. Wenn er der Mörder war, will er herausbekommen, was wir wissen. Wenn er den Mord nicht begangen hat, dann war er mindestens daran beteiligt, da lass ich mir den Kopf abschneiden, wenn es nicht so war. Und dann will er zumindest vermeiden, dass er in die Sache hineingezogen wird. Schlechte Presse ist Gift für so einen."

„Dann warten wir, bis Vlček aus Spanien zurück ist", entschied Rindl und brummelte: „So schlecht ist die Idee mit Passau gar nicht, ich brauch sowieso noch ein Weihnachtsgeschenk für meine Gattin."

Der Vlček ließ wirklich nichts anbrennen. Zwei Tage später schon kam die Einladung, einer der drei vorgeschlagenen Termine passte und so machte sich die Mumien-Sonderkommision auf den Weg in die Dreiflüssestadt Passau. Während der Fahrt besprachen die drei ihre mögliche Vorgehensweise. Was von ihrem Wissen konnten sie dem Vlček preisgeben, worauf wollten sie hinaus, wie konnten sie weiterkommen? Das waren die Fragen, die vor allem dem Max wichtig waren. Ludwig Rindl dagegen schärfte seinem Team immer wieder ein, dass alles an Leistungen, die sie im Hotel bekamen, auch zu bezahlen und vor allem auch mit Quittungen zu belegen sei.

„Ein bayerischer Beamter ist unbestechlich und wir lassen uns nicht kompromittieren, das gilt auch für dich, Max." Als Ludwig das protestierende Räuspern seines früheren Schulkameraden Max vernahm, schob er noch nach: „Du bist ja kein Beamter mehr, aber auch du musst eventuellen Versuchungen widerstehen, verstehst? Der Vlček hat früher für den tschechischen Geheimdienst gearbeitet und er hat deren Methoden sicher immer noch drauf: Luxus, schöne Frauen, oder", Rindl warf einen Seitenblick auf Anke, „knackige Männer. Und dann bist erpressbar."

Max verstand nicht, warum der Ludwig sie beide da so schulmeisterlich belehrte, als ob sie auf der

Brennsuppe dahergeschwommen wären. Er wollte schon etwas Patziges erwidern, aber da erreichten sie gerade Passau und fuhren am Ufer der Donau entlang Richtung Stadtmitte. Vor ihnen tauchte der Dom aus den Kältenebeln auf, die über dem Fluss schwebten und Anke begann zu schwärmen: „Ach ist Passau schön. Die Donau, der Dom, die Altstadt, das Oberhaus. Fast so schön wie Würzburch."

Das „Victoria" lag oberhalb der Innstadt, auf einem Hügel unweit der Wallfahrtskirche Mariahilf, die drei mussten also durch die ganze Stadt Passau. Erst überquerten sie den träge sich dahinwälzenden Donaustrom, dann ging es über die Altstadt-Halbinsel hinweg Richtung Inn und am Innkai entlang. Anke wurde gar nicht fertig mit Schauen, so schnell kamen die Erklärungen von Max: „Links der Dom, jetzt von der anderen, der Innseite her gesehen, hier unten dann das Stadttheater, ein Rokokojuwel, rechts der Innkai, wunderbar zum Promenieren, schau rüber, über den Inn, dort haben schon die Römer gesiedelt, dann schau nach oben, rechts oben, die Wallfahrtskirche Mariahilf mit der Pilgerstiege ..."

Max kam mit dem Erklären und Anke mit dem Schauen nicht nach. Kurz nach dem Überqueren der Innbrücke entdeckte Anke schon das erste Hinweistaferl zum Hotel „Victoria" und nach einigen engen Kurven den Berg hoch, erreichten sie eine Allee, die zum Hotel führte.

Das „Victoria" war beeindruckend. Eine alte, jetzt aber tiptop hergerichtete Villa bildete den Kern des

Ensembles. Um sie herum gruppierten sich moderne Gebäude mit ausladenden Balkonen, die alle so ausgerichtet waren, dass man einen aufregenden Blick auf die Dreiflüssestadt haben musste. Hinter den Gebäuden befand sich noch eine Baustelle, von der man aber nichts sah und nichts hörte. Lediglich ein Baukran, der sich lautlos bewegte, ließ darauf schließen, dass das Luxushotel noch lange nicht fertig war. An die alte Villa in Richtung eines schönen Parks mit riesigen Bäumen schloss sich ein Wellnessbereich mit Hallenbad und einem in der Kälte dampfenden Freischwimmbecken an. Anke kurbelte das Autofenster herunter und schaute neugierig durch die große Glasfront. „Geil", kommentierte sie, „da pfeif ich auf die Seychellen."

Bevor die drei Polizisten den Hotelparkplatz erreichten, mussten sie den kreisrunden Hubschrauberlandeplatz passieren. Ein schwarzglänzender Helikopter mit der verschnörkelten Aufschrift „VV" sowie einem roten Wolf auf goldenem Grund stand dort. Vlček, der Wolf war anwesend.

Der Parkplatz auf der dem Berg zugewandten Hotelseite war zu dieser Zeit nur halb belegt. Ludwig Rindls in die Jahre gekommener Opel Zafira fiel auf zwischen den Luxuswägen, unter denen sich sogar ein Maserati befand.

„Mindestens fünfzigtausend Euro Unterschied", taxierte Anke vorlaut.

„Unterschied zwischen was?", wollte Max wissen.

„Zwischen dem Chef seim Obl und dem zweitbilligsten Wagen hier", grinste die Assistentin.

„Sei nicht so frech", wollte Max antworten, er wurde aber unterbrochen von einem livrierten Boy, der die Autotüren aufriss, der verdutzten Dame aus dem Wagen half und sich anschließend um das Gepäck der drei kümmerte, das er auf einem Gepäckwägelchen vor ihnen herschob. Die Alditüte, in der Ludwig Rindl seine Badesachen verpackt hatte, machte sich da gar nicht gut. Das hatte offenbar auch der Page gefunden, der das Plastiksackerl mit zwei Fingern so angelangt hatte, als hätte er es gerade aus der Mülltonne gefischt.

„Wenn ich das sehe", dachte sich Max, „dann pfeif ich nicht nur auf die Seychellen, sondern auch auf das „Victoria"." Seine Eva und er würden ihren nächsten Kurzurlaub im Arber- oder im Falkensteinschutzhaus verbringen. Ohne Pagen und ohne Pool.

Eine ihm bekannt vorkommende Stimme riss Max aus seinen Gedanken:

„Ah, die Polizei aus Zwiesel, willkommen in unserem Hotel „Victoria"", begrüßte sie Vlčeks Adjutant, Vlasta Jungmann. „Bitte folgen Sie mir. Hoffentlich hatten Sie eine gute Fahrt. Mein Chef, Herr Vlček, erwartet Sie schon. Ihr Gepäck lasse ich für Sie auf Ihre Zimmer bringen, die können Sie, wenn es Ihnen recht ist, nachher beziehen."

Die Suite, in der sie der Tatverdächtige empfing, gehörte zum Altbestand der früheren Villa. „Luxuriös" war wohl der Begriff, mit dem sie am besten umschrieben war. Kristalllüster, edle alte oder auf alt getrimmte Möbel, hohe Fenster, die einen phantastischen Blick auf die Passauer Altstadt versprachen, die jetzt aber durch schwere Stores verhängt waren.

Die drei Kriminaler allerdings hatten im Moment keinen Blick für den Blick, alle waren sie gespannt auf die Begegnung mit Vlček alias Sykora.

Was sie sahen, ließ allerdings Ludwig und Max daran zweifeln, dass Vlček mit Sykora identisch war. Der Mann, der sich da hinter dem Empire-Schreibtisch erhob, sah viel jünger aus, als sie es erwartet hatten. Sykora war in ihrem Alter gewesen, der da schien kaum fünfzig zu sein. Glattrasiert war er, mit fülligen dunklen Haaren, schlank, grauer, eleganter Anzug mit passender roter Krawatte: Nichts an ihm erinnerte die beiden Alten an den jungen Nepomuk-Wirt, der mit grau-schwarz karierter Kochhose und einer weißen Schürze in seiner Küche hantierte und hin und wieder auch die Gäste bedient hatte.

Den scharfen Augen der Jungen aber entging nicht, dass da einer vor ihnen stand, der sich schon etliche Male liften hatte lassen. „Sicher hat der auch einen Fitnesstrainer", dachte Anke, „so, wie der noch beinand ist." Ihr Typ war der Vlček allerdings nicht.

„Guten Dag, meine liebe Gäste, herzlich willkommen in´s „Victoria"." Vlček schüttelte ihre Hände, bei Anke deutete er sogar einen Handkuss an. Als er sich über ihre Hand beugte, konnte sie deutlich erkennen, wo seine Haare künstlich ergänzt worden waren. „Gut gemacht", stellte Anke befriedigt fest, „aber nicht gut genug, um mich zu täuschen."

„Bitte nähmen Sie Platz!" Vlček wies auf die freien Stühle, die sich in der Mitte des Raumes um einen Konferenztisch gruppierten.

Noch keine Erinnerung an Sykora.

Max sah Ludwig an, der leicht den Kopf schüttelte und mit den Augen zum Himmel deutete. Seit ihrer gemeinsamen Schulzeit, als sie das Kartenspiel Watten in der Pause bis zum Exzess betrieben hatten, kannten die beiden die Geheimzeichen, mit denen sich die Watter verständigten. Augen zum Himmel, das bedeutete „Plafond", schlechte Karten, nichts hatte man in der Hand, keinen Schlager, keinen Trumpf. Keine Erinnerung an Sykora.

„Was wollen Sie zu trinken? Kaffää, Tää, Champagner?"

Noch keine Erinnerung.

Als die drei Gäste nicht reagierten, machte Vlček lächelnd ein weiteres Angebot: „Odr wollen Sie Plzner Urquäll, beste Bier von Wäält, Spitzenpivo?"

Max und Ludwig schauten sich an, beide grinsten und Ludwig spitzte leicht seine Lippen, was beim Watten das Zeichen dafür war, dass man den höchsten Trumpf besaß: Den Max.

Den Satz mit dem Pilsener Urquell, den kannten sie beide noch, der hatte den Vlček verraten, den hatten sie damals so oft gehört, dass er ihnen jetzt noch, vierzig Jahre danach, auch vom singenden Tonfall her, überdeutlich präsent war: „Plzner Urquäll, Spitzenpivo."

Jetzt, da sie sich sicher waren, erinnerten sich die beiden auch an andere Kennzeichen des Sykora, die sie an Vlček entdeckten. Seine spitzen Ohrwascheln zum Beispiel, die an eine Fledermaus erinnerten und die er schon immer ein wenig hinter seinen Haaren zu verdecken versucht hatte. „Böhmischer Dracula" hatten sie ihn deshalb auch oft genannt. „Naja", dachte Max, vielleicht hatten sie mit diesem Titel gar nicht so weit daneben gelegen.

Während der Adjutant, Jungmann, sich um die Getränke kümmerte, begann Vlček. Erst dankte er den Zwieseler Polizisten geschäftsmäßig freundlich für ihr Kommen, es sei nicht selbstverständlich, er wisse das zu würdigen.

Dann erklärte Vlček, warum er mit ihnen reden wolle. Er habe einen guten Ruf als Geschäftsmann, habe neue Projekte vor, riesige neue Projekte. Dafür brauche er Geld, Kredite, da selbst er nicht alles alleine finanzieren könne. Wer aber gebe Kredite an einen Mann, der keinen guten Ruf mehr habe? Keiner! Jetzt wurde Vlčeks Stimme drängender, beschwörender.

Die Feinde seiner Projekte seien dabei, sein Image zu zerstören um ihm zu schaden. Sie wollten ihm etwas unterschieben, den Zwieseler Mumienmord, mit dem er nichts zu tun habe. Darum müsse er ganz hart gegen diese Rufmörder vorgehen. Die beiden Schmier-Zeitungen seien schon verklagt. Bei einer stünden die Naturschützer hinter den falschen Anschuldigungen, die sein Parkcenter in Hurka verhindern wollten, der

Verleger der anderen Zeitung sei sein persönlicher Feind, mit dem werde er auch noch abrechnen.

Mit ihnen, der bayerischen Polizei, so fuhr Vlček fort, würde er gern zusammenarbeiten und helfen, den Mord aufzuklären, er habe gute Verbindungen, auch zu früheren Geheimdienstleuten in Tschechien, da könne er bei den Ermittlungen schon helfen.

Hier stutzte Max. Hatten sie irgendwann einmal in der Öffentlichkeit erwähnt, dass der Geheimdienst an dem Mord beteiligt sein könnte? Die beiden Zeitungen hatten das behauptet, aber nicht sie, die Sonderkommission der bayerischen Polizei. Wieder ein Mosaiksteinchen, das darauf hindeutete, dass Vlček früher eine Geheimdienstidentität als Sykora gehabt hatte. Zumindest das, so meinte Max, sollten sie dem Tschechen nachweisen können. Das wäre schon ein Anhaltspunkt und von dort aus sollten sie weitermachen, bis sie bei dem Mumienmord angelangt waren. Das war natürlich schwierig, weil Vlček alles tun würde, um seine Vorgeschichte zu verschleiern, aber Max sah da keinen anderen Weg.

„Herr Vlček", begann Max vorsichtig. „Um ausschließen zu können, dass Sie an dem Mord beteiligt waren, müssen wir erst einmal Einblick in Ihr Vorleben bekommen."

Natürlich ahnte Max Esterl jetzt schon, dass ihnen der Vlček einen getürkten Lebenslauf vorlegen würde, aber egal: Mit Hilfe von Pepi Holub würden sie das Vorleben des Vlček überprüfen und nach Schwachstellen abklopfen. Und dann konnten sie zum Angriff übergehen. Max freute sich schon darauf, Mosaiksteinchen um Mosaiksteinchen zu sammeln. Lieber wollte er seinen Sondervertrag noch um einige Wochen verlängern, als dass er von dem Fall ablassen würde.

Vlček blickte unwirsch. „Ich bin es nicht gewohnt, dass ich meinen Lebenslauf irgendwo abliefere. Wissen Sie überhaupt, Herr Esterl, mit wem Sie sprechen?"

Dann aber besann sich Vlček, er machte eine etwas herablassende Handbewegung: „Egal, sie werden meinen Lebenslauf bekommen." Max Esterl wollte sich gerade zufrieden zurücklehnen, weil seine Taktik dabei war, aufzugehen, da hörte er, wie Ludwig Rindl neben ihm sich räusperte und im Sessel halb aufrichtete.

„Wir wollen offen mit Ihnen reden, Herr, äh, Vlček", ergriff Ludwig Rindl das Wort. „Sie sind Sykora. Das sage ich Ihnen jetzt auf den Kopf zu. Und Sie haben etwas mit dem Tod des Jarda Kolař zu tun. Und unsere Aufgabe als Bayerische Polizei ist es, die Wahrheit herauszufinden und wir werden alles dafür tun." Ludwig Rindl hatte sich in Position gebracht, er stand mehr, als dass er auf seinem tiefen Ledersessel saß, sein mächtiger Oberkörper war halb über den Tisch gebeugt, sein Schädel war rot angelaufen. „Und wenn Sie noch so viele Verbindungen und noch so viel Geld haben: Wir ermitteln gegen Sie!" Zufrieden grunzend ließ sich der Sonderkommissionschef wieder in seinen Sessel fallen.

Ob das klug war, was der Rindl da von sich gelassen hatte? Max Esterl hätte sich lieber noch länger verdeckt gehalten, er hätte den Vlček noch im Ungewissen gelassen, hätte ihn durchaus ein Bestechungsangebot machen lassen, um zu erfahren, was dem Hotelmagnaten die Sache wirklich wert war.

Die Stimmung im Raum hatte sich geändert. Eine Kälte war spürbar, die geschäftsmäßig freundliche Miene des Tschechen war versteinert, seine Augen blickten eisig, seine Stimme klang kühl:

„Dann, meine Herren, meine Dame, haben wir nichts mehr miteinander zu tun. Schade, dass Sie mein Angebot nicht angenommen haben, ich hätte Ihnen sehr helfen können. Meinen Lebenslauf können Sie sich aus dem Internet zusammensuchen, dort steht genügend über mich drin." Vlček stand auf und verabschiedete die drei wesentlich weniger freundlich, als er sie begrüßt hatte.

Diese Chance war vertan, fand Max Esterl. Warum musste der Ludwig auch immer so impulsiv sein. Sie hätten alle Karten in der Hand gehabt.

Kapitel 24: „*Kreuzweis*"

Durch die Auseinandersetzung mit Vlček war den drei Zwieselern, die sich jeweils zum Nachdenken auf ihre Zimmer zurückgezogen hatten, der weitere Aufenthalt im „Victoria" irgendwie verdorben. Anke, die sich besonders auf die riesige Wellnessabteilung gefreut hatte, mit der im Internet Werbung gemacht wurde, Anke stellte sich die ganze Zeit vor, dass sie in der Sauna saß und dort von Vlček und seinem Adlatus Jungmann ungeniert mit Blicken gemustert wurde, während versteckte Kameras von allen Seiten her Nacktfotos von ihr machten, Ludwig Rindl hatte Angst davor, dass ihre Gespräche beim Nachtessen nach alter Geheimdienstmanier von Wanzen übertragen wurden.

Max Esterl dagegen hatte einen kurzen Blick in die Speisekarte des Restaurants geworfen. Das was der Sykora damals serviert hatte, wäre ihm tausendmal lieber gewesen als das überambitionierte und gleichzeitig völlig überteuerte Angebot, das der Vlček heute präsentierte. Ein Schnitzerl oder ein Gulasch mit Böhmischen Knödeln, da war Max sicher, wäre genau das Richtige für heute. Das würde auch der Stimmung der Sonderkommission gut tun.

Die drei trafen sich zur verabredeten Zeit im Foyer, und es war kein Wunder, dass Ankes Vorschlag, den Abend in der Stadt zu verbringen, sofort Zustimmung bei den beiden Alten fand. Die Fränkin erzählte, dass sie gespannt sei auf das sagenhafte Flair dieser Stadt, dass sie am liebsten in eine Kneipe gehen würde, in der nicht nur Touris, sondern auch Einheimische, vielleicht sogar Studenten verkehren würden und wo man „echt was Gscheids zum Essen griechen würd, ich weiß nicht, obs hier sowas gibt."

Zur Überraschung der beiden anderen antwortete Max Esterl: „Es gaab scho oans."

„Schon wieder einer von euren niederbayerischen Konjunktiven. Gibt's ein Lokal oder gibt es keins?"

„Gebn daats scho oans, wenn i´s findat, äh, finden daat". Max übertrieb jetzt absichtlich. Er war froh, dass die Stimmung sich gebessert hatte.

„Jetzt sag, was meinst denn mit nicht finden, das kann doch nicht so schwierig sein, des Passau is doch a Dorf, verglichn mit Würzburch." Anke fingerte ihr Smartphone heraus. „Sag mir den Namen des Lokals, Max, dann hau ich den in mein Zauberkasten da, guck, und dann sagt mir das kleine Kästle den Weg dorthin. So geht das, Herr Hauptkommissar a. D."

„Den Namen, den find ich ja grad nicht. Und wo das Lokal genau ist, weiß ich auch nicht mehr. Von wegen: Passau ist ein Dorf. Ich war mit Anna dort, die hat doch bis voriges Semester in Passau studiert und Eva und ich haben sie besucht. Genau das Lokal, das du suchst, Anke. Irgendwo in der Altstadt, zwischen Donau und Inn. Und super Schnitzerl gibt's dort", wandte Max sich an Ludwig, dem man ansah, dass ihm sofort das Wasser im Mund zusammenschoss. „Aber ich hab da schon ein Paar Halbe getrunken gehabt. Ich könnt euch noch genau sagen, dass das Schnitzel kaum 5 Euro gekostet hat, weil Schnitzeltag war, aber den Namen des Lokals?

Irgendwas mit Fluchen: Zefix!-Sakradi!-Scheißglump!? Vielleicht. Tut mir leid. Kruminale!"

Ludwig Rindl, vor dessen geistigem Auge sich jetzt ein Riesenschnitzel mit Kartoffelsalat abzubilden begann, fing an zu maulen, wie er als kleiner Schulbub schon gemault hatte:

„Oamoi, oamoi daatma was volanga vo eahm. Oamoi miassat er weidadenga als bis zum, bis zum Tellerrand, buchstäblich zum Tellerrand, doch dann, dann is er geistig zu pratzert, der Max, der feine Kriminaler aus der Landeshauptstadt. Oamoi." Immer lauter war Ludwig geworden mit seinen hungerverstärkten Vorwürfen, die natürlich den ebenfalls hungrigen Freund auch nicht kalt ließen. Max baute sich vor dem Kommissionsleiter auf, die beiden standen Bauch an Bauch, naja, eigentlich Brust an Bauch, weil der Max doch um ein Trumm kleiner war, Max sprühte vor Zorn und stieß hervor: „Oiwei s´Gleiche mit dir. Seit der Schulzeit. Selber brunzdumm, aber von anderen ständig was verlangen. Wenn i den Nam net woaß, dann woaß en net, Kruminale noamoi!" Es sah so aus, als würden die beiden sogar handgreiflich werden, weshalb sich nun wiederum die junge Kollegin einmischte. Fränkisch-deftig einmischte: „Wisst ihr was", rief sie so laut wie möglich dazwischen. „Ihr könnt mich mal! Ihr könnt mich mal alle beide ..." „*Kreuzweis*", fiel Max ihr ins Wort, jetzt plötzlich souverän lächelnd, als ob der ganze Streit vorher nicht stattgefunden hätte. „Jetzt hab ich´s. "

Die beiden anderen blickten ungläubig. „*Kreuzweis* heißt´s, das Lokal. Jetzt kannst nachschaun in deim gscheitn Kasterl, Anke." Kein Wort des Zornes mehr, keine Anschuldigung, nichts!

Ganz ohne Kommentar konnte Anke das Verhalten ihrer Bosse doch nicht stehen lassen: „Unterzucker", konstatierte sie. „Man mecht's ned glaabn, was der aus am Menschn macht."

Ankes „Zauberkasten" führte die drei Polizisten den Mariahilfberg hinunter zur Innbrücke. Max Esterl enthielt sich weiterer Kommentare zur wunderschönen Silhouette, die die Stadt Passau mit dem alles überragenden Dom von der Innseite her bot. Er sagte auch nichts, als sie schnaufend den Domberg erklommen, den Domplatz überquerten und sich Richtung Donau wandten. Erst als sie in die Pfaffengasse einbogen, entrang sich ihm ein „da iss, des „Kreuzweis", Kruminale!"

Das „Kreuzweis" erwies sich als Volltreffer. Die Gewölbe des Lokals erinnerten Max Esterl zwar irgendwie an die der Mumienkammer, aber die phantasievolle Dekoration und vor allem die Gäste ließen die Atmosphäre im Raum bunt und lebendig erscheinen. Auch Anke schien sich hier sofort wohl zu fühlen.

Zum Glück war das Lokal nicht überfüllt, die drei bekamen von der Bedienung einen Platz an einem Vierertisch zugewiesen. Für ihre Bestellung brauchten sie nicht einmal eine Speisekarte: „Drei Halbe Bier, drei Schnitzel." So einig wie hier waren sie sich nicht die ganze Zeit gewesen.

Auch jetzt, bei der sich anschließenden Besprechung, zeigte sich, wie unterschiedlich die drei Mitglieder der Sonderkommission die Ergebnisse einschätzten.

Anke war es, die begann:

„Also, das Gespräch von heute Nachmittag mit dem Vlček, das war ja nicht besonders ergiebig. Gebracht hat das nichts."

Offenbar fühlte sich Rindl als der Leiter der Kommission, schon durch diese kleine Bemerkung auf den Schlips getreten. Er hatte durch seine offenen Anschuldigungen den Vlček dazu gebracht, dass dieser sein Visier heruntergelassen hatte, und er verteidigte jetzt sein Vorgehen: „Ihr mit eurem windelweichen Polizeipsychologengschmatz. Der Vlček war´s, da lass ich mir den Kopf abschneiden. Und es hat noch nie geschadet, jemand als verdächtig zu behandeln. Unter Druck machen sie Fehler, die Verbrecher!"

„Das ist schon klar, dass es der Vlček alias Sykora war", nahm Max Esterl die Behauptung seines Schulkameraden auf, „aber beweisen, beweisen können wir das nicht. Und seit deinem Auftritt dem Vlček gegenüber ist der natürlich gewarnt. Jetzt ist er vorsichtig und macht eben keinen Fehler mehr."

Ein wenig schuldbewusst zog Rindl seinen Kopf ein, während Esterl fortfuhr: „Er wird alle Mittel einsetzen, um das Ganze zu vertuschen. Dazu hilft ihm sein Geld und dazu helfen ihm seine sicher noch besten Beziehungen zum Geheimdienst und zur Politik. Die lassen einen alten Kameraden, der im Kalten Krieg einen Verräter „beseitigt" hat, nicht hängen. Die werden mauern, und da hilft uns auch der Pepi Holub nichts gegen die Mauer. Außerdem wird der Vlček versuchen, uns mundtot zu machen."

„Glaubst, dass er das schaffen kann?", meldete sich Anke.

„Ich glaub gar nichts, aber ich befürchte alles. Der Vlček ist ein schlauer Fuchs ..." „... Wolf", verbesserte Anke, „wenn, dann Wolf."

„Also: der Vlček ist ein gerissener Wolf, der hat so einen Einfluss, auch bei uns, der kann es sogar schaffen, dass unsere Sonderkommission aufgelöst und der Fall an irgendwelche übergeordnete Bundesstellen übertragen wird. Herauskommen tut dann natürlich nichts mehr als eine stille Beerdigung."

„Eine Beerdigung der Mumie?", fragte Anke nach. „Habt Ihr eigentlich schon überlegt, wo die Mumien beerdigt werden?"

Max wollte gerade antworten, dass dies nicht sein Bier sei, als die Bedienung mit ihren über den Teller-rand hinausbordenden Schnitzeln kam. Das Gespräch verstummte sofort und jeder am Tisch hatte nur noch das wunderbar aussehende Essen im Blick.

Dass sie seit einiger Zeit von zwei Augenpaaren beobachtet wurden, fiel den dreien, die sich mit gro-ßem Vergnügen über die Schnitzel hermachten, natür-lich nicht auf.

Drei Halbe Bier später seufzten die beiden Alten behaglich „es gibt nix bessers wia ebbs guats" und „pack ma's dann schö langsam". Der Tag war lang und ereignisreich gewesen. Nur die Junge hatte noch

Energie: „Ich glaub, ich bleib noch a wenig und setz mich da an die Dhege auf´n Absagger. So eine gemüdliche Gneibe. Ich mag das gern, die Leut a wenig beobachten, die Admosphäre in mich reinziehen und vielleicht noch a bissl ratschen.“

Den beiden Alten war es recht. „Pass fei auf dich auf, wenn du heimgehst“, verabschiedete Max sich augenzwinkernd. Sein Rat wurde mit einem „wir sind doch in Passau und nicht in Dschigago“ schnell beiseite gewischt.

Die zwei Männer am übernächsten Tisch, die den Aufbruch der beiden Alten beobachteten, sahen sich an und nickten sich stumm lächelnd zu. Besser konnte sich die Situation nicht entwickeln. Der Chef würde zufrieden sein mit ihnen.

Eine Stunde und zwei Longdrinks später hatte Anke das Gefühl, dass sie genug Atmosphäre getankt hatte. Genug Alkohol auch: Das Bier zum Essen und die zwei Drinks, besoffen war sie noch nicht, aber ein wenig Wirkung spürte sie doch.

Als sie ihren Mantel vom Garderobehaken nahm, spürte Anke einen unangenehmen Knoblauchgeruch, der von hinten kam. Gleichzeitig hatte ihr jemand den Mantel aus der Hand genommen und „bittä schän“ gesagt. Anke drehte sich um und sah in das lächelnde Gesicht eines Mannes, der ihr offenbar nur in den Mantel helfen wollte. Irgendwie allerdings fand die Fränkin diese Höflichkeitsgeste hier völlig deplatziert. Und dann auch noch der Knoblauchgestank!

Anke war froh, als die Wirtshaustür hinter ihr ins Schloss fiel und sie in die frische Dezembernacht hinaustrat. Es roch nach Schnee. Sie hörte, wie die Tür abermals zufiel, drehte sich aber nicht mehr um, sondern machte sich entschlossenen Schrittes auf den Weg zu ihrem Hotel. Das Geräusch ihrer Absätze hallte in den nächtlichen Gassen der Stadt Passau.

Hörte sie da ein Echo? Anke blieb nicht stehen.

Irgendwie hatte sie in den letzten Wochen doch ein wenig das Flair einer Stadt vermisst, also wollte sie das jetzt genießen, bevor sie wieder zurück musste in den Wald, den Bayerischen. Der Domplatz war fast menschenleer, als Anke ihn querte. Die weiße Fassade des Doms war hell beleuchtet. Vielleicht fand sich morgen noch Zeit, da reinzuschauen, ein wenig Kultur konnte nie schaden.

Wo war noch der Zugang zur Stiege gewesen, die runter vom Residenzplatz zum Inn führte? Auf dem Herweg, vor ein paar Stunden, hatte alles ein wenig anders ausgeschaut und ihr Smartphone den Weg gewiesen, jetzt war sich Anke auf einmal unsicher.

Ah, hier! Anke glaubte, sich erinnern zu können. Diese schmale Gasse hinein, dann die Stiege hinunter.

Anke hörte schon wieder Schritte, Schritte, die nicht ihre eigenen waren. Anke hatte plötzlich ein ungutes Gefühl. Die Stiege zum Inn runter schien ihr nicht besonders hell beleuchtet, sollte sie nicht umdrehen und wieder Richtung Dom gehen, dort war es bestimmt sicherer. Aber wenn ihr jemand folgte, dann lief sie ihrem Verfolger direkt in die Hände. Anke zwang sich, ruhig zu bleiben. „Passau ist nicht Chicago", hatte sie vor einer guten Stunde gesagt. Die Assistentin setzte ihren Weg nach unten fort und merkte nicht, wie sie ständig ein wenig schneller wurde.

Jetzt, jetzt hörte sie wieder Schritte hinter sich. Ganz deutlich. Diese verdammte Stiege nahm kein Ende. Noch eine Kehre, dann wieder eine kurze Gerade, genau hier war auch noch die Beleuchtung ausgefallen und Anke stolperte im Halbdunkel nach unten. Die Schritte kamen näher, Anke wollte schreien, aber sie war wie gelähmt. Dann bemerkte sie einen fürchterlichen Knoblauchschnaufer und spürte, wie sich eine Hand, die in einem Handschuh steckte, um ihren Nacken schlang und eine zweite Hand ein Tuch an ihren Mund hielt.

„Nicht Chicago", war der letzte Gedanke von Anke, bevor sie ihr Bewusstsein verlor.

Kapitel 25: Anke im Beichtstuhl

Ludwig Rindl und Max Esterl baggerten auf ihre Frühstücksteller, was das Zeug hielt. Besonders der Abteilungsleiter häufte immer wieder noch ein Schäuferl drauf: Prager Schinken mit Rührei, Wildlachs, Krabbencocktail, Südtiroler Bauernspeck, alles fand Platz auf Ludwig Rindls Teller. Dazu kamen noch etliche Partysemmerl und zwei Brezen, die er in seine Jackentasche steckte. Nachdem die beiden ihre, wie sie fanden, total überteuerten Übernachtungen im „Victoria" bezahlt hatten, wollten sie vom Preis wenigstens einiges „runteressen". „Typisch Waldler", hätte Anke wohl gesagt. Wo war die eigentlich, die Anke?

„Wird wohl ein bissl spät geworden sein, heut Nacht", zwinkerte Max seinem Schulfreund mit den Augen zu und fügte etwas gönnerhaft an: „Naja, wir waren auch mal jung."

„Aber wir waren pünktlich, Max. Wir haben durchgemacht, aber wir waren da am nächsten Tag. Weißt du noch, wie wir am Faschingsdienstag einmal einen Verweis bekommen haben, weil wir von einem Faschingsball direkt in die Schule gekommen sind? Maskiert!"

Ludwig Rindl wischte sich die Mayonnaise vom Krabbencocktail aus der Krawatte. Die beiden schenkten sich noch eine Tasse Kaffee ein.

„Kruminale, jetzt dürft´s schön langsam daherkommen, wir wollen ja nicht ewig dableiben und frühstücken."

Aber Anke kam nicht. Die beiden wurden unruhig. Max versuchte, Anke auf ihrem Handy zu erreichen. Nach einiger Zeit meldete sich die Mailbox. Weitere zehn Minuten später beschlossen sie, ihre junge Kollegin aufzuwecken. Niemand antwortete auf ihr Klopfen an der Zimmertür und ihre Rufe. Äußerst besorgt eilten die beiden zur Rezeption und ließen sich Ankes Zimmer aufsperren. Der Raum war leer, das Bett unbenutzt, Ankes kleiner Rollkoffer stand neben der Badezimmertür.

Die Kriminaler überlegten. Polizei? Die würden sie auslachen, glaubte Rindl. „Hat sich halt von einem Studenten aufreißen lassen", würden sie zu hören kriegen.

Doch Max Esterl bestand darauf, zur Polizei zu fahren. Während die beiden Polizisten voller unguter Gefühle Richtung Polizeiinspektion fuhren, probierte Max es nochmals mit dem Handy. Wieder die Mailbox: „Der Teilnehmer ist im Moment nicht erreichbar."

Dieser Anruf jedoch hatte Folgen: Der Mesner des Passauer Doms drehte gerade seine erste Runde im zu diesem Zeitpunkt noch menschenleeren Kirchenschiff. Die Frühmesse war gelesen, Besucher waren um diese Zeit noch keine da, die nächste halbe Stunde gehörte ihm. Er liebte diese meditative Stille in dem noch halbfinsteren, riesigen Kirchenraum. Andächtig hörte der Mesner in sich hinein und genoss die Ruhe, die sich in ihm ausbreitete. Aber etwas störte. Ein Geräusch ganz am anderen Ende des Kirchenschiffs, irgendwo in der Nähe des Ausgangs. Ein Geräusch, das überhaupt nicht in diese weihevolle Umgebung passte.

Der Dommesner hatte die Töne eines Smartphones gehört und eilte jetzt so schnell es seine Würde erlaubte, nach hinten.

Da, aus dem Beichtstuhl! Jetzt hatte es zwar aufgehört, aber der Mesner hätte seinen Kopf verwettet, dass da etwas nicht stimmte. Er eilte auf den Beichtstuhl zu, dessen Tür einen leichten Spalt geöffnet war. Dem Mesner war sofort klar, dass da etwas faul war, so früh um diese Zeit saß noch keiner der hohen Domherren im Beichtstuhl. Vorsichtig öffnete der Mesner die Beichtstuhltür ein wenig weiter, da fuhr ihm ein Schreck gewaltig in die Glieder: Aus dem Beichtstuhl rumpelte ihm ein Körper entgegen, genauer gesagt der

Körper einer Frau, die dort drinnen gelegen hatte und nun, den Oberkörper sonderbar verrenkt, halb in der Tür eingeklemmt war.

„Eine Tote!?", war der erste Gedanke des Domangestellten, als er sich jedoch ein Herz gefasst hatte, näher herangegangen war und gemerkt hatte, dass die Leiche atmete, korrigierte er sich: Eine besoffene Frau oder gar eine Drogensüchtige! In seinem Dom!

Der Mesner nestelte sein Diensthandy aus der Tasche und rief mit zittrigen Händen die Polizei.

***

Max Esterl und Ludwig Rindl betraten die Passauer Polizeistation. Der diensthabende Beamte grüßte, deutete entschuldigend auf sein Diensttelefon, das gerade in diesem Moment zu klingeln begonnen hatte und nahm den Anruf entgegen.

„Was haben Sie? Im Dom? In einem Beichtstuhl? Eine junge Frau gefunden? Bewusstlos. Drogen?" Ludwig Rindl, der das Gespräch genauestens mitbekommen hatte, zückte seinen Dienstausweis, zeigte ihn dem Polizisten, der telefonierte und bedeutete diesem, dass er das Telefongespräch übernehmen wolle. Der Passauer Kollege reagierte richtig:

„Moment, ich übergebe an einen Kollegen."

„Polizeihauptkommissar Rindl."

„Ja, hier spricht der Dommesner, ich habe das Ihrem Kollegen grad schon erzählt, ich hab in einem Beichtstuhl hier im Dom gerade vorhin eine ohnmächtige Frau gefunden, hab gleich bei Ihnen angerufen, die

Rettung hab ich auch schon verständigt. Sowas, jetzt schlafens ihre Drogenrausch schon im Beichtstuhl aus."

Rindl unterbrach den Mesner: „Wie schaut sie denn aus, die junge Frau? Könnens die kurz schildern? So ... Haare, Kleidung, Schuhe?"

Nach kurzer Zeit schon nickte Ludwig Rindl.

„Verletzt ist sie nicht?"

Als Rindl den Kopf in Richtung seines Freundes und Kollegen schüttelte, atmete auch der erleichtert auf.

„Wir kommen sofort, in zwei Minuten sind wir da."

Zu dem diensthabenden Polizisten sagte Rindl: „Das ist eine Kollegin von uns. Kannst mich und den Kollegen Esterl hier mitfahren lassen, ausrücken müsst ihr ja sowieso."

Der Einsatzwagen der Passauer Polizei erreichte den Dom fast gleichzeitig mit dem Sanka. Die zwei einheimischen und die zwei Zwieseler Polizisten entstiegen dem Dienstauto und gingen auf das Hauptportal des Domes zu, wobei es die zwei Alten wesentlich eiliger hatten als ihre jungen, unbeteiligten Kollegen. Der gewaltige Innenraum des Domes war auch zu dieser Zeit noch halbdunkel und still. Außer dem Mesner, der sie aufgeregt zu einem Beichtstuhl links neben einem der prunkvollen, silberglänzenden Seitenaltäre winkte, war keine Person anwesend.

Der Dommesner deutete auf den Beichtstuhl, dessen eine Tür halb geöffnet war.

„Da drinn hab ich sie gefunden. Der Herr General-vikar hat grad seine Frühmesse beendet, alle Besucher hatten den Dom schon verlassen und ich bin, nachdem ich alles aufgeräumt hatte, von der Sakristei in den Kir-chenraum. Diese Zeit liebe ich: Wenn noch kein Besu-cher da ist, dann gehört mir mein Dom ganz alleine. Im Sommer, da kommen die ersten Touristen schon vor dem Frühstück, aber jetzt im Winter ...“

Während der Mesner weiter erzählte, hatte Max sich über Anke gebeugt. Sie atmete. Gottseidank! Und sie schien auch keine äußeren Verletzungen zu haben. Zusammengesunken lag sie da in dem engen Sünder-kammerl. Wann hatte er zuletzt einen Beichtstuhl von innen gesehen, überlegte Max, verscheuchte aber die-sen blödsinnigen Gedanken sofort.

Als sich der Notarzt der Anke annahm, setzte der Mesner seinen Bericht fort: „Ich hätt sie ja gar nicht gesehen, die Tür war ja fast zu. Aber im Beichtstuhl hat ein Handy geklingelt. Der Domkapitular, der norma-lerweise in dem Beichtstuhl hier sitzt, der hat aber gar kein Handy. Und um diese Zeit sitzt er auch gar nicht, frühestens am Nachmittag.“ Der Mesner zeigte auf ein Schild mit den Beichtzeiten.

„So bin ich stutzig geworden. Und dann hab ich sie gefunden. Und die hat nichts mit Drogen zu tun, mei-nen Sie?“

Der Gedanke, dass sein Dom von Junkies entweiht worden war, schien den Mann zu peinigen.

„Nein", beruhigte ihn Max Esterl. „Aber nochmals: Gesehen ham´S nichts? Wie lange war der Dom gestern Abend offen?"

„Um acht hamma zugsperrt, wie immer im Winter."

„Heut früh, während der Frühmesse, gab es da eine Gelegenheit, unsere Kollegin hier äh abzulegen?"

„Kann ich mir kaum vorstellen. Das wäre aufgefallen. Auch wenn die meisten Frühmessbesucher schon ziemlich betagt und schwerhörig sind. Der Generalvikar und ich sind noch jung, kaum Mitte fünfzig, wir hätten sicher was bemerkt. Nein, das muss später gewesen sein, nach der Messe. Die Gläubigen sind schon gegangen, der Zelebrant und ich waren in der Sakristei, er ist durch die Sakristeitür nach draußen und ich hab einiges zusammengeräumt und hergerichtet und bin dann noch rein in den Dom. In dieser Viertelstunde muss das passiert sein, ich kann mir´s nicht anders erklären."

Die Leute von der Rettung waren dabei, die immer noch bewusstlose Anke auf eine Trage zu packen. Ludwig und Max fragten den Notarzt, ob er schon etwas sagen könne. „Was Genaueres noch nicht", war dessen Antwort, „aber Lebensgefahr besteht wohl keine. Sie atmet ruhig, ihr Kreislauf ist stabil, ich würde sagen, sie hat irgendeine größere Dosis von einer Droge oder einem Medikament verabreicht bekommen. Nachdem es sich, wie wir mitgekriegt haben, um eine Kollegin von Ihnen handelt, nehmen wir an, sie hat diese Droge nicht freiwillig genommen, oder? Wir fahren sie ins Klinikum, um sie zu beobachten. Dort können wir auch analysieren, was ihr da gegeben wurde. Bis Mittag wissen wir mehr."

Inzwischen hatten die Rettungssanitäter die Trage hinausgefahren und der Notarzt beeilte sich, ihnen hinterherzukommen. Die beiden Zwieseler bedankten sich beim Mesner und wandten sich ihren Passauer Kollegen zu:

„Ihr brauchts wahrscheinlich was für euer Protokoll. Nehmts uns wieder mit zur Inspektion, dann erledigen wir das, dort haben wir ja auch unser Auto stehen", sagte Ludwig und Max ergänzte: „Bis Mittag wird's dauern, bis die im Klinikum was wissen. Da haben wir ja noch Zeit. Vielleicht ist denen im Wirtshaus gestern Abend etwas aufgefallen, die Wirtin macht den Eindruck, als ob sie alles im Griff hat."

„Da hast recht, Max, also auf in die Inspektion und dann ins „Kreuzweis"."

Die Wirtin konnte sich schon an Anke erinnern, auch daran, dass sie einen oder zwei Absacker getrunken hatte.

„Die ist allein gegangen, da bin ich mir ziemlich sicher. Andere Gäste sind mir nicht besonders aufgefallen. Halt! Zwei Männer haben etwa gleichzeitig das „Kreuzweis" verlassen. Die wären mir nicht aufgefallen, die waren irgendwie so, so neutral. Aber der eine hat ganz unverschämt nach Knoblauch gestunken, dass die Sigi, unsere neue Bedienung, zu mir gesagt hat, dass sie einen Bogen um den Tisch macht, an dem die beiden sitzen. Beim Abkassieren hat´s dann die Luft anghalten, die Sigi. Aber ob die zwei etwas mit eurer

Bekannten zu tun haben? Das weiß ich nicht. Beschreiben könnt ich sie auch nicht. So Durchschnitt halt. Bis auf den Knoblauchgstank vom Einen. Den hat er sich bei uns nicht angfressn, den hat er sicher schon mitbracht."

Max Esterl und Ludwig Rindl bedauerten, dass sie beide im „Victoria" so deftig gefrühstückt hatten, so ein Schnitzerl wie gestern hätte ihnen, auf den Schreck hin, schon gut getan. So aber bedankten sie sich bei der Wirtin für die Auskunft und machten sich auf den Weg ins Klinikum.

Anke Brandt setzte sich in ihrem Bett auf, als ihre zwei Chefs das Krankenzimmer betraten. Sie war noch etwas blass, aber man merkte ihr an, dass das Schlimmste bereits überstanden war. Immer wieder den Kopf schüttelnd berichtete sie von ihrem gestrigen Heimweg, der so überraschend im Beichtstuhl geendet hatte. Nichts wusste sie mehr, so sehr sie sich auch das Hirn zermarterte, nur einen schrecklichen Knoblauchgeruch hatte Anke gespeichert. Immerhin eine kleine Spur. Auch die Wirtin des „Kreuzweis" hatte ja davon gesprochen.

„Ein Inhaladionsanäsdedigum hams mir verabreicht, die Schweine, den genauen Namen des Medikaments, den mir der Doktor gesagt hat, weiß ich nicht mehr, mein Hirn ist noch a wenig düdelü und ich könnt dauernd kotzen. Aber sonst bin ich in Ordnung, die haben mich untersucht hier in der Klinik. Keine Gewalt, keine Verletzung, auch kein", Anke senkte die Augen, „kein

Sexualdelikt. Warum ham die das getan? Was wollten die?"

„Das war eine Warnung. Eine Warnung an uns sollte das sein. Lasst die Finger von dem Mumienfall, sollte das heißen. Wir haben viele Möglichkeiten euch zu kriegen, sollte das heißen. Anke, wenn´S aussteigen wollen, müssen Sie es sagen, das wär keine Schande. Unsere Truppe hat sowieso nur noch ein Existenzrecht bis kurz nach Weihnachten, dann hören Sie halt Ende Dezember auf."

„Respekt Ludwig Rindl", dachte Max Esterl bei sich. Das hätte er selber auch nicht besser formulieren können.

„Respekt Anke Brandt!", dachte Max Esterl eine halbe Minute später bei sich. Anke hatte dem Ludwig eine Antwort gegeben, die er auch wieder nicht besser formulieren hätte können.

„Niemals werd ich aufgeben", hatte sie gesagt. „Wegen so einer Sache lass ich mich nicht ins Bockshorn jagen. Jetzt erst recht!"

So endete die Dienstfahrt nach Passau. Anke hatte sich auf eigene Gefahr aus der Klinik entlassen und die drei fuhren schweigsam heim in den Bayerischen Wald. Als sie Zwiesel erreichten, war es schon finster und leichter Schneefall hatte eingesetzt. Während sie den menschenleeren Stadtplatz hinauffuhren, meldete sich Anke mit zittriger Stimme:

„Nächste Woche ist Weihnachten. Und meine Eltern sind auf den Seychellen." Max Esterl drehte sich zur Assistentin um, die auf dem Rücksitz saß. Er sah, dass ihr Tränen übers Gesicht liefen. So leicht, wie sie tat würde die Fränkin doch nicht über das Trauma der Entführung hinwegkommen.

„Es bleibt dabei, Anke, du feierst mit uns."

Kapitel 26: Das Vermächtnis von Maritsch

Die Woche vor Weihnachten wollten die Esterln ruhig angehen. Eva, die Deutsch- und Geschichtslehrerin, wollte die ersten Ergebnisse ihres P-Seminars auswerten und mit ihrem Mann, dem lokalen Experten, besprechen, Anna wollte Plätzerlbacken, Plätzerlbacken und nochmals Plätzerlbacken, ihr Aufenthalt in Kanada hatte offenbar eine Sehnsucht nach den Traditionen ihrer alten Heimat wachsen lassen, Anke wollte die Ereignisse der letzten Wochen sauber auflisten und zu Protokoll bringen und Max schließlich wollte seine Ruhe haben, Abstand vom Mumienfall gewinnen und trotzdem noch ein wenig darüber nachspekulieren. Dass sie Ende Januar einen weitgehend ungelösten Fall „zurückgeben" mussten, das nagte an Max. Um eine Verlängerung des Vertrags beim Polizeipräsidenten zu bitten, dazu war er allerdings zu stolz. So wartete der Ex-Kommissar auf den ersten richtigen Schnee, schaute hin und da in die zwei Zwieseler Buchhandlungen, um ein Geschenk für Eva zu suchen, konnte sich aber nicht entscheiden, probierte zu Annas Freude ständig von ihren Plätzerlkreationen, nahm zu und war unzufrieden.

Seine Stimmung verschlechterte sich nochmals, als Anke sich von ihrer Dienststelle aus meldete und Max bat, ihren Onkel im Polizeipräsidium anzurufen. Als Max sie fragte, um was es ginge, tat die Assistentin geheimnisvoll. Kruminale! Dass der Polizeipräsident ihn nicht anrufen ließ, um sich mit ihm gegenseitig ein frohes Fest zu wünschen, das war Max klar. Ergebnisse wollte er sehen. Und die hatten sie nur im Fall der Nazimumie geliefert. Der andere Fall, der mit der Tschechenmumie, war irgendwie festgefahren. Max aber hatte nicht vor, sich zu rechtfertigen. Während seiner aktiven Zeit in München hatten sie manchmal Monate gebraucht, um einen besonders komplizierten Fall zu lösen.

Der Präsident meldete sich direkt, Anke hatte natürlich seine Durchwahlnummer parat gehabt, und er ließ Max gar nicht zu Wort kommen. Keine Vorwürfe, keine Anschuldigungen, anscheinend hatte Anke bei ihrem Onkel die Situation schon ins rechte Licht gerückt:

„Ihr seid ja ein ganz gutes Team, hab ich gehört. Das hab ich meiner Nichte schon am Anfang gesagt, von euch kann sie was lernen. Der eine Fall ist ganz gelöst, was will man mehr, und der andere, der Ostblockfall, da seid ihr ja auch schon weit gekommen. Das mit der Österreicherin, das hat mir meine Nichte erzählt, das war ja geradezu genial, dass ihr die ausgegraben habt, davon hätte natürlich keiner, keiner von den jungen Kollegen etwas gewusst. Also, ich will mich kurz fassen, nicht gschimpft ist ja sowieso gelobt genug, mit euch Alten kann man ja anders reden, ihr seid nicht solche Sensibelchen, die man dauernd aufbauen muss.

Kurze Rede, langer Sinn, haha: Ich hab mich entschlossen, eure Verträge nochmals um ein Vierteljahr, also bis Ende März, zu verlängern. Durch die Entführung eurer Assistentin, der Brandt Anke, hat der Fall an Dringlichkeit gewonnen: So etwas kann sich die Bayerische Polizei nicht bieten lassen. Ermittelt weiter! Wenn ihr in unserem östlichen Nachbarland nicht vorankommt, dann sagt es mir. Ich hab da natürlich auch recht gute Verbindungen rüber. Nach ganz oben!

So, und jetzt wünsch ich ein Frohes Fest und ruhige Feiertage. Auf Wiederhören."

„Kruminale!", wunderte sich Max Esterl und er empfand die Nachricht fast wie ein verfrühtes Weihnachtsgeschenk. Dass der Präsident gar nicht gefragt hatte, ob er, Max Esterl, denn überhaupt verlängern wollte, das störte den Ex-Kommissar überhaupt nicht. Jetzt hatten sie, die Sonderermittler, wieder genügend Zeit, ihren Fall doch noch zu lösen.

***

Zwei Tage vor dem Fest erwartete den Ex-Kommissar eine weitere Überraschung. Max Esterl hatte eben einen schönen Christbaum bei einem Freund in Bärnzell geholt, und außerdem einen Renkerlen Gselchtes, der ihm über die Feiertage helfen sollte, auch unerwartete Besuche abzufüttern. Als er seine Haustür aufsperren wollte, fuhr das Postauto in die Einfahrt seines Hauses, der Postbote ließ das Seitenfenster herunter und reichte Max einen großen Packen Post. Weihnachtspost. Ein wenig überrascht war Max, als der Postangestellte ihm eines jener modernen schwarzen

Unterschriftenkasterl und einen Stift entgegenhielt: „Ein Einschreiben hamma heit. Aus Esterreich."

Ein Einschreiben aus Österreich: Das war nichts Alltägliches. Max Esterl legte das Packerl Weihnachtskarten und –briefe neben das Geräucherte auf den Küchentisch. Die konnten warten. Er holte sein scharfes französisches Opinelmesser, mit dem er eigentlich das Geselchte anschneiden wollte, aus der Hosentasche und öffnete das Großkuvert, dessen Absender das Weingut Ludwig Gruber aus Mittelberg bei Langenlois war. Dass die Grubern ihre Weihnachtsgrüße neuerdings per Einschreiben verschickten, kam dem Ex-Kommissar seltsam vor. In dem Kuvert befanden sich ein Begleitschreiben und ein weiterer, kleinerer Umschlag. Max Esterl las:

„Lieber Max,

leider müssen wir euch eine traurige Nachricht überbringen. Die Maria Stickl ist vorige Woche verstorben. Sie hatte sich im Spätherbst eine Lungenentzündung zugezogen, von der sie sich nicht mehr erholt hat. Der Fichtl, bei dem sie in einem Häuschen in der Kellergasse gehaust hat, hat sie tot gefunden, als er nachgeschaut hat. In ihrem Nachlass, der hauptsächlich aus ein paar Plastiksackerl mit abgetragenem Gwand bestand, hat der Fichtl aber auch ein Foto gefunden. Ein Passbild, das für euch interessant sein könnte. Ihr habt doch nach einem Tschechen gesucht. Vielleicht ist er das.

Frohes Fest euch allen Dreien

Familie Gruber"

Aufgeregt öffnete Max das kleinere Kuvert und schüttelte ein Passfoto heraus. Er nestelte ein Tempotaschentuch aus seiner Hosentasche, mit dem er das Foto gegen die Tischlampe hielt.

Kein Zweifel: Das Passfoto war zwar etwas angeschlagen, aber es zeigte eindeutig Sykora. Als jungen Mann, so wie Ludwig Rindl und er ihn gekannt hatten. Auf der Rückseite glaubte Max sogar einen mit inzwischen schon verblasster Tinte geschriebenen Namen zu erkennen: „Lukaš".

Max Esterl freute sich über dieses zweite verfrühte Weihnachtsgeschenk wie ein kleines Kind. Sofort setzte er sich ins Auto und fuhr zu ihrer „Dienststelle" in der Frauenauer Straße, wo Anke gerade mit Schreibarbeiten beschäftigt war. Abwesend grüßte sie Max. Sie wirkte abgespannt und sah kaum zu ihrem Kollegen auf. Offenbar hatte sie ihr Trauma noch nicht ganz überwunden.

Max legte den Briefumschlag aus Österreich auf Ankes Schreibtisch und forderte sie auf: „Lies!"

Während Anke die Zeilen durchlas, änderte sich ihre Mimik: Ein Lächeln überflog ihr Gesicht, sie blickte Max jetzt offen an: „Das ist ja was. Das muss sofort zur Analyse. Fingerabdrücke oder DNA! Vielleicht finden wir beides. Und dann haben wir ihn, den Gnaben."

Anke hatte sich sofort das Telefon geschnappt und rief bei den Technikerkollegen im Präsidium an. Trotz einer fränkischen Charmeoffensive gelang es ihr nicht, die Techniker von der Dringlichkeit ihres Anliegens zu überzeugen.

Vor Weihnachten, so stellte sich zur Enttäuschung der beiden Sonderkommissionsmitglieder heraus, würden sie kein Ergebnis kriegen. Anke legte den Hörer auf.

„Die Feiertache sind denen doch heilich, da geht nix. Naja, dann pack ich auch zamm. Morgen geh ich shoppen in Zwiesel. Mir schenkt doch keiner was zu Weihnachten. Da muss ich selber für mich sorgen. Aber außer Glas kann man bei euch in Zwiesel nix Gscheits mehr kaufen. Am Stadtplatz dodlts gewaltig und sonst gibt´s nur Subermärkte. Max, kannst du mir was empfehlen? Wo krieg ich denn a schöns Glas für mich als Gschenk?"

„Da hast Recht, Anke, außer schönem Glas und gutem Essen kriegst am Zwieseler Stadtplatz fast nichts mehr. Aber zum Glaskaufen kann ich dir einige hervorragende Adressen nennen, nicht nur die großen Fabriken, wie der Schott, produzieren schönes Glas. Geh nach Theresienthal: Du wirst fasziniert sein, was die handwerklich noch alles drauf haben. Fahr zum Eisch oder zum Poschinger nach Frauenau oder schau dich bei den Kleineren um: Schmid, Achatz, Straub, Hirtreiter, Metzger, Weber, Paukner, Wudy ...

Da brauchst du allein drei Wochen, wenn du nur die in der näheren Umgebung abgrasen willst."

Kapitel 27: Stille Nacht

Den Heiligen Abend feierte man im Hause Esterl nach alter Tradition. Max hatte unter vielen Flüchen den Tannenbaum in den dafür vorgesehenen Ständer gekeilt, Eva hatte immer wieder moniert, dass der Baum schief stehe, einmal in diese, dann in die andere Richtung. Nach einer Viertelstunde verlor der Hausherr die Geduld, legte sein Werkzeug zur Seite und knurrte: „Typisch deutsch: Christbaumaufstellen mit der Wasserwaage. So wie er ist, so bleibt er. Mir ist er grad gnua. Kruminale!"

Dann, während die Frauen den Baum dekorierten, war Max mit Freunden zum Eisstockschießen gegangen. Schon seit Max nach seiner Pensionierung von München nach Zwiesel zurückgezogen war, hatte er sein Hobby aus der Jugendzeit wieder aufgenommen und Anschluss an eine Freizeitgruppe gefunden, die das Eisstockschießen nicht so ernst nahm wie die Profis. Leider hatten die Freunde schon seit Jahren an Weihnachten kein Natureis mehr vorgefunden. Der Klimawandel! So musste eine Asphaltbahn herhalten.

Getroffen hatte Max heute nicht viel, drei Euro hatte er verloren, aber er war an der frischen Luft gewesen und hatte die Zeit bis zur Bescherung gut überbrückt. Als Max heim kam, sah er, dass Toni Ašnbrenr schon da war. Sein Škoda mit der tschechischen Nummer stand auf der Straße vor dem Haus der Esterln.

Der Heilige Abend war ganz nach der Esterlschen Familientradition verlaufen, erst gab es von Max persönlich gebrutzelte Bratwürste und Geschwollene zum

Abendessen, dann begab man sich ins Wohnzimmer, wo der geschmückte Baum im Kerzenlicht strahlte, danach trug der Hausherr das Weihnachtsevangelium vor, alle, auch Toni, sangen „Stille Nacht" und schließlich war Bescherung: Für jeden lag mindestens ein Packerl unter dem Baum, auch für Anke, die nicht nur ihr eigenes, sondern auch ein Geschenk der Familie Esterl auspacken konnte. Jedes Geschenk wurde kommentiert. Die vom Klostermann Verein erst kürzlich herausgegebene Biografie des Schriftstellervaters „Dr. Med. Josef Klostermann" von Max an Eva. Eva hatte für Max eine P-Seminararbeit schön verpackt. „Zwiesel in den letzten Kriegstagen", lautete der Titel. Toni hatte den Esterln die wunderbare Böhmische Hirtenmesse von Jan Jakob Ryba geschenkt, die Esterln überreichten der Anke Glasschmuck von der Magdalena Paukner, Anna bekam ein Bayerisch-Böhmisches Kochbuch und Toni schließlich ein Kisterl Wein vom Gruber. Für jeden war etwas dabei.

Die Zeit nach dem Mettengang nutzten die fünf dann noch zum Ratschen. Was Antonin Ašnbrenr von der Entwicklung auf der böhmischen Seite zu berichten hatte, war schon sehr interessant. Die Pläne Viktor Vlčeks für einen Center-Park nahmen immer mehr Gestalt an.

„Stellt eich sichs vor, unser Ministrpräsident hat seit einiger Zeit neie Richtung. In Zeitung stäht, Präsident hot gsogt, dass Naturschutz in Nationalpark Šumava is Vrbrächn von grine Fanatiker, wägen Borkenkefr und so. Und darum will Präsident erlauben alles in Nationalpark Šumava: Sogar Centerpark und Aquapark.

Wenn so weitergäht, haben wir bald Krokodile in Tei-felssää und Eisbären auf Lakaberg. Das is wirkliches Vrbrächn. Abr fir Vlček is gut. Kann seinen Park bauen in Hurka, mitten in Nationalpark Šumava. Mit Skilift. Vielleicht sogar mit Golfplatz."

„Wenn nicht wir ihm einen Strich durch die Rech-nung machen", ließ Anke sich vernehmen. „Sagen dür-fen wir ja noch nichts, aber vielleicht hat der Vlček bald was Größeres an der Backe. Dann denkt er nicht mehr an einen Centerpark, dann muss er seinen Arsch ret-ten."

„Ja, vielleicht", stimmte Max Esterl zu, „aber bevor wir nicht die Analysen haben, können wir da wirklich gar nichts sagen."

***

Die Feiertage verliefen ruhig, Max Esterl verbrachte die meiste Zeit damit, die P-Seminararbeit zu lesen, die einige ganz interessante Geschehnisse aus den letzten Kriegstagen zu Tage förderte. Max fand dort die Auf-zeichnungen eines SSlers, der aus dem Krieg in seine Heimatstadt Zwiesel zurückgekehrt war und hier von den Amerikanern für mehrere Wochen im Mädchen-schulhaus arretiert wurde. Das bestätigte für Max Esterl nochmals die Glaubwürdigkeit der drei Solda-ten, die die erste Mumie hinterlassen hatten.

Eine andere Geschichte war die von der Witwe des Professor Huber, des Mannes, der die treibende Kraft hinter der „Weißen Rose" mit den Geschwistern Scholl gewesen und mit ihnen von den Nazis hingerichtet worden war. Diese Frau hatte mit ihren Kindern in Zwiesel, in der tiefsten Provinz bei der Steiml Linerl, einer Volkssängerin und Gastwirtin Unterschlupf gesucht, weil sie in München von den Nazis erbarmungslos drangsaliert worden war.

Und immer wieder fand Max Esterl auch Zeugnisse darüber, wie rasant sich die alten Nazis auch in Zwiesel gewendet hatten, wie einige von ihnen sich sogar als geheime Widerstandskämpfer dargestellt hatten. Wie schnell sich die Dinge doch wiederholt hatten und wie raffiniert die ehemaligen Parteigenossen die Archive von belastendem Material gesäubert hatten. Gut vier Jahrzehnte später hatte es mit der Auflösung des Ostblocks erneut eine ähnliche Konstellation gegeben. Und erneut waren viele der Drahtzieher ungeschoren davongekommen, hatten sich ein neues Mäntelchen übergezogen, manche, wie der Vlček, hatten sogar Top-Karrieren gemacht.

Max ekelte sich. Wenigstens dem Vlček sollten sie einen Riegel vorschieben. Aber dazu musste die Untersuchung des Sykora-Fotos Ergebnisse liefern. Anke und Max waren gespannt. Und diese Spannung hielt die ganzen Feiertage an.

Schon am Vormittag des ersten Arbeitstages nach Weihnachten rief Anke bei der Technikabteilung an. Natürlich hatten die Techniker dort erst mit den Untersuchungen begonnen. „Übermorgen", hatte Anke als Auskunft bekommen. „Wenn alles gut geht, haben wir übermorgen die Ergebnisse. Und wir melden uns dann bei euch."

Also noch einmal warten.

Kapitel 28: Wolfsfalle

Als Max Esterl zwei Tage später das Büro der Sonderkommission betrat, sah er an den Gesichtern von Anke und Ludwig, dass die Nachrichten von der Technik gut waren.

„Jetzt wird es enger für das Wölfchen", sagte Ludwig Rindl mit grimmigem Blick. „Wir haben einen genetischen und einen Tatzenabdruck von ihm." Dass der Chef heute zu solchen Bildern fähig war, zeigte, wie gut er eigentlich aufgelegt war. Das Passbild von Sykora war tatsächlich ergiebig gewesen. „Jetzt müssen wir nur noch die genetischen und die Fingerabdrücke von Vlček nehmen und dann haben wir ihn!", frohlockte Anke.

Max Esterl blickte skeptisch: „Dann haben wir ihn noch lange nicht. Dann haben wir nämlich lediglich den Beweis, dass Vlček und Sykora identisch sind, den Mord haben wir ihm noch nicht nachgewiesen. Die Spionagetätigkeit damals, die wird den Vlček nicht groß belasten. Er ist dann zwar nicht mehr der Saubermann, als den er sich gerne darstellt, aber strafbar ist da im Nachhinein nichts mehr außer dem Mord. Und die tschechischen Behörden werden nichts tun, um uns die Daten zu liefern. Der Pepi sagt auch, dass nicht einmal er da herankommt. Der Geheimdienstabwehrpanzer ist zu dicht."

„Wir müssten selbst an die Fingerabdrücke und die DNA von Vlček herankommen, aber wie?", sinnierte Rindl.

„Diese Chance haben wir nicht mehr nach unserem Gastspiel in Passau", schüttelte Max den Kopf. „Wenn du ein wenig diplomatischer gewesen wärst, Kruminale, dann ..."

„Diplomatischer, diplomatischer!" Innerhalb von einer Sekunde hatte Ludwig Rindls Kopf tiefrote Farbe angenommen. „Noch besser hätten wir ihn packen sollen, den Vlček, Diplomatie ist bei dem fehl am Platz, Härte muss man zeigen, aber sowas kennt halt ihr feinen Münchner Kriminalistenpinkel nicht."

Wieder einmal standen die beiden Streithähne Gesicht an Gesicht, wieder einmal musste das Küken Anke dazwischen gehen:

„Also ich glaub das bringt gar nichts, wenn ihr euch die ganze Zeit zankt. Besser wär´s, ihr würdet nach Lösungen suchen: Wie kommen wir an die Tatzenabdrücke des Wolfes? Das ist für mich die Frage."

Die beiden Alten steckten ihre Köpfe ein, brummten noch ein wenig vor sich hin und spekulierten. Wie kam man jetzt noch an den Vlček heran? Der war abgeschottet durch seine Leibwächter und durch die alten Seilschaften des Geheimdienstes. Keine Chance.

„Der Pepi Holub muss da helfen, Kruminale!" Max Esterl hatte das ausgesprochen, was auch die beiden anderen Kommissionsmitglieder dachten. „Wenn die Tschechen damit nicht herausrücken, dann holen wir uns eben die Abdrücke auf eine andere Weise."

„Aber wie?"

„Der Pepi wird´s schon richten. Kruminale!"

Interessanterweise war Pepi Holub, als Max ihn anrief, schon über das Kidnapping informiert. Auch er war der Meinung, dass diese Aktion eine Warnung gewesen sei.

„Vlček glaubt, er kann alles machen. Wenn gäht macht mit Geld, Bestechung, Korrupce, wenn nicht gäht, dann stechen seine Leite wirklich zu: Erst mit Spritze, wie bei Anke vielleicht, wenn sein muss auch mit Messr."

„Pepi, du bist der Einzige, der uns helfen kann: Wie kommen wir an Vlčeks DNA heran?" Max Esterl informierte seinen tschechischen Freund über den Nachlass der Maritsch.

„Ihr habt DNA von Sykora? Das ist gut! Dobrosch! Dann machen wir Falle für Vlček. Kennst du Vlčí Jámy, Maxe? Ist klein Ort in Šumava bei Lenora. Auf Deutsch hat geheißen Wolfsgruben. Wir bauen Wolfsgruben für Viktor Vlček, klein Wolf. Vlčí Jámy. Und weiß auch schon wie und wo." Man hörte der Stimme des Tschechen direkt an, welche Genugtuung es ihm bereitete, endlich an Vlček ranzukommen.

Die Lösung allerdings, die Holub vorschlug, ließ eine kleine Hoffnung, aber auch erhebliche Zweifel in Max Esterl hochkommen.

Kapitel 29: Masopust im Roten Herz

„Ihr in Deutschland feirt doch, wie heißt? No? Wenn alles is Maschkara? Verrickt?" Pepi Holub kratzte sich so heftig am Ohr oder am Kinn, dass sein Freund Max das Geräusch überdeutlich durch das Telefon hören konnte. „Verrickte Zeit? Tak...Karneval? Karneval is Name!"

„Fasching sagn wir", verbesserte Max Esterl seinen Freund, „in Bayern Fasching, im Rheinland Karneval."

„Karneval, Fasching, egal. Bei uns in Tschechien gibt auch: Masopust sagen wirs. Und das ist Idää von mich: In Bordäll Rot Herz, Železná Ruda is jedäs Jahr groß Fasching. Masopust in Bordäll. Alles Maschkara. Groß Buffett, was heißt auf deutsch Puff-eat, Flatrate fir Essän, Trinkän, Schnaksl und sonst noch alläs."

„Da gehst du natürlich hin, Pepi, wie ich dich kenne."

„Ano, Flatrate is immr gut, Maxe, trotzdem schon ibr finfzig bin, kanns noch immr Maximum rausholn, bei Essän, Trinkän und besonders auch bei ..."

„Alter Angeber!", unterbrach Max. „Und was hat das mit unserem Verdächtigen zu tun? Kruminale! Du denkst nur an Fressen, Saufen und Huren, aber wir müssen den Wolf fangen."

Pepi hatte natürlich gemerkt, dass die Empörung in der Stimme vom Max nicht echt war. Ganz süffisant erwiderte er:

„No, is wiedr typisch deitsch. Ihr kennt nur Pflicht, Maxe. Wir m i s s e n den Wolf fangen, sagst du. Ich sag,

---

wir gähn zuerst in Rot Herz zu Fasching und dort haben Flatrate und dort kennen nebenbei fangen Wolf."

„Das kapier ich zwar nicht, aber, Pepi, du wirst mir das schon erklären."

„Natirlich erkler ich, abr nur prsenlich, nicht im Telefon. Komme nach Železná Ruda nechste Tage."

Diesmal kratzte sich Max Esterl am Ohr. Pepis Telefon wurde also immer noch abgehört.

Zwei Tage später trafen sich die beiden Freunde am Grenzbahnhof in Eisenstein, Max war, der Bequemlichkeit halber, mit dem Zug dorthin gefahren. Es dämmerte bereits, als die beiden sich vor dem Grenzbahnhof, genau an der roten Grenzmarkierungslinie trafen.

„Wo gähn wir hin?" Pepi hielt sich heute nicht mit langen Vorreden auf. „Glasmacherstuben", schlug Max Esterl vor, und die beiden machten sich auf den Weg vom Grenzbahnhof in das wenige Meter entfernte Wirtshaus, in dem Max, seit er wieder im Bayerischen Wald daheim war, hin und wieder einkehrte. Schon als sie an den „Kunst(t)räumen" vorbeikamen, einem Haus, in dem regelmäßig interessante Kunstausstellungen gezeigt wurden, zischte Pepi zu Max hinüber:

„Wir werden vrfolgt, dräh nicht um."

Pepi führte Max zum Eingang der Kunst(t)räume und die beiden schauten intensiv die Plakate vor dem Haus an, die die nächste Ausstellung ankündigten, während der Mann, der ihnen gefolgt war, an ihnen vorbei musste. Aus den Augenwinkeln sah Max einen unauffällig aussehenden Mann mit Jeans und Anorak, der hinter ihnen vorbeiging, wobei er sein Tempo verlangsamte, kurz anhielt, dann aber weiterschlenderte.

„"Glasmacherstuben" gäht nicht, Spion kann uns dort heren!"

„Dann Eisenbahnmuseum."

Hundert Meter weiter war das „Bayerische Eisenbahnmuseum", dort, war Max sich sicher, würden sie einen Platz finden, an dem sie ungestört miteinander reden konnten. Die Dame an der Museumskasse machte die beiden darauf aufmerksam, dass das Museum nur noch eine halbe Stunde geöffnet hatte.

„Macht nichts, wir wollen sowieso grad zwei, drei bestimmte Objekte anschauen."

Das Museum interessierte Pepi offenbar wirklich, denn er machte sich ganz begeistert daran, die verschiedenen, dort ausgestellten Uralt-Lokomotiven zu besichtigen. Von ihrem Beschatter war nichts zu sehen. Pepi zog Max mit sich und bestieg mit ihm einen der roten Triebwägen aus den sechziger Jahren, an die Max Esterl sich aus seiner Schulzeit noch gut erinnern konnte. Pepi und Max nahmen Platz auf den durchgesessenen Kunststoffsitzen. Hier konnten sie sich ungeniert unterhalten. Sie würden sehen, wenn jemand einstieg oder sich auch nur näherte.

„Pass auf, Maxe", begann Pepi mit leiser Verschwörerstimme. „Pass auf: Hab schon erzählt, dass Samstag nechste Woche is in Rot Herz groß Ramasuri, Karnevalsball" ... „Faschingsball", verbesserte Max.

„No egal, Faschingsball. Ball in Rot Herz is immer výborné, supr. Bin jedäs Jahr. Immr Maschkara, immr anderäs Thäma. Vorig Jahr war Thäma Zirkus, vor zwei Jahren „Einmal um die ganzä Wält und die Taschen vollr Gäld", wie bei Karel Gott. Dies Jahr Thäma sind alt Remr." Max schaute seinen Freund fragend an: „Remr?"

„No weißt, Remr, wie Cesar und Lägionän und Ave." Bei Max war jetzt das Zehnerl gefallen:

„Verstehe, alles ist als Römer verkleidet, klar. Aber was hat das mit Vlček und mit uns zu tun?"

Max reckte seinen Hals und schaute aus dem Triebwagenfenster. Er glaubte, eine Bewegung gesehen zu haben, einen Schatten. Aber er konnte nichts Verdächtiges entdecken.

„Ich habs neie Information, ganz zuvrlässig, dass Vlček wird wirklich kommen zu Karneval."

„Fasching, Kruminale!", rutschte es Max heraus, und sofort war seine Reaktion ihm peinlich. Ein I-Dipferlscheißer wollte er nicht sein.

„Egal, Hauptsache Vlček kommt, ob zu Karneval oder zu Fasching." Pepi hatte souverän reagiert. „Und da ist Chance. Chance auf Kontakt und auf Fingrabdruck und auf DNA!" Max schaute zweifelnd, worauf Pepi selbstsicher nachlegte: „Und weiß auch wie?"

Was dann kam, war typisch Pepi. Während sein Freund erzählte, schüttelte Max immer wieder den Kopf. Schließlich musste er lachen.

Pepis Plan war eigentlich genial. Allerdings konnte er nur funktionieren, wenn Irmi, die Bordellchefin, mitmachte. Dafür wollte Pepi sorgen.

„Wenn Irmi mitmacht, dann ist ihre Zukunftsvision gestorben. Dann wird sie nie Geschäftsführerin in Vlčeks Centerpark", wandte Max ein.

„Noch schlimmr: Dann ist auch Centerpark gestorben."

„Und warum soll Irmi dann mitmachen?"

„Weil sie uns liebt, Max. Dich und mich. Und weil sie Vlček sowieso nicht traut. Und Irmi hats Recht. Glaubst du, Vlček gibt Irmi Geschäftsfihrung? Nä, nä! Goldener Traum."

Kapitel 30: Götterdämmerung

Am frühen Samstagabend, zwei Wochen vor dem Faschingswochenende, war die Dienststelle der Sonderkommission gegenüber dem Pfarrzentrum in eine Schminkgarderobe umgewandelt worden. Vlček und seine Leibwächter durften natürlich keinen der drei wiedererkennen. Anke erwies sich als versierte Maskenbildnerin, sie schaffte es, aus Ludwig Rindl einen bombastischen, stroboskopische Blitze aussendenden und einen gewaltigen Vollbart vor sich herschiebenden Göttervater Jupiter und aus Max Esterl Bacchus, den rotgesichtigen, dauerbeduselten und rebenbehängten Gott des Weines zu formen. Sie selber verkleidete sich als verführerische Venus. Ihr tief ausgeschnittenes, weißes Faltenkleid betonte ihre Reize ziemlich eindrucksvoll, ihr Kopf dagegen war durch eine dicke Schminkschicht, eine rot-blonde Langhaarperücke und durch einen zarten Schleier so getarnt, dass auch die Röntgenblicke der Leibwächter keine Ähnlichkeit mit der von ihnen entführten Kriminalassistentin entdecken würden.

Während Max Esterl sich durchaus mit seiner Kostümierung als Gott der Trinkfreude anfreunden konnte, brummelte der Chef, dass ihm da sogar noch die Uniform, die grüne, lieber wäre als das „Götterzeigl". Mit Ankes Verkleidung dagegen zeigten sich die beiden sehr einverstanden. Immer wieder forderten sie von der Assistentin „Geh, drah di um", um nicht nur Ankes Venus-Superausschnitt, sondern auch ihren wohlgeformten Venushintern bewundern zu können. Kurz dachte Max noch dran, was denn Ankes Onkel, der Präsident, dazu sagen würde: Seine Nichte als Venus im Puff! Aber die Skrupel des Ex-Kommissars hielten sich in Grenzen. Die Ermittlungen gingen vor. Und außerdem wären ja Ludwig Rindl und er auch noch da, um Übles zu verhindern, Kruminale! Ganz im Gehirnhinterstüberl vom Max regte sich allerdings sein Gewissenswurm. Etwas in ihm flüsterte: „So wie in Passau, da haben wir auch Schlimmeres verhindert."

Eine halbe Stunde später schälten sich drei in warme Mäntel gewickelte Götter aus Ankes Fiat 500, der sich schüchtern ausnahm neben der Armada von protzigen SUVs, eleganten Mercedes-VIP-Schaukeln oder PS-starken Audis und BMWs. Auf einer Wiese unweit des Roten Herzens stand sogar ein Hubschrauber mit Wolfsemblem, der gerade eben gelandet war, dessen Einstiegstüren noch geschlossen waren und dessen

Rotoren noch wie wild pfiffen. Viktor Vlček war also auch gerade angekommen.

Anke und Ludwig mussten ihre Perücken festhalten, sonst wären diese durch die Lüfte gesegelt. Es war nicht schlecht, fand Max, dass sie schon vor Vlček und seinem Gefolge da waren. So fielen sie weniger auf. Gleichzeitig fiel ihm aber ihre Assistentin ein. Mit Anke in diesem Venusaufzug nicht aufzufallen, das war schier unmöglich. Hoffentlich funktionierte Pepis Plan.

Die drei betraten das Rote Herz und wurden von einer orientalisch aussehenden Hetäre in Empfang genommen, die ihnen die Garderobe abnahm und sie weiter ins Innere des „Lusttempels" führte, vorbei an allerlei pseudorömischen Pappmascheeattrappen, die ein wenig Atmosphäre herbeizaubern sollten. Dort begrüßte sie Kleopatra, die ägyptische Königin. Eine Schönheit: Schwarze, strenge Perücke, die den Kopf umrahmte und das klassisch schöne Gesicht ganz schmal erscheinen ließ, die Augenpartie so raffiniert geschminkt, dass man zunächst wie gefesselt nur dorthin schauen konnte.

Kruminale, Irmis Schminktruppe hatte ganze Arbeit geleistet. Und nochmals Kruminale, denn der Rest von Irmi war ebenso apart gestylt wie ihr Gesicht. Ihr zartblaues Pharaoninnenfaltenkleidchen war ein Hauch von nichts, darunter zeichnete sich ein Körper ab, der die nudelige Liz Taylor, die klassische Film-Kleopatra, vor Neid hätte erblassen lassen. Max Esterl war ebenso fasziniert wie seine zwei Begleitpersonen, denen Kleopatra jeweils ein bezauberndes Lächeln, ein „Salve" als Begrüßungswort, eine flüchtige Umarmung, die allerdings bei Max Esterl viel intensiver ausfiel und ein Gläschen Champagner schenkte.

Der ägyptische Sklave, der die Sprudelbrause einschenkte, kam Max irgendwie bekannt vor. Doch erst als der mit Pluderhosen, einem Leibchen über seinem ziemlich fülligen nackten Oberkörper und einem Turban bekleidete Diener mit einem Auge zwinkerte und „Ahoj, Maxe, hab dich kaum erkannt!", flüsterte, war Esterl klar, wer in diesem Kostüm steckte. Irgendwie glaubte der Ex-Kommissar jetzt auch zu erkennen, dass an dem Lederband, das sich, oberhalb der Bauchkugel, quer über Pepis Oberkörper spannte, ein Schulterhalfter befestigt war. Dass Pepi bewaffnet war, beruhigte einerseits. Viel ausrichten würde er allerdings nicht gegen Vlčeks Truppe, die bestimmt in Kohortenstärke im Helikopter saß. Der altgriechische Ausdruck „Helikopter", Drehflügler, passte gut zum Motto des Abends, dachte Max Esterl. Seine abschweifenden Gedanken verflüchtigten sich schnell, als die Viktor Vlček-Truppe ihren Auftritt hatte.

Vier römische Legionäre in voller Armierung mit Helm, Brustpanzer, Schwert und Lanze, gebaut wie die Chippendales, schoben sich durch den Eingang, begleitet von der Empfangshetäre und gefolgt von - wie konnte es auch anders sein? – Caesar alias Viktor, dem Imperator in glänzender römischer Rüstung, die seinen, trotz seines Alters noch immer sportlich fitten, sportstudiogetrimmten Körper gut zur Geltung kommen ließ. Bei diesem Auftritt waren die drei Geheimkriminaler natürlich Nebensache, was ihnen allerdings nur Recht war. Vlček zeigte auch keine Regung, als Kleopatra, nach langer, inniger Umarmung, die Max Esterl sonderbarerweise einen kleinen Stich ins Herz gab, die drei Götter vorstellte. Als Anke-Venus dem Caesar vorgestellt wurde, hielt Max Bacchus den Atem an, weil der Viktor-Caesar mit einem Ausruf des Entzückens auf sie zuging und sie bewundernd aus der Nähe betrachtete. Sein Interesse schien aber zu Maxens Erleichterung eher den Kurven der Venus als deren Identität zu gelten.

„Uff, wieder eine Hürde genommen."

Irmi rief eine ihrer Angestellten, eine hübsche kleine Nymphe, herbei und schaffte ihr an, die neu Hinzugekommenen „hinüber" zu begleiten. Max war überrascht, dass sie wieder aus dem eigentlichen Bordellgebäude hinaus in einen beheizten und mit römischen Ornamenten dekorierten roh gezimmerten Gang geführt wurden, der offenbar im Untergeschoß des benachbarten Hotels endete. Das Hotel, so wusste Max, hatte seine besten und sicher auch zweitbesten Tage schon hinter sich, aber der Hallenbad- und Saunabereich, in dem sie jetzt standen, war noch einigermaßen in Ordnung, und die Palmen-Dekoration kaschierte Etliches. Römische Bäder waren hier eingerichtet, eine Bar mit oben-ohne-Bedienung, alles war phantasievoll dekoriert und es sah zunächst noch eher nach Wellness- als nach Bordellbetrieb aus. Allerdings waren die Gäste, die sich im Schwimmbecken aalten oder auf antik aussehenden Liegen breit machten, ziemlich nackert, wie Max feststellen musste. Badehosen oder –anzüge hatte er keine gesehen. In einem großen Whirlpool, der neben dem Schwimmbecken stand, ging es, wie Max bemerkte, schon recht flott zur Sache. Ganz genau konnte Max es im sprudeligen Wasser nicht erkennen, aber nach der Anzahl der Gläser, die er am Beckenrand zählte, mussten sich mehrere Personen weiblichen und männlichen Geschlechts im Pool befinden. Das Wasser brodelte auf alle Fälle nicht nur wegen der Whirldüsen.

„Hoffentlich ist die Schminke, die Anke uns aufgelegt hat, wasserfest", war der erste Gedanke von Max. Er selber hatte zwar gar nicht vor, diesen Test zu machen, wenn Anke reinsprang, wollte er allerdings dabei sein, um auf sie aufzupassen.

Ein wenig aber genierte Max sich nun vor sich selber. Ob er auf seine alten Tage noch zum Voyeur wurde? Egal, jetzt war nicht die Zeit, sich solche Gedanken zu machen, jetzt musste er beobachten und, wenn es notwendig war, handeln. Unschlüssig darüber, was sie tun sollten, setzten sich die drei an die neben den Badebecken aufgebaute Palmenbar mit der oben-ohne-Bedienung und orderten drei ganz und gar unrömische Caipirinhas. Während Max an seinem Getränk schlürfte, ließ er sich den Plan, den ihnen Pepi damals vorgeschlagen hatte, noch einmal durch den Kopf gehen.

Der Plan, den sich Pepi ausgedacht hatte um an Vlčeks DNA zu kommen, war genial, da konnte eigentlich nicht viel schiefgehen: Durch Irmi hatte der treue Kunde des Roten Herzen und Oberst der Tschechischen Polizei Pepi Holub erfahren, dass der Ex-Spion, nunmehrige Milliardär und seit zwei Jahren ebenfalls treue Bordellkunde Viktor Vlček seit der ersten Aids-Welle panische Infektionsangst hatte.

Ohne Kondom ging nichts. Vlček, so hatte Pepi seinen deutschen Freunden zu ihrem Staunen erzählt, hatte sogar seine Hausmarke, eigens für ihn maßgefertigte Präservative, die nur in beschränkter Stückzahl, nur für ihn produziert wurden. VV-de Luxe, gewissermaßen. Max erinnerte sich daran, dass er im Scherz gesagt hatte, für ihn, Pepi, wäre da sicher die doppelte Produktion nötig und Pepi etwas traurig „Zeiten sind vorbei, Maxe, nur noch zwei Mal pro Woche", geantwortet hatte.

Pepis Plan sah vor, dass Vlček sich von Irmi verführen ließ, das VV-Privatkondom „aktivierte" und dort seine DNA in Spermaform hinterließ. Die Verführung schien nicht besonders schwierig, die letzten zwei Jahre hatte der Milliardär immer auf Irmi gestanden, wenn er zu Besuch im Roten Herz war. Irmi war eben eine Spitzenkraft.

Irmis Aufgabe war es, nach ihrem erfolgreichen Job einen Knoten in das Gummiding zu machen, es unauffällig verschwinden zu lassen und bei den deutschen Kollegen von Pepi abzugeben. Diese wiederum sollten das Kondom, das inzwischen ein Beweismittelbehälter war, sichern, über die Grenze bringen, den Inhalt testen und mit der DNA des Spions Sykora vergleichen lassen. Das alles konnte mittlerweile innerhalb von 24 Stunden durchgeführt werden. Nicht ganz sicher waren sich Pepi und seine Kollegen allerdings darüber, ob das Sperma wegen seiner nicht auf legalem Weg erfolgten Beschaffung überhaupt als Beweismittel gelten würde.

Pepi hatte letzten Endes die Entscheidung herbeigeführt:

„Wenn wir nicht kommen an DNA auf offiziäll Wäg, dann missen nähmen ander Wäg. Gäht nur so!"

Der Auftritt von Caesar und seiner Kohorte riss Max Esterl aus seinen Gedanken. Der lorbeerbekränzte Caesar-Vlček steuerte direkt auf die Palmenbar zu, begrüßte die auf Barhockern sitzende kleine Götterschar mit einem knappen „Salve" ließ sich einen Cuba Libre servieren und steuerte zur Überraschung der drei, ohne Bacchus und den großen Jupiter eines Blickes zu würdigen, mit offenen Armen direkt auf Venus zu, prostete ihr zu, nahm sie bei den Händen, schaute ihr tief in die Augen und vor allem aufs Dekollete und drückte ihr Küsse auf die linke wie die rechte Wange. Man konnte deutlich sehen: Der Caesar war hier der Imperator. Auch wenn Jupiter anwesend war.

Max wurde schnell klar, was sich da abspielte, aber er musste gute Miene zum bösen Spiel machen und durfte froh sein, dass Vlček offensichtlich keinen von ihnen erkannte. Oder hatte er sie erkannt und spielte jetzt Katz und Maus mit ihnen? Max wurde heiß unter seiner Perücke.

Da Viktor Caesar Vlček offenbar dachte, die schöne Venus gehöre zum Hetärenpersonal, begrüßte er sie auf tschechisch, Max verstand nur „Ahoj" und „jak se máš?", aber Venus verstand noch weniger und antwortete auf deutsch.

Das war wiederum für Caesar eine Überraschung. Ukrainisch oder russisch hätte er hier erwartet oder rumänisch. Er wechselte sofort ins Deutsche und man hörte ihm sein Erstaunen an, als er fragte, wie eine Deutsche in ein tschechisches Rotlicht-Etablissement komme. Mit einer Deutschen, so sagte Viktor, habe er schon lange nichts mehr gehabt. „Wie heißt du und was machst du hier in tschechisch Bordäll?"

„Hoffentlich hat Anke eine Erklärung." Max selber wäre in dem Moment nichts eingefallen, aber Venus zeigte sich schlagfertig und parierte diese Attacke locker:

„Ich bin die Venus", flötete Anke. „Weißt du, ich bin halt eine enge Freundin von der Irmi, und heut hab ich sie besucht, weil sie mir von diesem geilen Fasching vorgeschwärmt hat."

Das Wort „geil" hätte Venus nicht in den Mund nehmen sollen. Caesar lachte anzüglich, rückte der Venus, die sowieso schon mit dem Rücken zum Bartresen stand, noch enger auf die Pelle und gurrte: „Ja, eine geile Veranstaltung, und ich bin auch geil, geil auf dich, meine Göttin ..."

Max mochte nicht mehr hinhören. Das warf ihre ganzen Pläne durcheinander. An das, was mit Anke passieren konnte, wenn sie mit Vlček ...! Kruminale! Max Esterl mochte gar nicht daran denken. Ihre Verantwortung gegenüber dem Polizeidirektor-Onkel! Eine bayerische Polizistin als Mata Hari in einem tschechischen Puff!!

Caesar baggerte weiter, seine linke Hand umfasste das Cocktailglas, seine rechte das Knie von Venus. Max Esterl beobachtete mit zunehmendem Entsetzen, dass des Imperators Hand inzwischen schon auf Ankes Oberschenkel gelandet war. Nur noch zwanzig, nur noch zehn Zentimeter bis zur Venus. Was sollte er tun? Den ganzen Plan sprengen? Anke diesem römisch-böhmischen Lüstling preisgeben?

Bacchus begann zu schwitzen. Aus den Augenwinkeln beobachtete er, wie Caesar immer dreister wurde. Venus hatte das getan, was man ihr in der Mythologie von jeher zugeschrieben hatte: Sie, die Göttin der Liebe, hatte einem Menschenwesen vollkommen den Kopf verdreht. „Falsche Berufswahl, auch Göttinnen haben´s nicht immer leicht", dachte Bacchus in einem Anfall von Zynismus, der hier völlig fehl am Platz war, saugte verzweifelt an seinem Caipi und beobachtete, ohne eingreifen zu können, welches Drama sich da gerade neben ihm anbahnte.

Für kurze Zeit ließ Caesar allerdings von Venus ab, um für sich noch einen Cuba Libre bei der oben-ohne-Dame zu ordern. Das war sein Fehler, denn diese Zeit nutzte die Göttin. Blitzschnell wandte sie sich zu Bacchus um, der immer noch neben ihr an der Bar lehnte, strich ihm mit der einen Hand durchs Haar, ihre andere Hand glitt unter der weiten, weißen Toga, in die Bacchus gekleidet war, auf seinen Rücken und krallte sich am Saum der Badehose fest, die Max Esterl unter seiner Maskerade trug. Ihre Lippen presste sie auf seine, sodass Max fast keine Luft mehr bekam. Er spürte ihre Brüste, roch ihr dezentes Parfüm und erwiderte ihren

Kuss, schlang ebenfalls einen Arm um Venus, in der anderen Hand hielt er noch das Caipi-Glas.

Caesar war natürlich völlig außer sich als er sich umdrehte und seine Traumfrau, mit der er in Gedanken wohl schon im Bett gewesen war, in den Händen eines anderen sah, eines wamperten Säufergottes.

„Kurva!" Einem Caesar etwas wegzunehmen, das er sich einbildete, war wohl in der Antike schon nicht leicht gewesen. Die Reaktion von Vlček, der in diesem Fall nicht der Viktor sondern der Loser war, fiel auch dementsprechend aus.

Viktor schrie auf tschechisch herum, bis ihm die Zornadern fast platzten, seine Leibwächterkohorte wusste nicht recht, was zu tun war, nahm aber sicherheitshalber Drohhaltung gegenüber den drei Gottheiten ein. Die wiederum lehnten ziemlich verdattert da, Bacchus hatte noch immer seinen Arm um Venus geschlungen, Jupiter stand hinter ihnen und schaute verständnislos auf die Szene. Er war in den letzten Minuten so auf die oben-ohne-Bardame fixiert gewesen, dass er das Eifersuchtsdrama gar nicht mitbekommen hatte.

Viktor, der Verlierer, steigerte sich nochmals in eine Zornessuada hinein und gestikulierte, das Longdrinkglas noch immer in seiner Hand, so heftig auf Bacchus hin, dass der Gott des Weines die Hälfte des Cuba Libre auf seine Toga bekam. Gerade als Caesar wirklich auf Bacchus losgehen wollte passierte etwas völlig Unvorhergesehenes, etwas, das den drei Gottheiten, den eigentlich Unsterblichen, vielleicht sogar das Leben rettete.

Der Imperator hatte in seinem unbändigen Zorn übermenschliche Kräfte entwickelt, beide Fäuste geballt-und vergessen, dass er in der einen, der linken, noch das Cuba Libre-Glas hielt. Das Glas, keines aus Zwiesel, hielt natürlich dem imperialen Druck nicht stand, zerbrach und verletzte Viktor Vlček dermaßen schlimm an der Schlagader, dass sein Blut ziemlich rumspritzte. Die Schlägergarde blickte verdutzt und blieb untätig, Samariterdienste gehörten offenbar nicht zu ihren Aufgaben, die drei Götter taten das, was Götter seit jeher tun, wenn man sie wirklich braucht, sie schauten dumm. Nur die oben-ohne-Dame hatte den Ernst der Lage sofort begriffen: Sie eilte mit zwei, drei Geschirrtüchern hinter der Theke hervor und presste eines davon auf die Wunde, um die Blutung zu stillen. Als das erste Tuch völlig durchblutet war, legte sie ein frisches drauf. „Irmi", befahl sie. „Irmi holen und Sanitätszeug!" Und zu Caesar sagte sie „hinlegen und ruhig!"

Es dauerte keine Minute, bis Irmi kam, ihren ägyptischen Sklaven mit dem Verbandskasten im Schlepptau. Während die oben-ohne-Dame zur Krankenschwester mutierte und fachmännisch einen Druckverband anlegte, wandte sich der Sklave dezent an die drei Götter und deutete ihnen an, dass sie verschwinden sollten. „Schnäll, bevor Vlček wieder richtig zu sich kommt und euch umbringen mechte. Kann fir nix mehr garantieren!"

Die drei Götter machten sich also auf den Rückzug, in der Eile ließen sie sogar ihre Mäntel zurück und froren fürchterlich auf dem Weg zum Auto, und dann noch schlimmer im Auto selber, das in den eineinhalb Stunden ihres Aufenthalts natürlich total ausgekühlt war.

Anke startete den Motor und drehte den Heizungsknopf auf volle Stärke. Alle drei zitterten wie espernes Laub, Anke konnte kaum das Lenkrad halten. Nichts Göttliches war mehr an ihnen, nur der Göttervater, der schleuderte Blitze, sehr bairisch gefärbte Blitze:

„Scheiße, das war gar nichts, so eine Stümperidee vom Pepi und wir machen uns zum Trottel. Die Bayerische Polizei macht sich wegen nichts und wieder nichts zum Deppen. Nicht einmal unsere Mäntel haben wir gerettet und jetzt sitzen wir halbnackt in dieser Cinquecento-Scheißkarre und die Heizung geht nicht und gefüllten Pariser haben wir auch keinen."

Max konnte seinem Freund nicht widersprechen, weil dieser ja Recht hatte.

Anke aber, die ihren Fiat mit Vollgas durch die stockfinstere böhmische Nacht in Richtung Bayern jagte, meldete sich zu Wort:

„Derf i auch was sachen?"

„Wenn´s sein muss!", herrschte Jupiter sie unfreundlich an.

„Also zwei Sachen möchte ich klarstellen.

Erstens: Max, entschuldige, dass ich dich an der Bar so überfallen und quasi sexuell belästigt habe. Es wird nicht wieder vorkommen."

„Schade", dachte Max, sagte aber: „Passt scho, Anke, is nicht anders gegangen, eh klar."

„Zweitens", fuhr die Assistentin fort, „wer sagt denn, dass wir nichts erreicht haben? Herr Rindl, schauen´S mal neben sich auf den Rücksitz. Da is a Düdla, eine Tüte, da is was drin. Langens aber nicht nei, denn das ist ein Beweisstück, das uns die DNA vom Vlček verschafft. Genauso gut wie Sperma is das Blut vom Vlček, das auf dem Geschirrdüchl in dem Düdla glebd. Gell, da schaut Ihr!"

Die Heimfahrt der drei Götter hatte sich vom Trauermarsch zum Triumphzug entwickelt.

„Pam pam, papapapampampam, papapapa papam dadaramdmadam ...", Max Esterl und Anke sangen ständig den Triumphmarsch aus der Aida und Ludwig Rindl schlug den Takt dazu auf seinen nackten Jupiteroberschenkeln.

Sogar die Heizung des Fiat blies jetzt.

„Heut hädd ich Lusd, die DNA noch a bissl zu feiern, kommt Ihr mit?"

„In dem Aufzug? Da geh ich nirgends hin", grantelte Ludwig Rindl. „Außerdem hat um die Zeit in Zwiesel kein Lokal mehr offen. Jetzt ist es halb zwei."

„Ich wüsst schon eins. Fahren wir beim Bräustüberl vorbei, das könnte noch offen haben, wenn dort noch Licht brennt, dann bekommen wir auch noch ein Bier."

Als die Götter den Zwieseler Stadtplatz hinuntergondelten, wirkte dieser so tot wie der Hades. Auch in der Angerstraße regte sich nichts. Aber Max hatte Recht gehabt. Die Leuchtreklame des Bräustüberls verkündete Gutes. Jiří, der tschechische Kellner war gerade dabei, das menschenleere Stüberl aufzuräumen.

„Ein Bier gäht noch!", beschied er den Gottheiten, die „Cervisia für alle!" verlangt hatten.

Kapitel 31: Da war noch was!?

Obwohl die Analyse des Blutes ein eindeutiges Ergebnis gebracht hatte, unternahmen die tschechischen Behörden wieder nichts. Mehr Beweise müssten her, bedeutete man dem Staatsanwalt, der ein Auslieferungsverfahren beantragt hatte. Die DNA-Analyse beweise lediglich, dass Vlček identisch mit Sykora sei. Dass er mit der Mumie zu tun habe, sei dagegen bloße Vermutung.

Nochmals nahm Max Kontakte zur Spusi in Straubing auf, jetzt, wo die DNA von Vlček bekannt und mit der von Sykora identisch war. Der Spurenheini musste sowieso nach Zwiesel und traf sich dort mit den Sonderermittlern. Er beteuerte, dass sie damals am Tatort alles untersucht hatten. Klar, der Stuhl, auf dem Kolař saß, stammte vom Lokal „Nepomuk". Aber keine Hinweise auf Sykora.

„Jedoch, eines ist uns damals aufgefallen, ich erinnere mich genau. Da war eine Stelle zwischen dem SSler und dem Kolař seinem Stuhl. Da war etwas gelegen. Man konnte das sehr gut an der dort fehlenden Staubschicht erkennen. Etwas Rundes muss dort gelegen haben, die Fotos hab ich dabei. Wir haben damals gerätselt. Hat da vielleicht einer von den Bauarbeitern etwas mitgehen lassen? Könnte das vielleicht der fehlende Beweis sein? Das ist unsere letzte Chance. Findet das runde Ding." Der Spurensicherer zeigte die Bilder.

Max bekam einen Hustenanfall. „Kümmert euch darum", wiederholte der Spusi-Kollege eindringlich, „das ist der Strohhalm, an den wir uns klammern können!" Abermals wurde Max Esterl von heftigem Husten geschüttelt. Kruminale!!

Als der Spusi-Mensch sich mit einem „Servus, macht´s es guat", verabschiedet hatte und die anderen beiden nach Hause gehen wollten, sagte Max Esterl, mit hochrotem Kopf und vom Husten heiserer Stimme: „Bleibt´s da, ich muss was gestehen."

Der Alt-Kriminaler rückte langsam und stockend mit seinem Geständnis heraus. Er beichtete, dass er schon vor der Polizei am Tatort gewesen war und dass er damals leichtsinnig den Helm mitgehen hatte lassen.

Rindl tobte: „Esterl, dir hams ins Hirn einegschissn. Du bist ja noch dümmer wie ein Pfund Salz! Das ist ein dienstliches Vergehen: Unterschlagung von Beweismitteln. Dafür wird es einen Dienstverweis geben, das garantier ich dir."

„Dienstverweis? Da lach ich doch nur. So einen hab ich in meiner ganzen aktiven Zeit nicht bekommen und so einen wirst auch du mir nicht geben. Wer glaubst du denn, wer du bist, du aufgeblasener Landpolizist. Parkplatzsünder aufschreiben, das kannst du. Radfahrer bestrafen, weil sie ohne Licht fahren, das kannst du auch, das hast du immer schon gekonnt: Paragraphenreiten! Kruminale! Ich scheiß auf deinen Dienstverweis!" Diesmal lief Ludwig Rindls Kopf rot an. Der

Sonderermittlungskommissionschef suchte nach Worten.

„Es, es geht ja nicht nur um das Dienstliche, noch schlimmer ist die menschliche Enttäuschung. Du, du hast vor uns schon von den Mumien gewusst. Und hast nichts gesagt? Hast so getan, als hättest du den Tatort noch nie gesehen. Du falscher Hund! So warst du schon in unserer Schulzeit, Max Esterl: Ein ganz Scheinheiliger bist du gewesen! Ich erinnere mich genau, wie unser Lehrer Großkopf damals..."

Schon lagen die zwei wieder im erbittertsten Streit. Zur Überraschung der beiden fing ihre junge Assistentin plötzlich zu lachen an. Die Kontrahenten schwiegen, Anke dagegen lachte sich fast zu Tode. „Ich möchte jetzt auch mal was sagen!", unterbrach sie, immer noch glucksend, mit Tränen in den Augen, die zwei Streithansln. „Ihr seid beide gleich kindisch. Du, Max mit dem Stahlhelmklau." Max steckte den Kopf ein. Das Gleiche hatte ihm Eva auch schon vorgeworfen.

„Und Sie, Herr Rindl, sind auch nicht anders. Was soll ein Dienstlicher Verweis bei Max? Der ist doch eigentlich schon nicht mehr im Dienst. Und wenn man´s genau betrachtet, war es trotzdem er, der den Fall gelöst hat. Der Max soll den Helm holen, dann wird der untersucht. Wenn nichts gefunden wird, dann ist es sowieso egal, und wenn wirklich was gefunden wird, dann könnt ihr immer noch streiten. Besser aber wär´s, Max, wenn du dir jetzt schon überlegen würdest, was du später vor Gericht aussagst, wenn gefragt wird, warum der Helm erst so spät aufgetaucht ist."

Mit gesenktem Kopf hatte Esterl sich diese Predigt angehört.

Mit den Worten „wenn jemand Recht hat, dann akzeptier ich das ja eh. Dann geh ich halt den Helm suchen", und einem bösen Seitenblick auf seinen Ex-Schulfreund verabschiedete der Nebenerwerbs-Kriminaler sich von seinem Team.

Kapitel 32: Stahlhelmsuche

„Holst du Holz aus dem Schuppen, zum Einheizen, Max? Aber heut ist es doch gar nicht so kalt."

Eva hatte bemerkt, dass ihr Gatte sich seinen alten Anorak übergezogen hatte, den er nur noch daheim tragen durfte. Max, dem die Flatterhaftigkeit der Mode wurscht war, hätte den Anorak überall hin angezogen, aber Eva erlaubte ihrem Mann das Tragen nur bis zur Grundstücksgrenze.

„Nein, ich such was. Nicht so wichtig." Max wollte eine weitere Diskussion wegen des saublöden Stahlhelms vermeiden, die mit Rindl hatte ihm für´s erste gereicht.

Wo hatte er den Stahlhelm hingetan? War er denn schon so trottelig, dass er nach wenigen Monaten sich an nichts mehr erinnern konnte? Kruminale! Hier an diesen Nagel hatte er ihn doch gehängt. Aber, hatte er ihn dann nicht an eine andere Stelle gegeben, weil die hier zu auffällig war? Max kam sich vor, wie ein Kind beim Ostereiersuchen. Nur dass niemand „kalt" oder

„heiß" rief. Der verfluchte Helm! Wie hatte er nur so deppert sein können, den Helm mitgehen zu lassen! Nochmals Kruminale. Oberkruminale! Max stellte die ganze Schupfe auf den Kopf. Nach einer halben Stunde kam er, furchtbar fuchtig, wieder zurück in die Stube und fluchte gewaltig.

„Was ist denn heut mit dir los, Max, eine Laune hast du, dass man sich vor dir fürchten könnt."

„Wenn ich den scheiß Helm nicht finde, seit einer halben Stunde such ich schon nach ihm. Kruminale!"

„D e n Helm? Den SS-Helm?"

„Ja, natürlich. Den brauchen wir doch noch als Beweisstück. Da raus hab ich ihn gelegt, dezent versteckt, wie du damals von mir verlangt hast. Und jetzt find ich ihn nicht mehr, so gut hab ich ihn offenbar versteckt. Eine halbe Stunde such ich ihn schon. Alles Mögliche hab ich gefunden. Den Autoschlüssel von unserem alten Wagen, meine gute Brille, die ich vorigen Sommer angebaut hatte, aber den Helm, den find ich nicht. Wieder ein Fall für den Heiligen Antonius, den Schlamperltoni."

„Den beschäftigst du ja in der letzten Zeit öfter als dem Antonius lieb sein wird", bemerkte Eva schnippisch, um dann besänftigend hinzuzufügen: „Aber, Max, ich kann dich beruhigen. So weit ist es noch nicht mit deiner Demenz. Und gleichzeitig muss ich mich entschuldigen. Deinen Helm hab ich."

Als Max die Kinnlade herunterfiel, schickte seine Frau nach: „In der Schule."

Esterls Zornesbarometer begann wieder zu steigen. „Da hört ja der Käse zu stinken auf. Erst schimpft mich die gnä Frau als Militariafetischisten aus, weil ich das Stück mitgehen habe lassen und dann nimmt sie es selber in die Schule mit. Ohne mich zu fragen! Kruminale!"

„Beruhige dich, Max. Ich entschuldige mich ja bei dir. Morgen hast du dein Beweisstück wieder zurück. Allerdings ..." Eva zögerte.

„Allerdings?"

„Allerdings mit einigen Fingerabdrücken vom Pluskurs Geschichte dran. Einschließlich meiner. Tut mir leid, Max."

Zum Glück hatte Eva keinem ihrer Schüler gestattet, den Helm aufzusetzen, weil sie vermeiden wollte, dass einer von ihnen ein Angeberselfie schoss und damit den Kurs in Verruf brachte.

Zwei Tage später, es war ein Freitag mitten in der Fastenzeit und Max freute sich schon auf den Apfelstrudel, den Eva heute in ihren zwei Freistunden machen wollte, zwei Tage später schon kam der telefonische Bericht der Spurensicherung, den der Spusi-Chef persönlich erstattete:

„Außen kannst vergessen, Max. Lauter Abdrücke neuesten Datums, keine registriert." Das hätte Max auch gewundert. Verbrecher in Evas P-Seminar!

„Aber innen! Die meisten Haare sind echte Arierhaare vom Hansen, dem SSler. Aber dann kommt es! Ganz interessant. Frauenhaare. Da hat der stramme SS-Mann ein deutsches Mädel als Gspusi gehabt und die hat auch mal Krieg spielen und den Helm aufsetzen dürfen." Max wurde schön langsam ungeduldig. Die Liebeleien der SS interessierten ihn nicht.

Aber dann kam es. Der Spusi-Witzbold imitierte die Stimme Adolf Hitlers: „Zwei Haarö haben wirr gefundön, die nicht aarrischen Ursprrungs warön. Zwei slawische Haarö. Zwei Haarö, die von einem gewissen ..."

„... Sykora stammen?!!", ergänzte Max Esterl begeistert.

„Bingo! Und ich kann mir das nur so erklären, dass euer Sykora die Mumienkammer schon früher entdeckt und den mumifizierten SSler bereits vor dem Mord an Kolař gefunden hat. Damals hat er sich wohl aus Gaudi den Helm aufgesetzt. Das war für ihn als Tschechen vielleicht ein sonderbares Gefühl mit dem Helm. Heute hätte er wahrscheinlich ein Selfie davon gemacht. Gesagt hat er niemandem etwas von seinem Fund, die Mumienkammer konnte er vielleicht später für seine Zwecke brauchen. Und so war es dann auch."

„Danke, Adolf! Dafür lad ich dich zum Essen ein, sogar vegetarisch, wenn es sein muss. Ich könnt dich abbusseln, jetzt haben wir ihn ..."

Für die Sonderkommission galt es nun, trotz der mittlerweile klaren Beweislage zu überlegen, wie sie an den tschechischen Milliardär herankommen konnten. Am besten wäre es, wenn Vlček wieder einmal in Deutschland wäre, dann mussten sie sich nicht auf die tschechischen Kollegen verlassen. Rindl, das merkten Anke und Max, wollte außerdem die Lorbeeren der Verhaftung einheimsen. So gut kannte auch die Assistentin ihren Chef mittlerweile. Vlček würde bestimmt irgendwann in den nächsten Wochen kommen, um den Baufortschritt an seinem neuen Hotel in Passau zu kontrollieren. Das Hotel war eines seiner Lieblingsobjekte, hatte Max Esterl durch Bekannte aus Passau erfahren. Fast jede Woche stand der schwarze Hubschrauber mit dem Wolfsemblem im Park hinter dem Hotel, wo man einen kleinen Landeplatz errichtet hatte.

Irgendwann. Man musste herausbekommen, wann das nächste Irgendwann stattfand. Dann konnte man reagieren.

Kapitel 33: Wellness im Wolfsbau

Bevor die drei Sonderermittler noch so richtig zu recherchieren beginnen konnten, wann Viktor Vlček das nächste Mal nach Deutschland kommen würde, kam ihnen der Zufall zu Hilfe.

Max Esterl und Anke Brandt hatten beschlossen, Irmi vom Roten Herz anzurufen, um sich zu erkundigen, wie die Faschingsfeier nach ihrem überstürzten Aufbruch zu Ende gegangen war. Sie wollten vor allem wissen, ob der Vlček sie irgendwie erkannt und damit Lunte gerochen hatte. Wölfe hatten eine sehr gute Witterung.

Irmi konnte ihren Freund und dessen junge Kollegin, die mithören durfte, beruhigen: „Nichts hat er gspannt. Er hat nur fürchterlich über die deutsche

Tussi geschimpft, die doch gleich sagen hätte können, dass sie mit dem alten Sack liiert ist." An dieser Stelle lachte Irmi laut und irgendwie dreckig. „Damit warst du gemeint, Maxl!"

„Jetzt geht's ihm endgültig an den Kragen, dem Wolf", ereiferte sich Max Esterl. „Beamtenbeleidigung ist so ziemlich das schwerste Verbrechen, das ein Mensch in Deutschland begehen kann. Jetzt ist er fällig. Kruminale!"

„Er hat uns also nicht erkannt?"

„Sicher nicht. Nachdem seine Hand gut versorgt war, hat er weitergefeiert bis in die Früh. Das Wolfssperma hätt ich euch später noch liefern können. Der hat keinen Verdacht geschöpft. Sonst hätte er mich ja auch nicht eingeladen."

„Eingeladen?"

„Ja, in sein neues Hotel in Passau. Ein Wellnesswochenende möchte er mit mir dort verbringen und gleichzeitig Verhandlungen mit mir führen. Der Vlček könnte sich nicht nur vorstellen, dass ich seinen Centerpark in Hurka leite, jetzt möchte er, dass ich mich ins Hotelmanagement einarbeite. In Passau. Im Hotel „Victoria"."

„Boah, Irmi, das sind Perspektiven. Und, steigst Du ein?"

„Ich weiß nicht, Max, ob ich mir das antu. Den Stress, die durchgetaktete Arbeitszeit, die Überstunden."

„Verstehe. Aber du hast doch mal gesagt, dir geht es auch um deine Altersversorgung."

„Erstens Max, was ist, wenn ihr den Vlček überführen könnt? Dann bricht sein Imperium sicher schnell zusammen. Und dann hab ich wieder nichts. Und zweitens: Da hat sich bei mir ein bisschen was geändert in letzter Zeit." Irmi lachte wieder, diesmal aber irgendwie glücklich. „Ein Zahnarzt aus Regensburg, sehr gut gehende Praxis, ist seit einiger Zeit mein Patient. Lieber Kerl. Der steht so auf mich, der möchte mich heiraten. Dann hätt ich ausgesorgt. Dann müsst ich nicht die Wellness verkaufen, sondern könnte sie genießen, Max."

„Kruminale, Irmi, gratuliere."

„Ja, aber, Max, so weit ist es noch nicht. Erst fahr ich am Mittwoch in acht Tagen, da haben wir doch Betriebsurlaub, nach Passau ins Victoria und lasse mir vom Vlček ein Angebot machen. Und Spesen gibt es auch, hat der Vlček gesagt."

„Ein Wellnessweekend, das am Mittwoch beginnt und Kohle bringt. Respekt vorm Dampfschiff!"

Nachdem Max Esterl den Hörer aufgelegt hatte, verharrte er noch einige Zeit in seiner Position. Anke, die das Telefongespräch von ihrem Apparat aus mit wachsendem Interesse verfolgt hatte, fragte vorsichtig: „Darf ich dich stören, Max?"

Der Alte zuckte zusammen, weil er aus seinen Gedanken gerissen wurde.

„Hast ja scho gstört. Was ist?"

„Gell, jetzt geht's dir schlecht. Kommst dir wie ein Verräter vor, weil du die Irmi quasi ausnutzen willst."

„Woher weißt du?"

„Ich seh dir´s doch an. Und ich dät´s genau so machen. Da kannst keine Rücksicht nehmen. Der Vlček gehört verhaft! Dass uns die Irmi den ans Messer geliefert hat, dafür kann sie nichts. Vielleicht ist es auch besser für sie. Ein Job in Vlčeks Management ist bestimmt kein Zuckerlecken. Dann schon lieber den Zahnarzt. Und, Max: ich hätt doch dann im Puff ihre Nachfolgerin werden sollen. Kannst dich noch erinnern?"

Max zog die Augenbrauen hoch und nickte.

„Seit der Faschingsfeier hab ich genug vom Bordellbetrieb. Ich sag auch: „Augen auf bei der Berufswahl! Und jetzt packen wir den Vlček!"

„Auf nach Passau!"

Kapitel 34: Der Einsatz

Die Verhaftung des Viktor Vlček sollte am Freitagnachmittag stattfinden. Soviel Zeit brauchte Ludwig Rindl, der natürlich der Leiter der Vorbereitungen war. In Wirklichkeit aber, so hatte es Max Esterl der Assistentin verraten, war am Donnerstag wieder Schießabend beim Schützenverein, in dem Rindl der Vorstand war. Sein „heiliger Abend".

Ludwig Rindl fieberte auf diese Aktion hin. Sie sollte die späte Krönung seiner Laufbahn werden. Am liebsten hätte er schon die Passauer Presse und den lokalen Fernsehsender ins „Victoria" bestellt. Die Geheimhaltung der Aktion war ihm dann aber doch wichtiger.

Jetzt war es soweit: Einige Leute des SonderEin-satzKommandos, das Rindl angefordert hatte, pirsch-ten sich vom Park her auf das Hotel vor, andere hat-ten die Seiteneingänge zu bewachen, zwei Mann setzte Rindl auf die Beobachtung des Hubschraubers an, der dem Kommandochef etwas Sorgen bereitete. Warum stand er pfeifend und mit langsam laufenden Rotoren da? Egal, die zwei Schwerbewaffneten würden schon dafür sorgen, dass auf dem Luftweg keiner entwischen konnte. Die anderen Leute waren so verteilt, dass ein Entkommen des Tschechen fast unmöglich war. Die Hauptstoßrichtung war der Wellnessbereich, wo man den Gesuchten am ehesten anzutreffen hoffte. Ein klei-nerer Trupp sollte in die Privatgemächer des Hotelbe-sitzers vorstoßen, falls er sich dort aufhielt. Max Esterl und Anke Brandt hatten sich dem Trupp angeschlos-sen, der in den Wellnessbereich vordringen sollte und zeigten ihm den Weg. Beide waren bewaffnet und hat-ten Schutzwesten an. Anke fand das Ganze „wahnsin-nig spannend" und bedankte sich in ihrer Nervosität so lange bei Max Esterl dafür, dass sie das alles erle-ben durfte, bis ihr der mit einem Zeichen zu verstehen gab, dass sie ab jetzt den Mund zu halten habe. So leg-ten sie, gemeinsam mit den SEK-Leuten im Laufschritt den Weg in den Wellnessbereich zurück. Überraschen-derweise leistete bis hierher niemand Widerstand, es schien, als ob die Wächter des Wolfsrudels ihren Mit-tagsschlaf hielten. Die zwei Angestellten, denen sie begegneten, waren ein Kellner und der Saunawär-ter, beide wurden zur Seite genommen und bewacht. Außer einigen Hotelgästen, die natürlich vor Schreck erstarrten, befand sich niemand im Poolbereich, auch die Saunen waren leer.

„Hier", Max deutete auf ein Schild mit der Aufschrift „Privat". Hier rein. Der erste Leibwächter, der sich ihnen im Privatbereich entgegenstellte, wurde schnell überwältigt, die Polizisten eilten weiter. Ihre Gummisohlen machten fast keine Geräusche. Gut, dass Rindl daran gedacht hatte! Nach wenigen Schritten hatte die Truppe eine Biegung erreicht und als sie diese genommen hatten, bot sich ihnen das nur für wenige Zehntelsekunden idyllische Bild eines Paares, das auf einer Liege am Pool gelegen hatte und jetzt aufschreckte: Irmi und der Wolf!

„Keine Bewegung!", ertönte der vielstimmige Schrei des SEK, der grausig von den überakustischen Fliesenwänden zurückgeworfen wurde. In diesen Schrei hinein mischten sich plötzlich andere Geräusche: schnelle Schritte hörte man, eine Tür wurde aufgerissen, aus der sofort Mündungsfeuer aufblitzten. Der Kampf hatte begonnen, die Polizisten warfen sich auf den Boden und schossen zurück in die Richtung der Angreifer. Max und Anke hatten notdürftig Schutz hinter einem großen, mit Wasser gefüllten Holzzuber gefunden. Ihr Blick auf das Paar auf der Liege war gut, aber was sie sahen, war weniger gut: Vlček hatte aus einem Korb, der unter der Liege gestanden hatte, eine Handwaffe gezaubert, die er der Irmi an den Kopf hielt. Alle im Raum blickten zu dem nur mit weißen Bademänteln bekleideten Paar hin, die Schießerei war von einem Augenblick auf den anderen erstorben.

In die Stille hinein hörten Anke und Max die laute Stimme des Wolfes, die in den rötlich schimmernden Marmorplatten an den Wänden ein Echo fand:

„Wänn Sie schießen ist diesä Frau tot. Ich gähe jetzt raus und keiner folgt mich. Vrstanden!"

Langsam bewegte sich der Tscheche rückwärts, die Irmi als Schutzschild benutzend. Max Esterl lief der Schweiß in Bächen den Rücken hinunter. Die Irmi! Er hatte sie in diese Lage gebracht, er hatte Schuld, wenn...

„Nicht schießen!", tönte sein Kommando. „Wir bleiben!"

Der Wolf mit seiner Geisel ging auf eine Tür zu, die offenbar nach draußen führte, zwei seiner Leibwächter deckten seinen Rückzug, ein dritter lag, sonderbar verrenkt, am Boden.

„Kein Zugriff, wiederhole: Kein Zugriff! Täter hat Geisel", rief Rindl als der Leiter der Truppe in sein Headphone, um die draußen postierten SEKler zu informieren.

Erst nach einigen Sekunden folgten die Polizisten mit Max und Anke an der Spitze dem Wolf und seiner Geisel durch die Tür. Dann wieder eine Tür, und sie waren im Freien und konnten gerade noch mitverfolgen, wie sich Vlček, Irmi wie ein Schild vor sich haltend und flankiert von seinen mit ihren Waffen drohenden Leibwächtern, langsam rückwärts auf den nicht weit entfernten Hubschrauberlandeplatz zubewegte. Das Pfeifen des Helikopters war intensiver geworden, Max fragte sich jetzt, warum der überhaupt vorher schon startklar dagestanden hatte, die Rotoren bewegten sich immer schneller, Vlček stieg ein, Irmi hinter sich her-zerrend. Das letzte, was Max von ihr sah, war ihr im Rotorwind flatternder Bademantel. Der Hubschrau-ber erhob sich rasch in die Lüfte, hinterließ eine Staub-wolke, drehte und entfernte sich in Richtung der Inn-stadt. Ein SEK-Mann neben Max Esterl brachte ein schweres Schussgerät in Anschlag und verfolgte zie-lend den schnell Richtung Österreich davonziehenden Helikopter. Max legte seine Hand auf die Miniflak und zog diese zur Seite.

„Da kannst nicht schießen. Geisel drin, und wenn die Maschine auf ein Wohnhaus oder auf die Straße stürzt, haben wir jede Menge Tote. Das ist es nicht wert."

„Kein Wolf der Welt ist es wert, dass eine wie die Irmi draufgehen muss", dachte Max Esterl, bevor er sich an die neben ihm stehende Anke Brandt wandte:

„Komm, gehen wir. Hier braucht uns keiner."

Kapitel 35: Nachtarock

--- Liebe Leserin, lieber Leser. Eigentlich ist mein Roman hier schon zu Ende. Ich wollte es Ihnen, meinen Lesern überlassen, die Situation weiterzudenken. Sie können hier also mit dem Lesen aufhören und mit dem Denken anfangen.

Aber meine Frau ist mit solchen „unfertigen" Romanschlüssen immer höchst unzufrieden. Ihr zuliebe habe ich mich nochmals hingesetzt und einen „echten" Schluss geschrieben:

Der erste Mai war ein Tag wie gemalt. Die Kastanien hatten schon auszutreiben begonnen und ein warmes Lüftchen wehte am späten Nachmittag den Zwieseler Stadtplatz entlang. In dem kleinen Biergarten des Gasthofs „Posthalter" saß ein gutes Dutzend Leute, alle sahen vergnügt aus und alle redeten durcheinander. Ausgerechnet die Jüngste in der Runde, eine fesche, junge Frau, fast noch ein Mädchen, stand auf, nahm ihren vollen Bierkrug in die Hand, schlug mit einer Gabel so oft dagegen, bis Ruhe eintrat und erhob ihre Stimme:

„Also, liebe Freunde. Ich darf inzwischen so sagen, weil ihr mir alle ans Herz gewachsen seid. Leider ist die Stunde des Abschieds gekommen, meine Assistentinnenzeit hier im Bayerwald ist beendet, unser Fall ist gelöst."

Beifall.

„Einige Worte möchte ich aber doch noch dazu sagen. Was ich hier erlebt habe, das werde ich mein

Lebtag lang nicht vergessen, und drum hab ich mir´s aufgschrieben".

Die junge Frau packte einen Bogen Papier aus ihrer Jeanstasche und entfaltete diesen umständlich. „Zwei Leichen, zwei Mumien haben uns zwei Rätsel aufgegeben und ich habe miterleben dürfen, wie diese Rätsel gelöst wurden, habe die Gesellschaft dieser beiden", sie zeigte auf Ludwig und Max, die sie und ihren Präsidentenonkel links und rechts umrahmten, „die Gesellschaft dieser beiden dickschädeligen, brummigen älteren Herren genießen dürfen und habe erleben und mitmachen können, wie diese beiden Polizeiveteranen, jeder auf seine ganz andere Art, die beste, einfallsreichste und unkonventionellste Polizeiarbeit gezeigt haben, die mir wahrscheinlich jemals unterkommen wird.

Wir haben in den Katakomben dieses wunderschönen Städtchens Zwiesel begonnen, haben uns emporgearbeitet ins Bordell nach Železná Ruda, haben im Dom zu Passau ein Erweckungserlebnis gehabt und sind schließlich im Luxushotel gelandet. Wir sind dort gelandet, aber leider ist ein anderer von dort aus mit dem Hubschrauber gestartet und uns entkommen. Fürs Erste entkommen. Irgendwo wird er jetzt sein, der Vlček, natürlich unter einem anderen, noch falscheren Namen. Aber ich denke, es geht ihm nicht gut und er muss ständig auf der Hut sein. Seine Projekte sind gestorben, seine Zukunftsvisionen sind ebenso zerstört, wie er selber in seinem Leben viele Menschen zerstört hat. Einen davon durften wir kennenlernen: Die Maritsch, gottselig. Einen anderen hat Vlček in eine Mumie verwandelt. Aber eine hat es geschafft, die hat er nicht unterkriegen können, und es ist mir eine Freude, sie hier begrüßen zu dürfen." Anke Brandt neigte sich, während die Gesellschaft heftig Beifall klatschte, über den Tisch hin zur wunderschön aussehenden Irmi, die ihr bis in die Tischmitte entgegenkam, wo sich die beiden herzlich umarmten.

„Die Irmi", wandte sich Anke an ihren Onkel, „ist so eine starke Frau, dass ihr nicht einmal der Wolf etwas anhaben konnte." Dann nahm Anke wieder ihren Text zur Hand. „Noch eine andere Person muss ich hier herausheben, Herr Rindl, seien Sie mir nicht böse, aber den Max muss ich schon besonders erwähnen." Anke nahm den Ex -Kommissar bei seiner Hand. „Allein deswegen muss ich vom Max sprechen, weil er seit meinem Vater der erste Mann ist, den ich total niedergeschmust habe, allein dienstlich natürlich, versteht sich. Seiner Frau im übrigen", Anke warf einen entschuldigenden Seitenblick auf Eva, „hab ich den Vorfall schon gebeichtet. Über den Max hab ich Pepi Holub kennengelernt" – Pepi stand auf und schlug knallend die Haken zusammen – „einen der liebenswertesten und fähigsten Vertreter der tschechischen Polizei." Hier machte Anke eine kleine Pause, während der sich Pepi tief verbeugte, um dann fortzufahren: „Ich kenne allerdings auch sonst außer ihm keinen tschechischen Polizisten." – Gelächter –

Anke Brandt fuhr sich durch ihren dichten blonden Haarschopf. „So, und jetzt ist alles gesagt, was ich sagen wollte, und jetzt trinken wir erst einmal kräftig, bevor uns die Irmi erzählt, wie sie den Klauen des Wolfs entkommen ist und bevor uns der Hausherr eine Führung durch das neue Lokal mit dem originellen Namen „Zum Mumienkeller" macht. Die Krüge hoch …"

Max Esterl war erleichtert. Nicht nur deshalb, weil Vlčeks Täterschaft so gut wie bewiesen war. Nein. Erleichtert hatte ihn vor allem, weil Irmi ihren Erzählungen nach keinen Schaden erlitten hatte. Die vier Tage, die vergingen, bis sie sich nach ihrer Entführung durch Vlček wieder meldete, hatten für Max zu den härtesten seines Lebens gezählt. Er hatte Irmi da hineingeritten und er hätte sich Vorwürfe bis an sein Lebensende gemacht, wenn ihr etwas passiert wäre. So wie Irmi das aber geschildert hatte, war sie von Vlček ordentlich behandelt worden, er hatte offenbar keinen Verdacht gehegt, dass die entscheidende Information zu seinem Passauaufenthalt von Irmi gekommen war und hatte sie schließlich sogar von einem Chauffeur nach Železná Ruda fahren lassen.

Als Max Esterl, seinen erneut gefüllten Bierkrug in der Hand, wieder die Treppe zu den „Unterirdischen Gängen" hinunterstieg, überkam ihn ein tiefes Gefühl der Zufriedenheit. Er nahm einen großen Schluck und tat einen leichten Rülpser, der sich wie „Kruminale!" anhörte.

Ende/Konec

Alle Handlungen und Personen dieses Romans sind frei erfunden. Ähnlichkeiten sind zufällig und nur bei den mit mir befreundeten Akteuren beabsichtigt. Lediglich den Oberst Bingemer und den Theresienthaler Glashüttenbesitzer von Poschinger gab es.

Die Geschichten aus der Zeit des 2. Weltkriegs stammen aus den Aufzeichnungen des Stadtpfarrers Seidlmeier und den Erzählungen meiner Eltern und Großeltern. Die Ereignisse, die zur Zerstörung des Dorfes Haidl am Ahornberg geführt haben, habe ich vorsichtig nacherzählt. An den Unterricht bei meinem Volksschullehrer Franz Großkopf erinnere ich mich noch gern.

Dank an

- Schreder Roland vom Zwieseler Stadtarchiv,
- Stadtpfarrer Martin Prellinger für die Einsicht in die Aufzeichnungen seines Vorvorvorgängers Seidlmeier,
- Stern Edmund, den Spezialisten für Tschechische Sprache, Landeskunde, aktive Bierkultur und sonstige Böhmische Dörfer,
- meine Frau Conny, meine beiden Töchter Elisabeth und Magdalena, die Probeleser,
- den Schopf Hans vom Ohetaler Verlag, der meine Krimis in Form bringt,
- meinen Freund Jiří Sourek und seine MitarbeiterInnen vom Euroverlag Pilsen, die mir bei der Herstellung des Buches eine große Hilfe waren, vor allem Frau Bara Mullerova,
- den Pongratz Hans, den bewährten Fehlerfischer,
- alle Freunde, sowie alle Max-Esterl-Fans, die mich mit Ideen und Zustimmung bestärkt haben.
- Besonders aber bedanke ich mich bei Nadine Pscheidl und Hannah Wach von der Q11 des Gymnasiums Zwiesel mit ihrem Lehrer Hansi Welsch, die die Mumienkammer so realistisch und gleichzeitig phantasievoll abgebildet haben.

Der Autor

Ossi Heindl verbrachte seine Kindheit und Jugend in Zwiesel im Bayerischen Wald. Nach dem Abitur (1970) am Gymnasium Zwiesel studierte Heindl in München Kath. Theologie und Germanistik für das Lehramt.

Foto: Conny Heindl

Er leistete sein Referendariat in Würzburg ab und kehrte als Religions- und Deutschlehrer an das Gymnasium Zwiesel zurück.

1986 übernahm Ossi Heindl die Schulleitung am Berufsbildungszentrum des Mädchenwerks in Zwiesel.

Heindl ist verheiratet, hat zwei Töchter und mittlerweile fünf Enkel, denen er möglichst oft Geschichten erzählt.

Seine Leidenschaften sind denen des Max Esterl sehr ähnlich: Schafkopfen, Sport treiben (Fußball, Basketball, Skifahren), Musik, Natur erleben und Lesen, besonders gerne natürlich die Werke von Karl Klostermann.

Seit seiner Pensionierung ist bei Ossi Heindl noch das Schreiben hinzugekommen.

Sollten Sie auch kennen ...

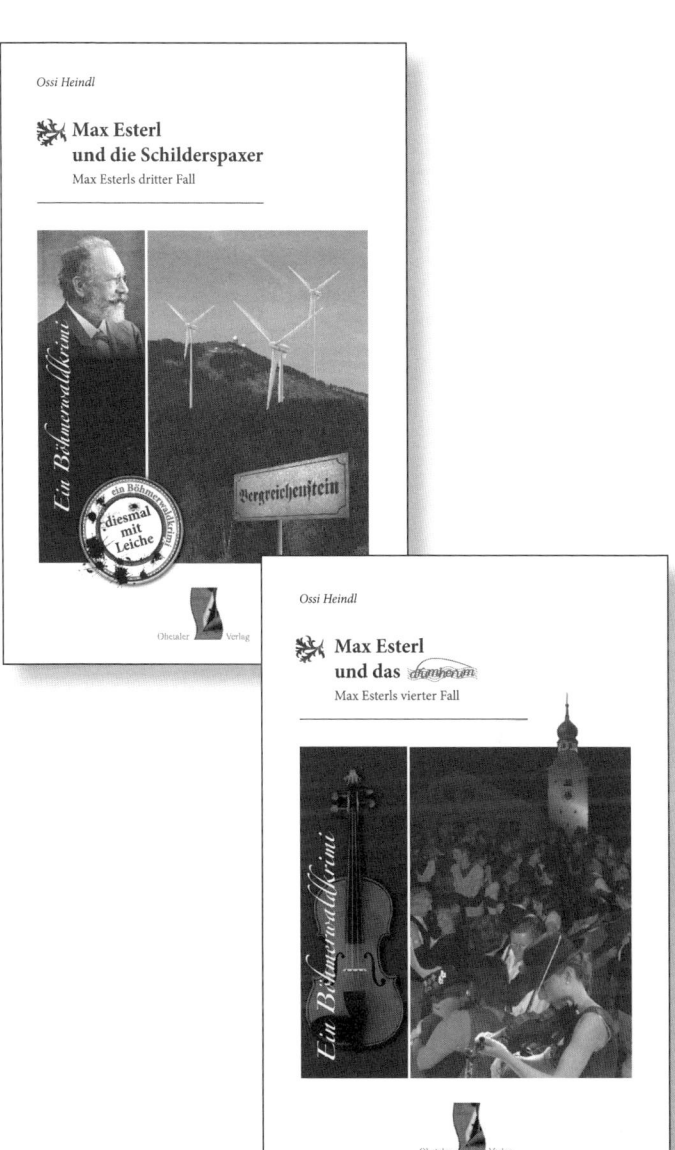

❧Max Esterl und und die Mumienkammer❧